RUTH RENDELL

Der gefallene Vorhang

Buch

In der Titelgeschichte versucht eine ängstliche Mutter, ihr einziges Kind durch ständige Überwachung vor gefährlichen Fremden zu schützen. Sie verbietet dem Jungen, alleine den kurzen Weg zur Schule zu gehen oder mit den anderen Kindern auf der Straße zu spielen. Doch dann tritt im Frühjahr nach seinem sechsten Geburtstag der befürchtete Vorfall ein: Auf dem Weg zum Haus der Großmutter lockt ihn ein Fremder in sein Auto und fährt mit ihm in einen abgelegenen Park. Als der Junge völlig aufgelöst abends vor dem Haus seiner Eltern steht, kann er sich an nichts erinnern. Seine Eltern gehen vom Schlimmsten aus – einem Sittlichkeitsverbrechen. Diese Befürchtung und die fehlende Erinnerung bewirken mit den Jahren, dass Richard selbst an einen Missbrauch glaubt. Voller Scham verbringt er seine Jugend und Studentenzeit als Einzelgänger, bis ihm eines Nachmittags ein kleiner Junge auf einem alten verwilderten Grundstück aus Kindertagen auffällt. Er lockt den Jungen in sein Auto und fährt mit ihm in den Park von damals. Dort spielen die beiden Verstecken, bis die Dunkelheit hereinbricht, und endlich kann sich Richard an den Nachmittag erinnern, den er als 6-jähriger erlebte …

Autorin

Ruth Rendell wurde 1930 in South Woodford/London geboren. Nach der Schule arbeitete sie zunächst als Journalistin, bevor sie sich ganz dem Schreiben widmete. Ruth Rendell, die auch unter dem Pseudonym Barbara Vine bekannt ist, lebt heute abwechselnd in Suffolk und London.

Von Ruth Rendell außerdem im Goldmann Verlag erschienen:

Die Brautjungfer. (41240) · Die Werbung. (42015) · Der Liebe böser Engel. (42454/44763) · Mord am Polterabend. (42581/5382) · Das geheime Haus des Todes. (42582) · Mord ist ein schweres Erbe. (42583/44765) · Eine entwaffnende Frau. (42805) · Der Krokodilwächter. (43201) · Schuld verjährt nicht. (43482) · Die Tote im falschen Grab. (43580) · Phantom in Rot. (43610/44766) · Die Verblendeten. (43812) · Alles Liebe vom Tod. (43813/44760) · Der Tod fällt aus dem Rahmen. (44768) · Flucht ist kein Entkommen. (43815/44761) · Die Besucherin. (43962/45350) · Die Herzensgabe. (44363/44939) · Der Herr des Moors. (44566) · Leben mit doppeltem Boden. (44590) · Mancher Traum hat kein Erwachen. (44664) · Wer Zwietracht sät. (44672/5471) · See der Dunkelheit. (44910) · Durch Gewalt und List. (44978) · Schweiß der Angst (44979) · Die Wege des Bösen. (44980) · Das Verderben (45129) · Der Sonderling. (45004) · Der Fieberbaum. (45443) · Der Liebesbetrug. (45723) · Der Liebe böser Engel / Mord am Polterabend. Zwei Romane in einem Band (13177) · Schuld verjährt nicht / Phantom in Rot. Zwei Romane in einem Band (13326)

Ruth Rendell

Der gefallene Vorhang

Storys

Aus dem Englischen von
Ilse Bezzenberger

GOLDMANN

Die englische Originalausgabe erschien 1976 unter
dem Titel »The Fallen Curtain and Other Stories«
bei Hutchinson & Co., London.

Umwelthinweis:
Alle bedruckten Materialien dieses Taschenbuches
sind chlorfrei und umweltschonend.

1. Auflage
Neuveröffentlichung Januar 2005

Umschlaggestaltung: Design Team München
Umschlagfoto: Wolf Huber
Satz: DTP Service Apel, Hannover
Druck: GGP Media GmbH, Pößneck
Krimi 5520
JE · Herstellung: Max Widmaier
Made in Germany
ISBN 3-442-05520-2
www.goldmann-verlag.de

Inhalt

Der gefallene Vorhang

Der Vorfall hatte sich im Frühjahr nach seinem sechsten Geburtstag ereignet. Seine Mutter sprach davon immer nur als von »jenem grauenvollen Nachmittag«. Immerhin ist es keine Übertreibung, denn sie redete oft darüber, besonders dann, wenn er sich auf irgendeine Weise hervortat, was häufig der Fall war, denn er war gut in der Schule und schaffte Prüfungen spielend.

Zeigte sie zum Beispiel ihren Freundinnen sein Freischwimmerzeugnis oder einen Preis, mit dem er für seine Geographiekenntnisse ausgezeichnet worden war, so sagte sie wohl: »Wenn ich bedenke, wir hätten Richard verlieren können an jenem grauenvollen Nachmittag! Da *muss* man doch einfach glauben, dass einer über uns wacht, nicht wahr?« Und indem sie ihn mit den Armen umklammerte: »Du hättest getötet werden können – oder noch schlimmer!« (Eine wahrhaft bemerkenswerte Feststellung!) »Unerträglich, auch nur daran zu denken!«

Anscheinend war es aber nicht unerträglich, darüber zu reden. »Nicht einmal, ach, fünfzigmal habe ich ihm eingeschärft, nicht mit Fremden zu sprechen oder in irgendwelche Autos zu steigen. Aber Jungens sind eben Jungens, und als es so weit war, da hatte er alles vergessen. Natürlich wurde er mit Süßigkeiten geködert und in den Wagen gelockt.« An diesem Punkt folgte jeweils ein Wispern, begleitet von bedeutsamen

Blicken in seine Richtung. »Drohungen, Schlüpfrigkeiten, verführt zu Gott weiß was ... Wir werden nie erfahren, wieso wir ihn lebend wiederbekommen haben.«

Was Richard nicht begreifen konnte, war, woher seine Mutter so viel darüber wusste. Sie war doch gar nicht dabei gewesen. Bloß er und der Mann waren dabei gewesen, und er konnte sich auf rein gar nichts mehr besinnen. Ein Vorhang war vor dem Teil seines Gedächtnisses niedergegangen, der die Details »jenes grauenvollen Nachmittags« speicherte. Nur an das, was unmittelbar davor und unmittelbar danach geschah, konnte er sich erinnern.

Sie wohnten damals in Upfield, einem südlichen Vorort Londons, in einem kleinen Reihenhaus in der Petunia Street, er und seine Mutter und sein Vater. Seine Mutter war schon über vierzig gewesen, als er geboren wurde, und er hatte weder Brüder noch Schwestern. (»Darum haben wir dich ja so lieb, Richard.«) Er durfte nicht mit den anderen Kindern auf der Straße spielen. (»Du bleibst wohl besser für dich, Liebling.«) Gleich um die Ecke in der Lupin Street wohnte seine Großmutter, die Mutter seines Vaters. Großmutter kam nie zu ihnen ins Haus, obwohl sein Vater das wohl sehr gern gesehen hätte.

»Ich wollte, du würdest meine Mutter Sonntag zum Tee einladen«, hörte er ihn einmal sagen.

»Wenn diese Frau auch nur einen Fuß in dieses Haus setzt, Stan, dann verlasse ich es auf der Stelle.«

So kam also Großmutter nie zum Tee.

»Ich weiß sehr wohl, was recht und billig ist, Stan, und ich habe durchaus nicht vor, den Jungen von seiner Großmutter fern zu halten. Einmal in der Woche kannst du meinetwegen mit ihm rübergehen, solange ich nicht persönlich mit ihr in Berührung kommen muss.«

Es gab insgesamt drei Häuser, in die zu gehen Richard gestattet wurde – sein eigenes, das der Großmutter und dann das Nachbarhaus in der Petunia Street, in dem die Wilsons mit ihrer Brenda und ihrem John wohnten. Manchmal spielte er dort mit John im Garten, aber viel Spaß machte das nicht, denn Brenda, die viel älter war, beinahe schon sechzehn, schimpfte unentwegt mit ihnen herum, sie sollten sich nicht schmutzig machen. Er und John gingen in dieselbe Schulklasse, aber seine Mutter ließ ihn nie allein mit John gehen, dabei war die Schule nur drei Straßen entfernt. Ja, sie war äußerst besorgt und nervös seinetwegen. Noch ehe der Unterricht zu Ende war, wartete sie bereits am Schultor auf ihn, um ihn sicher nach Hause zu bringen.

Aber einmal in der Woche ging er nicht direkt nach Hause. Er freute sich schon immer auf den Mittwoch, denn das war der Nachmittag, den er bei seiner Großmutter verbrachte, und die kurze Spanne, wenn seine Mutter ihn allein ließ bis zu dem Augenblick, da er das Haus der Großmutter erreichte, war die einzige Zeit, die er ganz für sich allein hatte.

Es spielte sich immer gleich ab: Mutter holte ihn von der Schule ab, und sie gingen den Plumtree Grove entlang bis zur Ecke Petunia Street. Die Lupin Street zweigte ein Stückchen weiter unten vom Grove ab. Seine Mutter geleitete ihn noch über die Straße, dann winkte sie ihm mit einem ermutigenden Lächeln nach, bis sie ihn um die Ecke Lupin Street verschwinden sah. Bis zu Großmutters Haus waren es von dort noch knappe hundert Meter. Und diese hundert Meter, das war seine Freiheit, seine Eigenständigkeit.

»Vergiss nicht – den ganzen Weg tüchtig laufen, ja?«, rief Mutter ihm jedes Mal nach.

Aber hinter der Ecke hörte er jedes Mal auf zu rennen und trödelte gemächlich weiter. Dann spielte er wohl mit der Katze, die immer auf dem verwilderten Grundstück herumstromerte, oder er kletterte auf den aufgeschichteten Ziegelsteinen herum, die anscheinend vergebens auf Bauleute und Mörtel warteten, um zu irgendetwas verarbeitet zu werden. Manchmal, wenn ihre Arthritis sie nicht zu sehr plagte, stand Großmutter auch an der Tür und wartete auf ihn. Dann fand er es auch gar nicht weiter schlimm, dass er Katze und Klettern diesmal auslassen musste, denn bei Großmutter war es immer so gemütlich. Großmutter hatte einen mächtig großen Fernseher – ungewöhnlich groß für jene Tage –, und vor dem durfte er sitzen und Schokolade futtern, bis sein Vater in der Fabrik Schluss hatte und zum Tee erschien. Und was für ein Tee! Bratfisch und Pommes frites gab es, aber nicht etwa fertig gekauft, sondern von der Großmutter selbst zubereitet; danach dann Sahnebaisers und Schokoladeneclairs, Pfirsiche aus der Dose, mit süßer Kondensmilch drüber, und das alles spülte man mit köstlichem Zitronensprudel hinunter. (»Es ist eine Schande, wie deine Mutter den Jungen verzieht, Stan!«) Eigentlich sollten sie um sieben zu Hause sein, aber jedes Mal wenn es auf sieben zuging, fiel der Großmutter ein, dass es im Fernsehen gleich einen Cowboyfilm gäbe, und dann hätte sie ja auch noch ein bisschen Cola und ein paar Kekse und Kartoffelchips, die man dabei knabbern könne ... Sie konnten von

Glück sagen, wenn sie vor neun in der Petunia Street anlangten.

»Beschwere dich nicht bei *mir*«, sagte seine Mutter dann, »wenn seine schulischen Leistungen morgen darunter leiden.«

An »jenem grauenvollen Nachmittag« ließ seine Mutter ihn wie gewöhnlich an der Ecke laufen, nachdem sie ihn über die Straße gebracht hatte. Daran konnte er sich noch gut erinnern, ebenso dass er Ausschau gehalten hatte, ob Großmutter an der Tür wartete. Als er sah, dass sie nicht dort stand, war er auf das Baugrundstück geschlichen, um die Katze aus ihrem Unterschlupf zu scheuchen, den sie sich im Ziegelschutt gebaut hatte. Es war Ende März, ein schöner Nachmittag, und jetzt um vier Uhr herrschte noch vollstes Tageslicht. Er hatte die Katze gestreichelt, hatte noch gedacht, wie mager und knochig sie doch war und dass ein Quäntchen von Großmutters Fisch und Pommes frites ihr sehr gut tun würde, und dann … Ja, was dann? An diesem Punkt fiel der Vorhang. Drei Stunden später hob er sich dann wieder. Da war er im Plumtree Grove und schlenderte gemächlich vor sich hin. (»Rannte in wilder Panik, und dieser Kerl hinter ihm her!«) Na, und wem konnte man dort schon begegnen? Natürlich Wilsons Brenda auf dem Wege zu ihrem allabendlichen Treffen mit ihrem Freund! Brenda hatte mit dem Finger auf ihn gezeigt, hatte ihn angestarrt und gellend aufgeschrien. Und dann war sie auf ihn zugestürzt, hatte ihn umschlungen, ihn an sich gequetscht, dass ihm Hören und Sehen verging. Vielleicht war es dieser Schreck gewesen, weshalb er sein Gedächtnis verloren hatte? Aber die anderen sagten Nein. Sie sagten, er sei schon vorher erschrocken (»zu

Tode erschrocken«) gewesen, und Brendas Überfall oder der markerschütternde Schrei, den seine Mutter von sich gegeben hatte, als sie ihn sah, hätten damit nichts zu tun.

Die Petunia Street war voll von Polizeifahrzeugen gewesen, und vor ihrem Haus stand eine Menschentraube. Brenda zerrte ihn hindurch und schrie: »Ich hab ihn gefunden, ich hab ihn gefunden!«

Und plötzlich war da sein Vater gewesen; ganz weiß im Gesicht redete er auf die Polizisten ein, und seine Mutter lag halb tot auf dem Sofa und kriegte Brandy eingeflößt, und – Wunder über Wunder! – auch Großmutter war da! Das war überhaupt das denkwürdigste Ereignis gewesen an jenem denkwürdigen Nachmittag: Seine Großmutter hatte ihren Fuß ins Haus gesetzt, ohne dass seine Mutter auf der Stelle daraus verschwunden war!

Sie fingen alle gleichzeitig an, ihm Fragen zu stellen. Hatte er sie eigentlich beantwortet? Das Einzige, was noch in seinem Gedächtnis haftete, war der Schrei seiner Mutter, dieser lang gezogene, gellende Ton, und der große, offene Mund, aus dem er kam, während sie sich auf ihn stürzte. Irgendwie – obwohl er das nicht hätte erklären können – verband er diesen Schrei und die Art, wie sie ihn packte, als wolle sie ihn verschlingen, mit dem Fallen des Vorhangs.

Von nun an wurde er auch nicht für einen Augenblick allein gelassen; nicht einmal mehr mit John in Wilsons Garten durfte er spielen. Und an Besuche bei der Großmutter war überhaupt nicht zu denken, nicht einmal unter Aufsicht, denn Großmutters Arthritis war so schlimm geworden, dass sie sie ins Altenspital des Upfielder Krankenhauses gebracht hatten. Der

Mann wurde übrigens niemals gefasst. Ein paar Jahre später wurde ein kleines Mädchen aus dem Plumtree Grove entführt und ermordet. Auch diesen Täter entdeckte man nie, aber seine Mutter war überzeugt, es sei ein und derselbe Kerl gewesen.

»Genauso gut hätte es unsern Richard treffen können. Gar nicht auszudenken, dass so ein Bursche die Gegend unsicher macht wie ein wildes Tier.«

»Was hat er mir denn getan, Mami?«, fragte Richard zaghaft.

»Wenn du es nicht mehr weißt, umso besser. Vergiss es einfach, streich es ein für alle Mal aus deinem Leben.«

Ja, wenn sie ihn nur gelassen hätte!

»Was hat er mir getan, Papa?«

»Ich weiß es nicht, Richard. Keiner von uns weiß es, weder ich noch die Polizei, noch deine Mutter, auch wenn sie es glaubt. Frauen tun nun mal gern so, als ob ihnen nichts auf der Welt verborgen wäre, und ich glaube eben, dass du ihr auch nicht mehr erzählt hast als uns.«

Sie brachte ihn zur Schule und holte ihn wieder ab, bis er zwölf war. Die anderen Kinder hänselten ihn gnadenlos. Weder durfte er zu ihnen nach Hause gehen, noch durften sie ihn besuchen. (»Man kann nie wissen, wen die so alles kennen und was für einen Umgang die haben.«) Erst als er ihr über den Kopf gewachsen war und jeder einsehen musste, dass er viel zu groß war, um von irgendeinem Mann angegriffen zu werden, hörte seine Mutter auf, ihn auf Schritt und Tritt zu begleiten.

Das Erwachsenwerden lüftete zwar nicht den Schleier über »jenen grauenvollen Nachmittag«, aber es brachte doch die Erkenntnis mit sich, was alles hätte geschehen können. Und als er langsam begriff, dass es nicht bloß Drohungen, Schläge oder Schauergeschichten waren, mit denen der Fremde ihm zugesetzt haben konnte, da fing er an, sich wie ein Aussätziger zu fühlen, so, als sei sein Körper von einem widerwärtigen Schleim überzogen, den nichts und niemand abwaschen konnte. Und es gab keine Möglichkeit, die Wahrheit zu erfahren! Ihm blieb nichts übrig, als zu hoffen, dass seine Mutter die Sache endlich auf sich beruhen ließe. Darüber hinaus konnte er sich nur strikt vor allen näheren Bekanntschaften hüten und mit aller Kraft für die Schule arbeiten. Dort machte er sich dann auch sehr gut, weil er ziemlich intelligent war und keinerlei äußere Ablenkung hatte. Niemand überraschte es, dass er den Sprung an eine gute Universität schaffte – nicht gerade Oxford oder Cambridge, aber doch eine fast ebenso gute (»Allein der Gedanke, dass all die Intelligenz vergeudet gewesen wäre, wenn dieser Kerl seinen Willen bekommen hätte!«) –, wo er auf einen wissenschaftlichen Abschluss hinarbeitete. Er war das erste Mitglied der Familie, das je ein College oder eine Universität besucht hatte, und die einzige Wolke am Himmel, wie sein Vater sich ausdrückte, war, dass es der Großmutter nicht vergönnt war, ihn in seinem Glanz zu sehen.

Sie war im Hospital gestorben, als er vierzehn war, und hatte seinen Eltern ihr Haus hinterlassen. Sie verkauften es ebenso wie ihr eigenes und schafften dafür ein weit schöneres und größeres an, mit einer Garage und einem ordentlichen Garten, in einem Vorort, der fünf Kilometer von Upfield entfernt lag. Ihr bisschen Erspartes vererbte die Großmutter Richard; es sollte ihm ausgezahlt werden, wenn er achtzehn war. Es war gerade genug, um sich einen Wagen davon zu kaufen, und als er in den Osterferien von der Universität heimkam, da erstand er einen zwei Jahre alten Ford und machte seinen Führerschein.

»Nein, dieser Junge«, sagte seine Mutter, »er schafft einfach *jede* Prüfung, die ihm in die Quere kommt. Es ist fast, als *könnte* ihm gar nichts schief gehen, selbst wenn er es darauf anlegte. Er hat eben einen Schutzengel, der über ihm wacht; den hat er immer schon gehabt, seit er sechs Jahre alt war.« Ihr Mann hatte sie wegen ihres allzu brillanten Gedächtnisses gerügt, sodass sie jetzt »jenen grauenvollen Nachmittag« nur noch andeutungsweise erwähnte. »Ja, seitdem das – na, du weißt schon – passiert ist und er verschont geblieben ist.«

Bewundernd sah sie zu, wie er sicher und gelassen um den Block chauffierte. Bloß schade, dass er nicht ein nettes Mädchen neben sich sitzen hatte, eine vernünftige, arbeitsame Braut, keins von diesen Pipimädchen, eine, die die Anzahlung für ein Haus und für anständige Möbel zusammensparte. Richard hatte noch nie ein Mädchen gehabt. Im College hatte es zwar eine gegeben, die er mochte und die ihn – so glaubte er wenigstens – vielleicht auch mochte. Aber er hatte sie nie gebeten, mit ihm auszugehen. Er war sich eben nicht sicher, ob er einer Mädchenbekanntschaft überhaupt gewachsen wäre, von Liebe ganz zu schweigen.

Am Tag nachdem er seinen Führerschein gemacht hatte, fiel ihm ein, er könne mal nach Upfield hinüberfahren und John Wilson besuchen. Natürlich steckte, wie er sich selbst eingestand, mehr dahinter als der Wunsch, eine alte Freundschaft aufzufrischen. John war bisher sein einziger Freund gewesen, aber er hatte sich ihm immer unterlegen gefühlt, denn John war (weil man ihm die Chance dazu gegeben hatte) stets vergnügt und gesellig gewesen. Schon als er vierzehn war, hatte der ein Mädchen gehabt, mit dem er ging. Im eigenen Wagen bei den Wilsons vorzufahren, frisch von der Universität, nach Abschluss des zweiten Semesters – diese Vorstellung gefiel ihm sehr.

Es war ein Mittwoch Anfang April, ein schöner, milder Nachmittag, und jetzt, um vier Uhr, herrschte noch vollstes Tageslicht. Er hatte sich den Mittwoch ausgesucht wegen des frühen Ladenschlusses in Upfield. John würde also um diese Zeit nicht mehr in der Eisenwarenhandlung sein, in der er arbeitete, seit er vor drei Jahren die Schule verlassen hatte.

Er fuhr aus südlicher Richtung den Plumtree Grove entlang und hatte fast die Petunia Street erreicht, da kam ihm plötzlich die Idee, mal wieder einen Blick auf Großmutters altes Haus zu werfen und nachzusehen, ob auf dem verwahrlosten Grundstück inzwischen irgendetwas gebaut worden war. Jahrelang, eigentlich sein halbes Leben lang hatten die Ziegelsteine dort zwecklos herumgelegen. Die magere alte Katze allerdings war schon verschwunden oder gestorben, längst bevor seine Eltern umzogen. Tatsächlich, die Ziegelsteine lagen noch immer da, inzwischen überwuchert von Gras und Nesseln. Er bog in die Lupin Street ein und fuhr langsam am Rinnstein entlang, bis er Großmutters Haus im Blickfeld hatte. Es steckte genug von seiner Mutter in ihm, das ihn hinderte, direkt vor dem Haus anzuhalten. (»Bleib für dich und kümmere dich nicht um Dinge, die dich nichts angehen!«) Also hielt er in einiger Entfernung an.

Man hatte es hellrosa gestrichen und die Fensterrahmen in Himmelblau dagegen abgesetzt. Richard fand, früher sei es schöner gewesen, beigefarben verputzt und mit braunem Holz. Dennoch fuhr er nicht weiter. Ein merkwürdiges Gefühl hatte sich seiner bemächtigt, so sonderbar und bedrängend, wie er es noch niemals erlebt hatte. Gebannt verharrte er auf seinem Platz und starrte auf die verödete Wildnis aus Bauschutt, Ziegeln und wucherndem Unkraut. Ach was, nichts als Sentimentalität, Nostalgie, sagte er zu sich selbst – lediglich die Erinnerung an jene Mittwochnachmittage, die immer die Höhepunkte der ganzen Woche gewesen waren, weiter nichts!

Es war wirklich absurd, wie er jetzt diese Schutthalde mit den Augen absuchte und förmlich darauf wartete, dass die alte Katze auftauchte. Wenn sie noch lebte, dann musste sie inzwischen etwa so alt sein wie er, und so alt wird selten eine Katze. Und trotzdem, seine Blicke suchten wie gebannt weiter. Und da, gerade als er energisch versuchte, jene träumerische, halb betäubte Befangenheit abzuschütteln und endlich zu John zu fahren, da regte sich etwas Lebendiges hinter dem Gestrüpp. Ein Junge, vielleicht acht Jahre alt. Richard hatte nicht die Absicht, aus dem Wagen zu steigen. Und dennoch fand er sich draußen wieder. Ohne zu wissen, wie es geschah, schloss er die Tür ab und schlenderte zu dem Baugrundstück hinüber.

Natürlich, man konnte ja vom Auto aus nicht viel sehen, keine Einzelheiten ... das musste der Grund gewesen sein, weshalb er ausgestiegen war, lediglich der Wunsch, das Paradies seiner Kindheit genauer zu betrachten. Sehr klein erschien es ihm, bei weitem nicht als die wilde Hügellandschaft voller Bausteinhaufen und grasüberwachsenen Mulden, an die er sich erinnerte, nichts als ein verwildertes Fleckchen Land, keine acht Meter breit und knapp doppelt so lang. Natürlich war es ihm damals größer vorgekommen, weil er selber so viel kleiner gewesen war, kleiner sogar als der Knirps, der jetzt auf dem Ziegelhaufen saß und ihn neugierig ansah.

Er hatte nicht die Absicht, mit dem Jungen zu reden. Schließlich war er ja kein Kind mehr, sondern ein Mann. Und wenn schon für Kinder ein striktes Verbot bestand, mit Fremden zu sprechen, so bestand doch wohl ein zwar unausgesprochenes, aber ebenso striktes Verbot für einen Mann, mit Kindern zu sprechen. Wenn er beabsichtigt hätte, mit diesem Jungen zu reden, dann wären seine Worte sehr viel anders ausgefallen, etwa, dass auch er früher schon hier gespielt oder dass er einmal hier in der Nähe gewohnt hätte. Die Worte, die ihm tatsächlich von den Lippen kamen, mussten ihm von einer unsichtbaren Macht in den Mund gelegt worden sein, eine Macht, die sich tief in seinem Inneren verbarg.

»Weißt du nicht, dass das unbefugte Betreten des Grundstücks verboten ist?«

Der Junge rutschte zögernd von dem Steinhaufen herunter. »Aber alle Kinder spielen hier, Mister.«

»Schon möglich, aber das ist keine Entschuldigung. Wo wohnst du?«

In der Petunia Street, aber heute gehe ich zu meiner Großmutter ... Nein.

»In der Upfield High Road.«

»Na, dann steig mal in meinen Wagen«, sagte der Mann. »Ich fahre dich nach Hause.«

Zweifelnd meinte der Junge: »Aber es wird keiner zu

Hause sein. Meine Mutti arbeitet mittwochs bis spät, und einen Vater habe ich nicht. Ich soll immer gleich von der Schule nach Hause gehen und mir meinen Tee und mein Essen machen und dann warten, bis Mutti um sieben kommt.«

... Zu meiner Großmutter zum Tee und zum Essen ...

»Und warum bist du nicht gleich nach Hause gegangen? Stattdessen lungerst du hier rum und betrittst unbefugt fremder Leute Eigentum.«

»Sind Sie Polizist, Mister?«

»Ja«, sagte der Mann, »ja, das bin ich.«

Der Junge stieg bereitwillig in den Wagen. »Fahren wir jetzt zur Polizei?«

»Vielleicht fahren wir später zum Revier. Erst mal möchte ich mich mit dir unterhalten. Zunächst einmal fahren wir ...« Ja, wohin sollten sie fahren? Der Süden Londons war reich an Grünflächen und Parklandschaften. Der Wandsworth Park, der Tooting Park, Streatham Park ... Wie kam er ausgerechnet auf den Drywood Park, der doch so weit entfernt war, eine Gegend, die er nur vom Hörensagen kannte, ohne je im Leben dort gewesen zu sein, soweit er wusste? Aber der Mann damals hatte ihn gekannt, und jetzt war er der Mann, nicht wahr? »Wir fahren zum Drywood Park, und da unterhalten wir uns ein bisschen. Da auf der Ablage ist noch ein bisschen Schokolade. Kannst dir was nehmen, wenn du magst.« Er ließ den Motor an, und sie fuhren an Großmutters altem Haus vorbei. »Na, nimm schon alles«, sagte er.

Und der Junge nahm alles. Er hieße Barry, erzählte er; er war acht Jahre alt und hatte weder Bruder noch Schwester, noch einen Vater, bloß seine Mutti, und die arbeitete, damit sie beide leben konnten. Seine Mutti hatte ihm eingeschärft, niemals zu einem Fremden ins Auto zu steigen. Aber bei einem Polizisten war das ja was anderes, nicht wahr?

»Ganz was anderes«, meinte der Mann.

Es war nicht leicht, den Drywood Park zu finden, denn die Beschilderung war dürftig hier draußen. Aber merkwürdig, nachdem er erst einmal hingefunden hatte, war ihm die gesamte Anlage irgendwie vertraut.

»So, jetzt parken wir«, sagte er, »unten am See.« Mit Leichtigkeit fand er den See. Man folgte einfach dem Fahrweg, der den Park in zwei Hälften teilte, und bog dann links in einen schmalen Pfad ab. Auf dem See schwammen Enten. Er war von Bäumen umgeben, aber in der Ferne sah man doch Häuser und eine Reihe kleiner Läden. Dicht am Wasser hielt er an und stellte den Motor ab.

Barry war völlig ruhig. Aufmerksam und voller Vertrauen lauschte er dem Vortrag des Polizisten über gutes Betragen, über unbefugtes Betreten fremder Grundstücke, und er wurde auch nicht nervös oder unaufmerksam, als der Mann seine Lektion beendet hatte und anfing, von sich selbst zu erzählen. Der Mann hatte ein schrecklich einsames Leben gehabt, fast eine Art Gefängnisdasein, denn er hatte nie allein ausgehen dürfen. Sogar wenn er in seinem Zimmer über den Schularbeiten saß, hatten sie ihn überwacht. (»Lass deine Tür offen, Liebling. In diesem Haus haben wir keine Geheimnisse voreinander.«) Und nicht einen einzigen Freund hatte er gehabt. Ob vielleicht Barry sein Freund sein wollte? Bloß für ein paar Stunden, bloß für einen Nachmittag? Barry wollte.

»Aber jetzt sind Sie doch erwachsen«, meinte er tröstend.

Der Mann nickte. Später behauptete Barry, wenn er sich auf die Einzelheiten dieses »schrecklichen Erlebnisses«, wie seine Mutter es nannte, besann, dies sei der Moment gewesen, da der Mann angefangen hätte zu weinen, denn Barry vergaß nie die geringste Kleinigkeit.

Eine kleine, ziemlich schmutzige Hand schob sich über die Hand des Mannes und hielt sie fest. Noch nie hatte jemand auf diese Weise seine Hand gehalten. Einfach so – weder besitzergreifend noch befehlend (»Fass mich fest an, Richard, wenn wir über die Straße gehen!«), sondern zart, mitleidig, liebevoll. Ihre Hände blieben verschlungen. Hatte zuerst die kleine über der großen gelegen, so umschloss später die große die kleine und hielt sie sehr fest. Eine Spannung, ein Gefühl, das die Zeit stillstehen ließ, bannte die beiden Menschen im Wagen. Dann brach das Kind den Bann, und die Zeit lief weiter.

»Ich krieg ein bisschen Hunger«, sagte es kläglich.

»Kein Wunder, du hast ja auch nichts gegessen. Weißt du was? Wir könnten ja ein bisschen Fisch mit Pommes frites essen? Eins von den Geschäften dort drüben ist eine Imbissstube.«

Barry war schon dabei, aus dem Wagen zu klettern.

»Nein, du nicht«, sagte der Mann. »Es ist besser, ich gehe allein. Du wartest hier, okay?«

»Okay«, sagte Barry.

Es dauerte bloß zehn Minuten – denn er wusste genau und ohne hinzusehen, welches der Geschäfte es war –, und als er zurückkam, saß Barry geduldig da und wartete auf ihn. Der Bratfisch und die Pommes frites waren gut, fast so gut wie die, die Großmutter immer gemacht hatte. Als sie mit dem Essen fertig waren und ihre fettigen Finger an seinem Taschentuch sauber gewischt hatten, war die Dämmerung hereingebrochen. In den weit entfernten Häusern und Läden flammten die Lichter auf, aber hier unten am See unter den Bäumen war es ganz dunkel.

»Wie viel Uhr ist es?«, wollte Barry wissen.

»Viertel nach sechs.«

»Dann muss ich jetzt nach Hause.«

»Wie wär's mit ein bisschen Versteckspielen? Deine Mutti ist doch jetzt noch gar nicht da. Und ich kann dich in zehn Minuten nach Upfield zurückbringen.«

»Ich weiß nicht ... wenn sie nun früher kommt?«

»Bitte«, sagte der Mann, »bitte, bitte, bloß eine kleine Weile. Als ich ein Kind war, da hab ich auch hier Verstecken gespielt.«

»Aber Sie haben doch gesagt, Sie hätten nie irgendwo gespielt. Sie haben gesagt ...«

»So, hab ich? Vielleicht stimmt es auch gar nicht. Ich bin ein bisschen durcheinander, weißt du.«

Barry sah ihn ernst an. »Gut. Aber ich versteck mich zuerst.«

Er blickte Barry nach, wie er zwischen den Bäumen verschwand. Erwachsene, die Verstecken spielen, halten sich nie an die Spielregeln, von wegen bis hundert zählen! Aber der Mann tat es. Er zählte langsam und genau, und dann stieg er aus dem Wagen und begann um den See herumzugehen. Er brauchte lange, bis er Barry fand, der bei diesem Spiel viel routinierter war als er, eine Routine, die sich erst recht zeigte, als der Junge mit Suchen dran war. Die Dunkelheit wurde immer dichter, und außer ihnen war keine Menschenseele im Park. Er und das Kind waren ganz allein. Jetzt versteckte sich wieder Barry. Laut zählend saß der Mann im Wagen – achtundneunzig, neunundneunzig, hundert. Als er verstummte, wurde ihm die tiefe Stille ringsum bewusst, die nur durch das schwache Summen des Verkehrs auf der South Circular Road durchbrochen wurde, so wie auch die Dunkelheit durch einen rötlichen Schimmer gemildert wurde, die Lichtglocke des abendlichen Londons. Der Junge steckte weder hinter einem der Bäume am Wasser noch zwischen den Büschen, und auch nicht unter dem Gestrüpp am Graben neben dem Fahrweg.

Wo, zum Teufel, hatte sich der dumme Bengel verkrochen? Sein plötzlicher Ärger war völlig irrational, schließlich hatte er das Spiel ja selbst vorgeschlagen. War er wütend, weil der Junge ihm überlegen war? Oder steckte etwas viel Elementareres, Untergründigeres dahinter? Blinder Jähzorn, dass dieser dumme kleine Knirps sich ihm entzog?

»Wo bist du, Barry? Los, kommt raus. Mir reicht's jetzt.«

Keine Antwort. Der Wind raschelte durch die Blätter, und ein kleiner Zweig fiel ihm aus einer Baumkrone vor die Füße. Mein Gott, dieser kleine Teufel! Was mache ich, wenn ich ihn nicht finde? Was denkt der sich eigentlich?

Wenn ich den kriege, dann … den bringe ich um!

Er zitterte plötzlich. Das Blut pulsierte dröhnend in seinem Kopf. Er brach einen Stock aus dem Gestrüpp und begann, wie wild um sich zu schlagen. Wütend rief er in die Dunkelheit hinein: »Barry! Barry, komm raus, sag ich dir. Komm sofort raus, hast du gehört?« Er kümmert sich nicht um mich, er mag mich nicht, niemand mag mich …

Da hörte er ein leises Kichern aus der Baumkrone über sich, dann ein Knacken der Zweige, ein rutschendes Geräusch. Und schwang da nicht Hohn mit in dem Kichern? Da! Nein, nicht direkt über ihm, dort seitlich. Aber wo denn, wo genau? Da, direkt über dem Ufer. Dort in dem Baum, der fast über das Wasser hinausragte. Mit einem hörbaren Plumps landeten zwei kleine Füße auf dem Erdboden, begleitet wiederum von diesem aufgeregten Kichern, das einen verrückt machen konnte! Der Mann stand ganz still. Seine Finger flochten sich ineinander, als umschlössen sie einen zarten Hals, drückten unaufhaltsam zu, bis es knackte und alles Leben herausgepresst war … Lauf, Barry, lauf …! Lauf, Richard, lauf in den Plumtree Grove, zu Brenda, nach Hause zu Mutter, die so genau weiß, was ein »grauenvoller Nachmittag« ist.

Der Mann brach durch die Büsche zum Teich hinunter. Der Junge war inzwischen wieder entwischt, aber weit konnte er nicht sein. Und seine Beine waren schließlich lang und stark genug, um ihn einzuholen. Und seine Hände waren stark genug, um ein für alle Mal Schluss zu machen mit den Zweifeln, mit der Angst und mit dem Vorhang vor seinem Gedächtnis.

Aber der Junge war einfach nirgends … nirgends! Halt! Dieses Geräusch, das konnten doch nur Füße sein, die sich angstvoll, Schritt für Schritt davonstahlen. Er fuhr herum. Und da kam das Kind auf ihn zu. Ein wenig beklommen ging es zwischen den hohen Baumstämmen hindurch – es kam auf ihn zu! Seine Kehle war wie zugeschnürt. Es musste etwas in seinem Gesicht sein, etwas Drohendes, ein furchtbarer

Ernst, verstärkt wohl noch durch das Halbdunkel, denn der Junge verhielt den Schritt. Lauf, Barry, lauf! Lauf ganz schnell fort …

Sie starrten einander an, einen Augenblick, eine Ewigkeit, die zwölf lange Jahre umspannte. Und plötzlich brach das Kind in ein jauchzendes Lachen aus, furchtlos und voller Unschuld. Es rannte vorwärts und warf sich in die Arme des Mannes. Und der Mann fing das Kind auf, erlöst von der Angst und dem Zorn eines halben Lebens. Er hob den Jungen in die Höhe, hob ihn lachend an sein lachendes Gesicht. Sie lachten um die Wette, voll stürmischer Freude, dass sie sich endlich doch noch gefunden hatten in der Dunkelheit unter den wispernden Bäumen, und sie hielten einander umschlungen in warmer Freundschaft.

»Komm jetzt«, sagte Richard, »ich bringe dich nach Hause. Ich weiß selbst nicht, was ich mir dabei gedacht habe, mit dir hier herauszufahren.«

»Na, um Verstecken zu spielen«, meinte Barry, »es war doch prima, oder?«

Sie gingen zum Wagen zurück. Es war zwar schon nach sieben, als sie in der Upfield High Road ankamen, aber doch noch nicht viel später.

»Ich glaube nicht, dass Mutti schon da ist.«

»Ich lasse dich hier aussteigen, nicht vor eurem Haus.« Richard machte die Tür auf, um ihn hinauszulassen. »Und, Barry …?«

»Ja, was ist, Mister?«

»Steig nie wieder zu einem Fremden ins Auto, ja? Versprichst du mir das?«

Barry nickte. »Okay.«

»Ich hab mich früher mal von einem fremden Mann mitnehmen lassen. Und dann konnte ich mich jahrelang nicht mehr daran erinnern, was geschehen war. Aber heute ist mir alles wieder eingefallen, weil ich dir begegnet bin. Jetzt weiß ich wieder alles haargenau. Der war ganz in Ordnung, der Mann damals, bloß ein bisschen einsam – so wie ich heute. Wir waren im Drywood Park, haben Fisch und Pommes frites gegessen und haben Verstecken gespielt, geradeso wie du und ich. Und dann hat er mich zurückgebracht, bis dicht vor mein Haus, so wie ich dich jetzt zurückbringe. Aber immer geht das nicht so ab.«

»Woher wissen Sie das?«

Richard blickte auf seine kräftigen Hände. »Ich weiß es eben«, sagte er. »Wiedersehen, Barry, und ... vielen Dank!«

Er fuhr weiter. Bloß einmal blickte er noch zurück, um zu sehen, ob das Kind heil nach Hause gekommen war. Barry erzählte seiner Mutter alles haarklein. Aber sie ließ sich nicht davon abbringen, dass es eine schlimme Sache gewesen sei, und rief die Polizei an. Weil Barry jedoch die Nummer des Wagens nicht angeben konnte und auch keine Ahnung hatte, wie der Fremde hieß, war da wenig zu machen. Der Mann wurde nie gefunden.

So was tut man doch nicht

»So was tut man doch nicht.« Das sind die letzten Worte aus »Hedda Gabler«, und Ibsen lässt es jenen Mann aus einer Art Fassungslosigkeit heraus sagen, konsterniert, weil die Realität so viel abwegiger ist als alle Fiktion. Ich weiß genau, wie es dem Mann zu Mute war, denn ich sage es mir selbst jedes Mal wieder, wenn meine Gedanken an die harte Tatsache stoßen, dass Reeve Baker wegen des Mordes an meiner Frau fünfzehn Jahre im Gefängnis absitzt, dass ich dabei meine sehr eigene Rolle gespielt habe und dass alles dies ausgerechnet uns dreien geschehen musste! »So was tut man doch nicht.« Aber man tut es doch.

Für mich war das Leben bis dahin niemals ungewöhnlicher gewesen als fiktive Begebenheiten. Es war immer wunderbar alltäglich, ruhig und behaglich gewesen, und bei den meisten Leuten, die ich kannte, verlief es in ganz ähnlichen Gleisen. Bloß bei Reeve war es anders. Gerade dieser Kontrast zwischen seiner Art zu leben und meiner eigenen war es ja auch, weshalb ich mir Reeve zum Freund machte und seine Gesellschaft immer so sehr genoss. Wenn er gegangen war, sagte ich dann wohl selbstzufrieden zu Gwendolen:

»Mein Gott, wie langweilig muss ihm unser Leben vorkommen.« Einer meiner Bekannten hatte ihm meinen Namen genannt, als er mit seinen Finanzen hoffnungslos durcheinander geraten war und Schwierigkeiten mit der Steuerbehörde bekam. Als Steuerberater, der unter seinen Klienten eine Menge Schriftsteller hat, war ich an ihre unverantwortliche Einstellung dem Geld gegenüber gewöhnt – an die Art, wie sie unfehlbar ihr künstlerisches Temperament als Entschuldigung heranziehen für etwas, das in Wirklichkeit nichts anderes als wohl berechnete Steuerhinterziehung ist. Es gelang mir, die Dinge für Reeve in Ordnung zu bringen und ihm zu zeigen, wie er mehr oder weniger liquide bleiben konnte. Ich nehme an, es war eine Geste der Dankbarkeit, dass er Gwendolen und mich zum Essen in ein Restaurant einlud. Daraufhin baten wir ihn wenig später zu uns nach Hause, und schon bald waren wir enge Freunde geworden.

Schriftsteller und die Art und Weise, wie sie arbeiten, haben etwas Faszinierendes für so simple Gemüter wie mich. Mir ist es ein Rätsel, woher sie ihre Ideen beziehen, wie sie eine Sache aufbauen, wie sie ihre Gestalten erfinden, sie sprechen lassen und so weiter. Aber Reeve verstand sich sehr gut darauf. Dann versetzte er das Ganze mir nichts, dir nichts an den Hof Ludwigs des Fünfzehnten oder ins mittelalterliche Italien oder sonst wohin. Ich habe seine sämtlichen neun historischen Romane gelesen und seine – sagen wir: Virtuosität sehr bewundert. Aber eigentlich habe ich sie nur ihm zu Gefallen gelesen. Denn im Grunde sind mir Kriminalromane viel lieber, und mit einem anderen literarischen Genre habe ich mich selten abgegeben.

Gwendolen meinte einmal, es sei doch schier unglaublich, wie Reeve auch noch seine Bücher derartig mit Dramatik voll stopfen könne, wo doch sein Leben schon ein einziges Drama sei. Vermutlich müsse er das alles auf dem Papier loswerden. Aber ich glaube eher, dass im Grunde jeder seiner Helden er selbst ist, lediglich umgesetzt in die Gestalt des Cesare Borgia oder des Casanova. In allen nämlich konnte man Reeve wiedererkennen, hoch gewachsen, schön und atemberaubend, wie sie waren, und jeder ein wahrer Teufel, wenn es um Frauen ging. Reeve war, als ich ihn kennen lernte, etwa seit einem Jahr von seiner Frau geschieden und hatte seitdem einen wahren Rattenschwanz von Freundinnen gehabt, Mannequins, Schauspielerinnen, Mädchen aus der Modebranche, Sekretärinnen, Journalistinnen, Lehrerinnen, hochkarätige Geschäftsführerinnen und sogar eine Zahnärztin. Einmal, als wir bei ihm zu Besuch waren, spielte er uns eine Schallplatte mit einer Arie aus »Don Giovanni« vor, einer weiteren Gestalt übrigens, mit der er sich identifizierte und über die er schrieb. Sie nannte sich die Registerarie und zählte all die verschiedenen Frauentypen auf, die der Don geliebt hatte – Blonde, Brünette, Rothaarige, Junge, Alte, Reiche und Arme; und enden tut sie sinngemäß etwa so: Solange eine nur einen Unterrock trägt, weiß man, was er tun wird. Komisch, ich weiß sogar noch den italienischen Text für diese Stelle, obgleich es das einzige Italienisch ist, das ich überhaupt kann. *Purche porti la gonella voi sapete quel che fa.* Danach lacht dann der Sänger ziemlich anzüglich, das Hohnlachen eines Verführers, genau abgestimmt auf die Begleitmusik. Und Reeve lachte auch. Er meinte, das sei ihm aus der Seele gesprochen.

Ich bin altmodisch, ich weiß. Ich bin konventionell. Sex ist was für die Ehe, soweit es mich betrifft, und was man an Sex vor der Ehe erlebt – bei mir war es nie viel –, also ich kann nicht anders daran zurückdenken als an ein etwas peinliches Geheimnis. Ich konnte auch nie recht glauben, dass es bei den Leuten wirklich so viel Sex außerhalb der Ehe gab. Das war doch alles Klatsch und Angeberei, dachte ich. Ja, das habe ich tatsächlich geglaubt. Ich machte mich sogar selbst zum Narren, indem ich mir einbildete, wenn Reeve von einem neuen Mädchen erzählte, mit dem er »ausginge«, dann meine er wirklich Ausgehen, sie zum Essen einladen oder zum Tanzen oder so; und dann brächte er sie im Taxi heim, vielleicht mit einem Gutenachtkuss an der Haustür. Bis ich ihn an einem Sonntag, an dem wir ihn zum Mittagessen eingeladen hatten, morgens anrief, um ihn zu fragen, ob wir uns nicht vorher zu einem Aperitif im Pub treffen wollten. Er klang völlig verschlafen, und im Hintergrund hörte ich ein Mädchen kichern. Und da hörte ich ihn sagen:

»Zieh dir was an, Mäuschen, und mach uns 'ne Tasse Tee, ja? Mir brummt der Schädel so entsetzlich.«

Ich erzählte es Gwendolen.

»Was hattest *du* denn gedacht?«

»Ich weiß nicht«, erwiderte ich. »Mindestens dachte ich, du würdest schockiert sein.«

»Wieso? Er ist ein sehr gut aussehender Mann und erst siebenunddreißig; das ist doch natürlich.« Aber sie war doch ein wenig rot geworden. »Ich bin ja auch ziemlich schockiert«, fügte sie rasch hinzu. »Für unsereins ist das eben nichts, diese Art, wie er lebt, nicht wahr?«

Und dennoch nahmen wir gewissermaßen daran teil, sozusagen vom Rande her. Denn als wir Reeve besser kannten, verzichtete er auf all die Umschreibungen und Ausflüchte, mit denen er bisher unsere

Gefühle geschont hatte, und erzählte uns ohne Hemmungen Anekdoten aus seiner amourösen Gegenwart oder Vergangenheit.

Etwa von dem Mädchen, das so verrückt nach ihm war, dass sie sich, selbst nachdem er mit ihr gebrochen hatte, in seine Wohnung schlich und sich nackt in sein Bett legte, und das an einem Abend, als er gerade mit einer neuen Freundin nach Hause kam. Oder die Geschichte von der verheirateten Frau, die ihn zwei Stunden lang in ihrem Schrank versteckt hielt, bis ihr Mann endlich fortging ... Und dann das Mädchen, das kam, um ein Pfund Zucker zu leihen, und die ganze Nacht blieb ... Blonde Mädchen, dunkle Mädchen, dicke, dünne, reiche, arme ... *Purche porti la gonella voi sapete quel che fa.*

»Wirklich – eine andere Welt«, sagte Gwendolen.

Und ich setzte hinzu: »In der die anderen leben.«

Wir waren eingeschliffen auf solche Klischees. Unser ganzes Leben war ein einziges Klischee: das typische, weit verbreitete Leben der Mittelklasse in der westlichen Welt. Wir besaßen ein allein stehendes Haus in einem der *richtigen* Vororte, und wir besaßen solide Möbel und unverwüstliche Teppiche. Ich hatte meinen Wagen und sie den ihren. Ich fuhr um halb neun ins Büro und kam um sechs zurück. Gwendolen putzte das Haus, ging einkaufen und gab Damenkaffees. Abends saßen wir am liebsten zu Hause vorm Fernseher, und gewöhnlich gingen wir um elf Uhr schlafen. Ich glaube, ich bin ein guter Ehemann gewesen. Nie habe ich den Geburtstag meiner Frau vergessen oder versäumt, ihr an unserem Hochzeitstag Rosen zu schicken, nie habe ich mich vor meinem Anteil am Geschirrspülen gedrückt. Und sie war eine ausgezeichnete Ehefrau, eher romantisch veranlagt als sinnlich. Jedenfalls, mit mir war sie nie sehr sinnlich.

Sie bewahrte jede Geburtstagskarte auf, die ich ihr jemals schickte, ebenso sämtliche Aufmerksamkeiten zum Valentinstag aus der Zeit, als wir verlobt waren. Gwendolen gehörte zu den Frauen, die mit Hingabe auch die kleinsten Andenken sammeln. In einer Schublade ihrer Frisierkommode verwahrte sie zum Beispiel die Menükarte des Restaurants, in dem wir unsere Verlobung gefeiert haben, eine Ansichtskarte des Hotels, in dem wir unsere Flitterwochen verbrachten, und sämtliche Fotos, die je von uns gemacht wurden, die Hochzeitsbilder jedoch in einem ledergebundenen Album. Ja, sie war erzromantisch, und trotz all ihrer Schüchternheit warf sie Reeve gelegentlich in einer Anwandlung von Kühnheit seine Gefühllosigkeit vor.

»Aber das kannst du doch nicht machen mit jemandem, der dich liebt«, sagte sie einmal, als er uns seine brutale Absicht kundtat, mir nichts, dir nichts in Urlaub zu fahren, ohne seiner neuesten Freundin zu sagen, wohin er führe oder auch nur, dass er überhaupt wegführe. »Du brichst ihr ja das Herz!«

»Gwendolen, Liebling, sie hat doch gar kein Herz. Frauen haben nun mal keins. Stattdessen besitzen sie einen ganz anderen Mechanismus, nämlich eine Kombination aus Teleskop, Lügendetektor, Skalpell und Kastrationswerkzeug.«

»Du bist einfach zynisch«, erwiderte meine Frau. »Pass auf, eines Tages verliebst du dich selbst, und dann wirst du sehen, wie das ist.«

»Nicht unbedingt. Wie schon der alte Shaw sagt« – Reeve zitierte ständig, was andere Schriftsteller gesagt hatten – »behandle nicht die anderen, wie du von den anderen behandelt werden möchtest, denn wir haben nun mal nicht alle den gleichen Geschmack.«

»Wir haben wohl alle den gleichen Geschmack, wenn es darum geht, schlecht behandelt zu werden.«

»Daran hätte sie denken sollen, bevor sie versuchte, mich und mein Leben zu steuern. Nein, nein, ich werde mal in aller Stille eine Weile verduften. Vielleicht fahre ich auch gar nicht weg; vielleicht sage ich auch bloß, ich führe weg, und verkrieche mich vierzehn Tage in meinen vier Wänden. Man füllt einfach den Gefrierschrank voll, legt sich einen Alkoholvorrat an ... Ich hab das schon mal gemacht, in einer ähnlichen Situation. Das ist äußerst angenehm, und ich kriege einen Berg Arbeit geschafft.«

Gwendolen verschlug es die Sprache, und ich muss sagen, mir auch. Man fragt sich nach diesen Kostproben von Reeves Moral vielleicht, was es denn war, das ich an Reeve so mochte. Ich weiß es jetzt selbst nicht mehr. Sein Charme vielleicht, seine überschäumende Gastfreundschaft, das reuevolle Bedauern, mit dem er von seinem Leben sprach, während er meines als das Ideal hinstellte, von dem alle Welt träumte; vielleicht seine Hilflosigkeit gegenüber Finanzangelegenheiten und dazu seine Bewunderung für meine Fähigkeit, sie in den Griff zu bekommen; seine Art, mich zu behandeln, als seien wir beide Männer von Welt, bloß ich hätte den besseren Teil erwählt ... Wenn wir ihn zu einer unserer langweiligen, bescheidenen Partys einluden, so war er jedes Mal der aufregende Mittelpunkt, der witzige Unterhalter, der Retter in der Not bodenloser Langeweile, der geschäftige Barmann und vor allem der einzige unter unseren Bekannten, der nicht

Steuerberater, Bankdirektor, Rechtsanwalt, praktischer Arzt oder Geschäftsführer einer Firma war. Wir hatten seine Bücher im Regal stehen. Unsere Freunde borgten sie aus und erzählten ihren Bekannten, sie hätten Reeve Baker in unserem Haus kennen gelernt. Er verlieh uns jenes Flair, das uns um Zentimeter über das Niveau der Bourgeoisie erhob und uns interessant erscheinen ließ.

Vielleicht hätte ich mich damals lieber ernsthaft fragen sollen, was *er* eigentlich an uns hatte.

Es war vor ungefähr einem Jahr, als mir erstmals eine gewisse Kühle zwischen Gwendolen und Reeve auffiel. Der scherzhafte Umgangston, den sie beide mit Begeisterung gepflogen hatten – eine Mischung aus neckischen Liebeserklärungen und flammenden Komplimenten seinerseits und schüchtern-empörten Verweisen ihrerseits –, war abrupt verstummt. Wenn wir drei beisammen waren, so unterhielten sie sich quasi nur über mich, so als ob ich ihr Dolmetscher sei. Ich fragte Gwendolen, ob Reeve etwas getan habe, das sie verärgert hätte?

Sie sah mich fassungslos an. »Wieso fragst du das?«

»Du wirkst jetzt immer ein bisschen mürrisch ihm gegenüber.«

»Das tut mir Leid«, erwiderte sie. »Ich werde mir Mühe geben, netter zu sein. Ich wusste gar nicht, dass ich mich so verändert habe.« Auch mir gegenüber hatte sie sich verändert. Manchmal zuckte sie schon zusammen, wenn ich sie nur berührte, und wenn sie sich mir auch niemals verweigerte, so lag doch eine apathische Ergebenheit in ihren Umarmungen.

»Was ist eigentlich los?«, fragte ich nach einem

völligen Fehlschlag, der mich sehr verstörte, weil es das erste Mal war.

Sie sagte, nichts sei los, und dann meinte sie: »Wir werden einfach älter. Du kannst eben nicht erwarten, dass es immer noch so ist, als wären wir frisch verheiratete.«

»Um Gottes willen«, sagte ich, »du bist fünfunddreißig und ich neununddreißig. Wir sind doch noch nicht senil.«

Sie seufzte und sah unglücklich aus. Überhaupt war sie launisch und schwierig geworden. Zwar machte sie in Reeves Gegenwart kaum noch den Mund auf, aber wenn er nicht da war, redete sie viel über ihn, sie ergriff geradezu jeglichen Vorwand, sich über ihn und seinen Charakter zu verbreiten. Als an unserem zehnten Hochzeitstag eine Glückwunschkarte von ihm kam, die an uns beide gerichtet war, schien sie unsäglich verärgert. Ich hatte ihr wie immer Rosen schicken lassen. Ende der Woche vermisste ich die Quittung für eine Rechnung, die ich bezahlt hatte – als Wirtschaftsprüfer bin ich in diesen Dingen begreiflicherweise sehr eigen –, und ich wühlte im Papierkorb herum, weil ich dachte, ich hätte sie vielleicht weggeworfen. Ich fand sie auch tatsächlich. Und ich fand noch etwas, nämlich die Glückwunschkarte, die ich Gwendolen zusammen mit den Rosen geschickt hatte.

Alle diese Dinge bemerkte ich wohl. Das war ja gerade das Unglück bei mir, ich registrierte die Dinge zwar, aber es fehlte mir an Lebenserfahrung, um zwei und zwei zusammenzuzählen und zu einem unumstößlichen Ergebnis zu kommen. Ich besaß einfach nicht genug gesunden Menschenverstand, um dahinter zu kommen, weshalb meine Frau nie zu Hause war, wenn ich sie nachmittags anrief, oder weshalb sie unentwegt neue Kleider kaufte. Ich bemerkte es, ich wunderte mich darüber, aber das war auch alles.

Auch an Reeve fiel mir einiges auf. Vor allem, dass er aufhörte, von seinen Liebschaften zu sprechen.

»Er wird wohl endlich erwachsen«, meinte ich zu Gwendolen.

Sie reagierte voller Wärme, ja Begeisterung. »Das glaube ich allerdings auch.«

Aber sie hatte sich getäuscht. Die Phase, die ich für sein Zölibat hielt, dauerte bloß drei Monate. Und als er dann wieder eine neue Freundin erwähnte, tat er es nur mir gegenüber. Sehr vertraulich, bei einem Wochenenddrink im Pub, erzählte er mir von diesem »saftigen Küken«, kaum zwanzig Jahre alt, das er in der vorigen Woche auf einer Party kennen gelernt hätte.

»Das hält doch wieder nicht, Reeve«, warnte ich ihn.

»Das will ich auch stark hoffen! Wer will schon, dass es *dauert*?« Gwendolen jedenfalls bestimmt nicht. Als ich es ihr erzählte, war sie zuerst ungläubig, dann entgeistert. Und als ich sagte, es täte mir Leid, ihr davon erzählt zu haben, weil Reeves Rückfall sie so sehr aufrege, da fauchte sie mich an, sie hätte nicht vor, sich mit mir über Reeve zu unterhalten. Danach wurde sie immer reizbarer, nervöser und auch deprimierter. Wenn das Telefon klingelte, stürzte sie hin. Ein- oder zweimal kam ich nach Hause und fand weder meine Frau noch ein Abendessen vor. Und wenn sie dann kam, sah sie blass und elend aus und sagte, sie habe einen Spaziergang gemacht. Ich bestand darauf, dass sie unseren Arzt aufsuchte, und der verschrieb ihr

Beruhigungsmittel, die aber ihre Depressionen nur noch verstärkten.

Reeve hatte ich seit einer Ewigkeit nicht gesehen. Aber eines Tages rief er mich aus heiterem Himmel im Büro an, um mir zu sagen, er führe jetzt für drei Wochen nach Südfrankreich.

»Und das bei dem wackeligen Zustand deiner Finanzen?«, fragte ich. Ich hatte einen Kampf mit ihm ausfechten müssen, ehe ich ihn so weit kriegte, dass er die Januarrate seiner zweimal jährlich fällig werdenden Einkommensteuer zahlte, und ich wusste, dass er praktisch bankrott war, bis er im Mai die Vorauszahlung für sein neues Buch bekommen würde. »Südfrankreich ist ganz schön teuer, was?«

»Ich schaff das schon«, war seine Antwort. »Mein Bankdirektor gehört zu meinen Bewunderern, der lässt mich mein Konto überziehen.«

Gwendolen schien nicht sonderlich überrascht, als sie von Reeves Ferienplänen erfuhr. Er hatte mir erzählt, er führe allein – das »saftige Küken« war längst in der Versenkung verschwunden –, und sie meinte bloß, er brauchte eben Ruhe, zumal dort keins von diesen Mädchen wäre, die ihm so zusetzten, wie sie es ausdrückte.

Als ich Reeve kennen gelernt hatte, wohnte er in einer Mietwohnung, aber ich überredete ihn, eine Eigentumswohnung zu kaufen, aus Sicherheitsgründen und auch als Investition. Sie eine Gartenwohnung zu nennen war reichlich übertrieben; genau genommen war es Souterrain, die Tiefetage eines großen, viktorianischen Hauses in Bayswater. Eigentlich führte mich mein Weg zum Büro nicht durch seine Straße, aber manchmal, wenn der Verkehr sehr stark war, schlich ich mich so hinten herum und kam dann an seinem Haus vorbei. So war es auch eines Morgens wieder, als er schon etwa zwei Wochen verreist war, und natürlich warf ich im Vorüberfahren einen Blick auf sein Fenster. Man wirft nun mal einen Blick auf die Fenster eines Freundes, wenn man daran vorbeikommt, meine ich, selbst wenn man weiß, dass dieser Freund gar nicht zu Hause ist. Sein Schlafzimmer ging nach vorne hinaus, und das Fenster war zur Hälfte sichtbar, die untere Hälfte dagegen hinter dem aufgeschütteten Rasen verborgen. Ich sah, dass die Vorhänge zugezogen waren. Nicht besonders schlau, dachte ich, geradezu eine Einladung für Einbrecher! Und dann dachte ich nicht weiter daran. Zwei Tage später kam ich wieder vorüber, diesmal sehr langsam, weil der Verkehr sich staute, und wieder schaute ich zu Reeves Fenster hinüber. Jetzt waren die Vorhänge nicht mehr ganz geschlossen, sie klafften in der Mitte etwa fünfzehn Zentimeter auseinander. Was immer nun ein Einbrecher auch tun mag, es ist sehr unwahrscheinlich, dass er die Fenstervorhänge aufzieht. Ich dachte in diesem Falle auch weniger an Einbrecher, als dass Reeve wohl vorzeitig zurückgekommen sei.

Da ich ohnehin zu spät zur Arbeit kommen würde, wenn ich noch länger in diesem Verkehrsstau stecken bliebe, stellte ich kurz entschlossen den Wagen bei der nächsten freien Parkuhr ab. Klopfen wir doch mal an beim alten Reeve, dachte ich, und lassen uns von ihm eine Tasse Kaffee machen! Niemand öffnete. Aber als ich nochmals einen Blick auf das Fenster warf, da war ich fast sicher, dass die Vorhänge inzwischen wieder bewegt worden waren, und zwar während der letzten zehn Minuten. Ich klingelte bei der Frau in der oberen Wohnung. Sie kam im Morgenmantel an die Tür.

»Es tut mir Leid, Sie zu stören«, entschuldigte ich mich, »aber wissen Sie zufällig, ob Mr Baker schon zurück ist?«

»Der kommt erst am Samstag«, erwiderte sie.

»Wissen Sie das genau?«

»Natürlich weiß ich das genau«, sagte sie ziemlich ungnädig. »Ich habe ihm am Montag eine Nachricht durch die Tür geschoben, und wenn er schon zurück wäre, dann hätte er sich das Päckchen, das ich für ihn angenommen habe, doch sofort abgeholt.«

»Wissen Sie, ob er seinen Wagen genommen hat?«, fragte ich und kam mir dabei vor wie der Detektiv in meinen Lieblingskrimis.

»Natürlich hat er den Wagen genommen. Was soll das alles? Was hat er denn getan?«

Ich versicherte, er habe gar nichts getan, soweit ich wüsste, und sie knallte mir die Tür vor der Nase zu. Also ging ich hinüber zu dem Garagenanbau des Hauses. Viel konnte ich durch die kleinen Riffelglasscheiben der verschlossenen Tür von Reeves Garage nicht sehen, aber doch genug, um sicher zu sein, dass sie nicht leer war, dass vielmehr jener grünliche Schimmer von Reeves Fiat herrührte. Und da wusste ich Bescheid. Der war überhaupt nicht weggefahren! Ich schmunzelte in mich hinein bei dem Gedanken, wie er sich die ganzen drei Wochen dort in seiner Wohnung versteckt hielt, von Tiefkühlkost lebte und sich die meiste Zeit in den hinteren Räumen aufhielt, wo er, da sie auf einen Hof mit hohen Mauern hinausgingen, ungefährdet Licht anhaben konnte, bei Tag und bei Nacht. Warten wir also bis Samstag, sagte ich mir.

Und ich malte mir aus, wie ich ihn nach Details seiner Reise ausfragen würde, wie ich ihm kleine Fallen stellen würde, bis selbst er mit seiner Schriftstellerfantasie würde zugeben müssen, dass er überhaupt nicht fort gewesen war.

Gwendolen deckte gerade den Tisch fürs Abendessen, als ich heimkam. Ich hatte beschlossen, niemanden außer ihr in den Spaß einzuweihen, den ich mit Reeve vorhatte. Sie horchte auch sofort auf, als ich nur Reeves Namen erwähnte, aber als ich mit meinem Bericht bei seinem Wagen angekommen war, der in der Garage stünde, da starrte sie mich an, und alle Farbe wich aus ihrem Gesicht. Sie setzte sich hin, und das Bündel Messer und Gabeln, das sie hielt, fiel in ihren Schoß.

»Um Himmels willen, was ist denn los?«, fragte ich.

»Wie kann er nur so grausam sein! Wie kann er zu irgendjemandem so grausam sein!«

»Ach, Liebling, Reeve ist nun mal völlig skrupellos, wenn es sich um Frauen handelt. Du weißt doch, er hat uns ja selbst erzählt, dass er das schon früher getan hat.«

»Ich rufe ihn an«, sagte sie, und ich sah, dass sie zitterte. Sie wählte seine Nummer, und ich hörte das Rufzeichen.

»Er wird nicht abnehmen«, prophezeite ich. »Wenn ich gewusst hätte, dass es dich derartig aufregt, dann hätte ich es dir nicht erzählt.«

Sie sagte kein Wort mehr. Auf dem Herd in der Küche kochte das Essen, der Tisch war erst halb gedeckt, aber sie kümmerte sich nicht darum und ging in die Diele. Und kurz darauf hörte ich die Haustür zufallen.

Ich weiß, ich bin ein bisschen schwer von Begriff in

mancher Hinsicht, aber dumm bin ich nicht. Selbst ein Mann, der seiner Frau so vertraut, wie ich es tat – genauer gesagt, der nie auch nur die Notwendigkeit für solch ein Vertrauen in Betracht gezogen hatte –, musste jetzt begreifen, dass irgendetwas passiert war. Nichts Besonderes natürlich, beruhigte ich mich selbst; der Zusammenbruch einer Schwärmerei ihrerseits, einer Art Heldenverehrung, die Reeve durch seine Schmeicheleien und Vertraulichkeiten in ihr entfacht hatte. Natürlich fühlte sie sich hintergangen, betrogen, wenn sie jetzt erfuhr, dass er sie über seine Pläne und Absichten beschwindelt hatte, nachdem er ihr vorgegaukelt hatte, sie sei seine ganz spezielle Freundin und Mitwisserin all seiner Geheimnisse. Immerhin ging ich nach oben, um mich selbst zu vergewissern, durch einen Blick in jene Kommodenschublade nämlich, in der sie ihre kleinen Schätze verwahrte. Unanständig? Sie selbst schloss sie ja niemals zu; nie hatte sie versucht, ihren Inhalt vor mir geheim zu halten.

Und all die kleinen Souvenirs von unserer ersten Begegnung, unserer Brautzeit, unserer Hochzeit waren noch da. Zwischen einer Geburtstagskarte und einem Gruß zum Valentinstag fand ich eine gepresste Rose. Aber da lagen auch, etwas abseits in einem Nest aus dem Spitzentaschentuch, das ich ihr einmal geschenkt hatte, ein Knopf und ein Medaillon. Das Medaillon hatte sie von ihrer Mutter geerbt, die verblasste Fotografie im Innern jedoch – irgendeine undefinierbare, längst verstorbene Verwandte – war durch einen Ausschnitt aus einem Schnappschuss ersetzt worden, und er stellte Reeve dar. Und in der anderen Seite befand sich eine Haarlocke. Den Knopf kannte ich. Er stammte von Reeves Blazer, und man sah auch, dass er nicht einfach abgeschnitten worden war. Er musste ihn also irgendwo in unserem Haus verloren haben, und sie hatte ihn aufgehoben. Das Haar gehörte auch Reeve, schwarz, wellig und hier und da von einem grauen Faden durchzogen; und es war ebenfalls nicht abgeschnitten worden. Sie musste es bei einem unserer Besuche in seiner Wohnung heimlich aus seiner Haarbürste gezupft und zu einer Locke zusammengedreht haben. Arme kleine Gwendolen ... Lediglich sekundenlang hatte ich Reeve verdächtigt; einen schmerzlichen Augenblick lang, nachdem sie gegangen war, saß ich da und fragte mich, ob er etwa ... Konnte mein bester Freund ...? Aber nein! Er hatte ihr ja nie einen Brief oder etwa Blumen geschickt. Es war also alles nur ihre Einbildung, und aus diesem Grunde – ich wusste ja schließlich, wohin sie gegangen war – *musste* ich verhindern, dass sie zu ihm ging und eine Demütigung erfuhr.

Ich steckte die Sächelchen in meine Tasche in dem vagen Gedanken, sie könnten mir helfen, ihr klar zu machen, wie kindisch sie sich benahm. Sie hatte nicht ihr Auto genommen. Gwendolen scheute sich immer, in der Londoner Innenstadt herumzufahren. Ich stieg also in meinen Wagen und fuhr zu der U-Bahnstation, an der sie, wie ich wusste, aussteigen würde.

Eine Viertelstunde nachdem ich dort war, erschien sie, schritt schnell davon und warf nervöse Blicke nach rechts und links. Als sie mich sah, fuhr sie zusammen und blieb stocksteif stehen.

»Steig ein, Liebling«, sagte ich sanft, »ich möchte mit dir reden.«

Sie stieg ein, aber sie sprach kein Wort. Ich fuhr zur Bayswater Road hinunter und von dort in den Hydepark. Dort hielt ich auf dem Ring unter den Platanen an, und weil sie immer noch schwieg, sagte ich:

»Du musst nicht glauben, dass ich dich nicht verstehe. Wir sind jetzt zehn Jahre lang verheiratet, und ich muss zugeben, ich bin ein ziemlich langweiliger Bursche. Reeve ist so ganz anders, so aufregend und ... Also, es ist wahrscheinlich nur natürlich, wenn du jetzt glaubst, du seist in ihn verliebt ...«

Sie sah mich mit steinernem Gesicht an. »Ich liebe ihn, und er liebt mich.«

»Ach, Unsinn«, sagte ich, aber es war nicht die Kühle des Frühlingsabends, die mich frösteln machte. »Er hat seinen Charme spielen lassen, und du bist darauf reingef ...«

Sie unterbrach mich: »Ich lasse mich scheiden.«

»Um Himmels willen«, sagte ich. »Du kennst doch Reeve kaum. Du bist doch noch nie mit ihm allein gewesen, oder?«

»Nie mit ihm allein gewesen?« Sie brach in ein schrilles, verzweifeltes Gelächter aus. »Er ist seit sechs Monaten mein Geliebter. Und jetzt gehe ich zu ihm. Um ihm zu sagen, dass er sich von nun an nicht mehr vor den Frauen zu verstecken braucht, denn ich werde immer bei ihm sein.«

Wie gelähmt starrte ich sie im Halbdunkel des Wagens an. »Das glaube ich dir nicht«, würgte ich hervor, aber ich glaubte ihr doch. Ja, ich glaubte ihr. »Du meinst, du und er ... und alles ... Du, meine Frau?«

»Ich werde Reeves Frau sein. Ich bin die Einzige, die ihn versteht, die Einzige, mit der er reden kann. Das hat er mir selbst gesagt, bevor – bevor er wegfuhr.«

»Bloß – er ist gar nicht weggefahren.« Aufquellende Röte breitete sich vor meinen Augen aus wie eine riesige Blutlache. »Dumme Gans!«, schrie ich sie an. »Begreifst du denn nicht, dass er sich vor dir versteckt? Er hat es getan, um *dich* loszuwerden, so wie er zuvor all die anderen losgeworden ist. Dich lieben? Er hat dir noch nicht mal das kleinste Geschenk gemacht, nicht mal ein Foto. Wenn du jetzt hingehst, wird er dich nicht reinlassen. Du bist die Letzte, die er reinlassen würde.«

»Ich geh aber zu ihm«, schrie sie zurück und machte sich wild an der Wagentür zu schaffen. »Ich gehe zu ihm, und ich lebe mit ihm. Und dich will ich *nie* wiedersehen!«

Am Ende bin ich dann heimgefahren. Ihr Wunsch ist in Erfüllung gegangen. Sie hat mich nie wiedergesehen.

Als sie um elf nicht zurück war, benachrichtigte ich die Polizei. Sie baten mich, aufs Polizeirevier zu kommen und eine Vermisstenanzeige aufzugeben. Im Übrigen nahmen sie meine Ängste nicht besonders ernst. Anscheinend vermutet man, wenn eine Frau in Gwendolens Alter verschwindet, mit Sicherheit, dass sie mit einem Mann auf und davon ist. Ernst nehmen taten sie es allerdings, als ein Parkwächter am nächsten Morgen ihre strangulierte Leiche zwischen ein paar Büschen fand.

Das war am Donnerstag. Die Polizei wollte wissen, wohin Gwendolen möglicherweise gegangen sein konnte, so weit entfernt von ihrem Haus? Sie verlangten Namen und Adressen unserer sämtlichen Freunde und Bekannten. Kannten wir irgendjemanden in Kensington oder Paddington oder Bayswater, irgendwo in der Umgebung des Hydeparks? Ich sagte, nein, nicht dass ich wüsste. Am nächsten Tag fragten sie mich wieder, und ich sagte, als ob es mir soeben einfiele:

»Höchstens Reeve Baker. Der Schriftsteller, wissen Sie.« Ich gab ihnen seine Adresse. »Aber der ist auf Urlaub, schon seit drei Wochen. Er kommt erst morgen zurück.«

Was danach passiert ist, erfuhr ich bei der Zeugenvernehmung während Reeves Prozess – seinem Prozess wegen des Mordes an meiner Frau. Die Polizei erschien am Samstagmorgen bei ihm. Ich glaube, anfangs haben sie ihn nicht im Geringsten verdächtigt. Nach allem, was ich als notorischer Kriminalromanleser weiß, wird man ihn bis ins Einzelne nach unserem Privatleben ausgefragt haben. Sein Pech war es, dass die Polizisten schon mit ein paar seiner Nachbarn gesprochen hatten. Reeve hatte doch alle diese Leute glauben lassen, er sei wirklich verreist. Der Milchmann zum Beispiel und der Zeitungsjunge waren überzeugt, er sei nicht zu Hause gewesen. Als sie ihn dann selbst vernahmen und er sehr wohl wusste, weshalb sie es taten, da geriet er in Panik und wagte nicht zu sagen, er sei in Frankreich gewesen. Sie hätten ihm ja auch ohne die geringsten Schwierigkeiten das Gegenteil beweisen können. Also erzählte er die Wahrheit, gab an, er habe sich versteckt gehalten, um sich den Nachstellungen einer Frau zu entziehen. Welcher Frau? Das wollte er nicht sagen. Aber die Frau aus dem Obergeschoss tat es. Immer und immer wieder hatte sie schließlich beobachtet, wie Gwendolen ihn an den Nachmittagen besucht hatte, sie hatte gehört, wie sie sich gestritten hätten, wie Gwendolen wild beteuert habe, sie liebe ihn, und er habe gebrüllt, er ließe sich nicht an die Kette legen, und er würde alles daransetzen, sich vor ihrer Besitzgier zu retten. Natürlich hatte er kein Alibi für den Mittwochabend. Es entging dem Richter und den Geschworenen nicht, dass er sein Bestes tat, sich eins zurechtzubasteln, schließlich ist es bei einem Schriftsteller nicht weiter verwunderlich, wenn seine Fantasie mit ihm durchgeht. Aber er bedachte dabei nicht, wie hartnäckig und gründlich die Polizei arbeitet. Und abgesehen davon gab es ja auch knallharte Indizien für seine Schuld. Hauptsächlich waren es drei Beweisstücke, die bei Gericht vorgelegt wurden: Reeves Blazer, an dessen Ärmel ein Knopf fehlte, der dazugehörige Knopf und ein Büschel seiner Haare. Der Knopf war bei Gwendolens Leiche gefunden worden, und die Haare hafteten an ihrem Mantel …

Meine eifrige Lektüre von Kriminalromanen ist also nicht umsonst gewesen. Allerdings habe ich seither keinen einzigen mehr gelesen. So was tut man doch nicht, finde ich, nach so einer Geschichte.

Ein schlechtes Herz

Sie waren ziemlich aufdringlich gewesen, und so hatte er denn, als sie ihn zum drittenmal fragten, schließlich angenommen. Ergeben, ja, fast fatalistisch hatte er zugesagt, zum Essen zu ihnen zu kommen. Aber als er sich dann auf den Weg machte – weit aus London hinaus –, da dachte er verdrossen, sie hätten eigentlich so viel Takt besitzen können, die Bekanntschaft mit ihm völlig abzubrechen. Kein anderer Angestellter, den er entlassen hatte, war ihm je derartig penetrant auf den Leib gerückt. Gedroht hatte man ihm – das ja, etliche sogar hatten ihm gedroht, und einer hatte sogar versucht, ihn zu erpressen, aber keiner hatte die Unverfrorenheit besessen, ihn zum Essen einzuladen. Das gehörte sich einfach nicht. Ein dezenter Mann hätte das nie getan. Aber Hugo Crouch war eben kein dezenter Mann, und das war es ja – unter anderem – auch gewesen, weshalb er ihn gefeuert hatte.

Er wusste genau, weshalb sie ihn eingeladen hatten. Sie wollten ihn ins Kreuzverhör nehmen. Weil er das ahnte, hatte er ja auch vorgeschlagen, man solle sich – auf seine Kosten – in einem Restaurant treffen. In einem öffentlichen Restaurant konnte man schließlich einen Mann nicht weithin hörbar unter Anklage stellen, dort wäre er ihnen nicht so auf Gedeih und Verderb ausgeliefert gewesen. Aber sie hatten hartnäckig darauf bestanden, dass er zu ihnen hinauskäme, und schließlich hatte er sich darein gefügt. Immerhin war er ein älterer Mann mit einer Herzschwäche, und dann diese fast zwanzig Kilometer von seiner Wohnung bis zu ihrem Haus, im Schneckentempo durch den Nebel und den Nieselregen eines widerlichen Februarabends. Das war einfach unzumutbar, aber er würde ihnen schon zeigen, dass er es schaffte, *ihn* kriegten sie damit nicht klein! O ja, der Präsident der Firma Fraser würde ihnen schon zeigen, dass er sich von einem aufgeblasenen Weltbeglücker wie Hugo Crouch nicht einschüchtern ließ, er würde die Situation meistern, genauso wie er damals mit dem Erpresser fertig geworden war.

Als er die Ausläufer des Waldes erreichte, pladderte der Regen so heftig, dass er die Scheibenwischer auf äußerste Geschwindigkeit schalten musste. Wieder einmal war er dankbar, dass er sich diesen neuen Wagen mit all seinen aufwendigen Extras angeschafft hatte. Und ganz gewiss hätte die Firma diese Anschaffung nicht verkraftet, wenn er Hugo Crouch auch nur einen Tag länger behalten hätte. Wenn er all den idiotischen Forderungen Hugos nachgegeben hätte, dann säße er heute noch mit dem alten Daimler da; und die Winter-Kreuzfahrt hätte er sich ebenso wenig leisten können. Hugo war ihm ein richtiger Dorn im Fleische gewesen mit seinen Extratouren und mit diesem Spleen, in einem Haus mitten im Epping Forest zu wohnen, jawohl, buchstäblich mitten im Wald, völlig isoliert, nicht einmal in Reichweite eines der umliegenden Dörfer. Ein Direktor der Firma Fraser hatte gefälligst erreichbar zu sein. Sich hier draußen zu vergraben, das war doch einfach lächerlich.

Die mächtigen Scheinwerfer des Wagens schnitten einen gewundenen Fahrweg aus dem Dunkel. Die grauen Baumstämme zu beiden Seiten verliehen ihm Ähnlichkeit mit einem düsteren Säulengang. Alle paar Sekunden wurde das Bild durch einen Regenvorhang ausgelöscht, um unter dem Schwung der Scheibenwischer für kurze Augenblicke wieder zu erscheinen. Glücklicherweise war er schon einmal hier gewesen, sonst hätte er leicht die hohe Mauer mit dem hölzernen Tor verfehlen können, hinter der das Crouchsche Haus lag, eine viktorianische Villa mit spitzem Giebel, Schmutzfarben, schäbig, in seinen Augen einfach scheußlich. Jeder, der einen Abrissauftrag dafür erteilen würde, erwiese der ganzen Umgebung einen Dienst, dachte er grimmig, als er durch das hölzerne Tor fuhr. Nicht ein einziges Licht war zu sehen. Er erinnerte sich, ihre Wohnzimmer lagen nach hinten heraus, aber sie hätten ja schließlich zu seiner Orientierung etwas Beleuchtung einschalten können. Ohne seine Scheinwerfer hätte er den Eingang nie gefunden. Er presste die Schachtel Pfefferminzkonfekt, die er für Elisabeth Crouch mitgebracht hatte, an sich und hastete den überfluteten gepflasterten Weg entlang, dass das Wasser nur so aufspritzte. Von oben plätscherte der Regen aus der schadhaften Dachrinne herab wie aus unzähligen Wasserhähnen. Und die rettende Eingangstür war natürlich – wie konnte es anders sein! – an der entlegensten Seite des Hauses. Schwer zu sagen, wo bei denen hier der Garten endete und der Wald anfing. Irgendeine Begrenzung war jedenfalls nicht zu sehen. Überhaupt gar nichts war zu sehen außer ein paar triefenden Ästen und Zweigen, schwach beleuchtet durch den matten Schimmer, der aus dem Oberlicht über der Haustür fiel.

Er ließ die Glocke anhaltend schrillen, ohne den

Finger vom Klingelknopf zu nehmen, einzig in der Hoffnung, dass die Nässe nicht schon durch seinen Mantel in den neuen Maßanzug gedrungen wäre. Soeben traf ein neuerlicher Sturzbach ihn von oben in den Nacken, sodass er am ganzen Körper schlotterte. Da endlich öffnete sich die Tür.

»Duncan! Sie müssen ja total nass sein! War die Fahrt schlimm?«

»Kann man wohl sagen«, japste er nur und trat mit eingezogenem Kopf in den rettenden Windfang. »Schauderhafter Abend!«

Er warf ihr förmlich die Konfektschachtel zu und gab ihr die Hand. Dann fiel ihm ein, früher hatten sie sich freundschaftlich auf die Wange geküsst. Nun, er hatte nie etwas dagegen, eine hübsche Frau zu küssen, und ihre Schuld war es ja schließlich nicht gewesen. »Wie geht es Ihnen, Elisabeth?«, fragte er, nachdem ihre Wangen sich berührt hatten.

»Danke, gut. Geben Sie mir Ihren Mantel. Ich bringe ihn in die Küche, damit er trocknet. Hugo ist im Wohnzimmer. Sie kennen ja den Weg, nicht wahr?«

Einen endlosen Korridor entlang, wie er sich entsann, der weder ordentlich beleuchtet noch im Mindesten geheizt war. Der ganze Kasten hier schrie förmlich nach einer Zentralheizung. Er war inzwischen so bis auf die Knochen durchgefroren, dass er nur sehnsüchtig an seine Wohnung denken konnte, wo die Heizkörper immer so heiß waren, dass man selbst jetzt im Februar die Fenster aufreißen musste, und wo ihm seine Haushälterin just um diese Zeit eine heiße Pastete servieren würde und danach ein Poulet San Josef. Elisabeth Crouch war, soweit er sich erinnerte, eine ziemlich dürftige Köchin.

An der Wohnzimmertür blieb er stehen und wappnete sich für die Begegnung. Er hatte Hugo Crouch nicht mehr gesehen, seit der Mann erhobenen Hauptes sein Büro verlassen hatte, weil er, Duncan Fraser, Präsident der Firma Fraser, ihm überzeugend dargelegt hatte, dass er in einer anderen Position wahrscheinlich glücklicher wäre.

Also gut, je eher die ersten Worte geschafft waren, desto besser. Sehr wenige Männer in seiner Position würden sich solche Sachen wohl so zu Herzen nehmen, wie er mit seiner Feinfühligkeit es tat; und sehr wenige wären nach dieser Geschichte überhaupt noch gekommen! Er würde sich freundlich, zwanglos, allenfalls ein wenig väterlich geben. Und vor allem würde er unter keinen Umständen die Rede auf Hugos Entlassung kommen lassen. Durch nichts würde er sich dazu bringen lassen, darüber zu sprechen, wenn er es nicht wollte, und letzten Endes würde wohl die Höflichkeit, die sie ihm als Gastgeber schuldeten, dem einen Riegel vorschieben. Er öffnete die Tür, lächelte heiter und brachte sogar ein fröhliches Augenzwinkern zu Wege. »Hallo, hier bin ich also, Hugo. Ich habe es tatsächlich geschafft.«

Crouch trug eine saure Miene zur Schau, einen Ausdruck, den Duncan oft auf seinem Gesicht gesehen hatte, wenn er wieder mal Hugos mehr als extravagante Anordnungen oder Forderungen hatte annullieren müssen. Er lächelte nicht. Ernst reichte er Duncan die Hand und fragte ihn, was er zu trinken wünsche.

Duncan blickte sich flüchtig in dem Zimmer um, das sich nicht verändert hatte und immer noch mit den ziemlich scheußlichen viktorianischen Möbeln ausstaffiert war. Wenigstens brannte im Kamin ein mächtiges Holzklobenfeuer. »Ach ja, einen Drink«, seufzte er und rieb sich die Hände. Am liebsten hätte er einen Whisky gehabt, aber darum zu bitten wagte er nicht, denn der Doktor hatte ihn verboten. »Einen kleinen trockenen Vermouth vielleicht?«

»Ich fürchte, ich habe überhaupt keinen Vermouth im Hause.«

Diese Abfuhr versetzte ihm doch einen leichten Schock, auch wenn sie in beiläufigem Ton gesprochen war und auch wenn er dergleichen eigentlich hätte erwarten müssen. Eine erste Herausforderung? Jedenfalls hatte es ihm einen Stich versetzt. Natürlich, er hatte ja gewusst, dass sie ihm zusetzen würden, aber er hatte nicht damit gerechnet, dass der erste Schlag so prompt erfolgen würde. Also gut, sollte er doch durchblicken lassen, dass er sich eine wohl sortierte Bar nicht mehr leisten konnte, weil er seine Stellung verloren hatte. Er, Duncan, würde sich dadurch nicht aus der Fassung bringen lassen. »Dann einen Sherry, bitte«, sagte er. »Haben Sie Sherry?«

»Ja, Sherry haben wir«, erwiderte Hugo. »Kommen Sie, setzen Sie sich ans Feuer.«

Als er vor den leise zischenden Buchenscheiten saß und langsam auftaute, beschloss er, die Konversation zunächst auf das Wetter zu beschränken. Es war ja wohl auch das nahe liegendste Thema, um das Eis zu brechen, bis Elisabeth erschien. Sie kamen auch ganz wacker damit zurecht, schweiften sogar ab zu Sturmfluten an der Ostküste Englands und zu Autounfällen im Nebel, bis sie schließlich zurückkam und sich neben Duncan setzte.

»Wir haben weiter niemanden eingeladen, Duncan. Wir wollten Sie ganz für uns haben.«

Überflüssige Bemerkung unter diesen Umständen, dachte er. Natürlich hatten sie niemanden weiter eingeladen. Die Gegenwart weiterer Gäste hätte ja ihre Pläne durchkreuzt. Aber vielleicht war sie doch nicht so überflüssig gewesen, sondern so eine Art Eröffnungsschachzug?

»Na, wundervoll«, erwiderte er.

»Wir haben uns doch eine Menge zu erzählen; da dachte ich, es sei netter so.«

»Viel netter.« Eine Menge zu erzählen? Es gab doch wohl nur eins, was sie damit meinen konnte. Aber sie sollte nur nicht denken – und der stumme Hugo da drüben mit seiner grimmigen Duldermiene ebenso wenig –, dass er ihnen auch nur einen Millimeter entgegenkommen würde. Wenn sie partout das bewusste Thema ansteuern wollten, so sollten sie die ganze vorbereitende Wühlarbeit gefälligst allein bewältigen. »Wir unterhielten uns gerade darüber«, informierte er sie, »wie tragisch doch all diese Verkehrsunfälle sind. Und ich meine, dem könnte doch auf sehr simple Weise abgeholfen werden.« Er erläuterte diese simple Methode, aber er merkte wohl, dass sie daran nicht besonders interessiert waren, und es überraschte ihn nicht, als Elisabeth sagte:

»Das ist wirklich faszinierend, Duncan, aber sprechen wir doch zunächst einmal von Ihnen. Was haben Sie denn so gemacht in letzter Zeit?«

Das Geschäft unter Kontrolle gebracht, das dein Mann beinahe ruiniert hätte!

»Ach, so dies und jenes«, meinte er gedehnt, »nicht viel.«

»Haben Sie in diesem Winter wieder eine Kreuzfahrt unternommen?«

»Äh, ja. Ja, richtig. In die Karibik.«

»Das ist ja nett. Ich glaube, die Abwechslung hat Ihnen gut getan.«

Sie musste also herausstreichen, wie sehr er es nötig hätte, dass ihm etwas »gut täte«! Und natürlich war sie nur auf die Kreuzfahrt zu sprechen gekommen, um anzudeuten, dass manche Leute sich so was eben nicht leisten konnten. »Ja, es war eine wunderbare Erholung«, erwiderte er aufgeräumt. »Ich kann Ihnen da eine höchst amüsante Geschichte erzählen, die mir auf der Heimfahrt passiert ist.« Er erzählte sie ihnen, aber es klang nicht sonderlich amüsant. Elisabeth lächelte bemüht, Hugo jedoch verzog keine Miene. »Na ja, damals wirkte es komisch«, meinte er kleinlaut.

»Wir können in fünf Minuten essen«, lenkte Elisabeth ab. »Sagen Sie, Duncan, haben Sie eigentlich dieses Landhaus in Südfrankreich gekauft, auf das Sie damals so versessen waren?«

»O ja, das habe ich gekauft.« Was sah sie ihn so neugierig an, geradezu impertinent? Sie wartete wohl darauf, dass er sich dafür entschuldigte, sein eigenes Geld ausgegeben zu haben!

»Nun hören Sie sich bloß diesen Regen an«, sagte er kopfschüttelnd. »Er hat noch kein bisschen nachgelassen!«

Ja, das fanden sie auch. Und dann senkte sich bleiernes Schweigen herab. Er sah es deutlich an den Blicken, die die beiden austauschten – in solchen Dingen konnte man ihm nichts vormachen –, sie hatten begriffen, dass sie bislang nichts erreicht hatten. Ganz schön betreten sahen die beiden aus, dachte er triumphierend. Aber die Frau eröffnete bereits die nächste Runde, und diesmal schon mit härteren Bandagen.

»Stellen Sie sich vor, wen wir letzte Woche getroffen haben, Duncan. John Churchouse!« Der Mann, der vor ein paar Jahren die anfallenden Druckaufträge für die Firma Fraser erledigt hatte. Duncan erinnerte sich, er musste die Aufträge zu der Zeit erhalten haben, nachdem Hugo zum Direktor befördert worden war. Er richtete sich in seinem Sessel auf und trank den Rest seines Sherrys.

»Er erzählte uns, dass er monatelang im Krankenhaus gelegen – und dass er sehr viele Aufträge verloren hat. Er tat mir so ...«

»Bitte, dürfte ich mir wohl die Hände waschen?«, fragte Duncan mit fester Stimme. »Vielleicht sagen Sie mir, wo das Bad ist?«

»Natürlich.« Sie sah enttäuscht aus. Sollte sie nur! »Oben an der Treppe, die Tür genau geradeaus.«

Duncan begab sich also ins Badezimmer. Er durfte sich natürlich nicht einbilden, sich ein für alle Mal aus der Schlinge gezogen zu haben. Bestimmt würden sie während der Mahlzeit wieder über ihn herfallen. Wahrscheinlich betrachteten sie eine Tafelrunde als den angemessenen Ort für ein Kreuzverhör. Na schön, ihn sollte es nicht anfechten, und bisher hatte er sich ja ganz gut gehalten.

Beide warteten sie am Fuß der Treppe, um ihn ins Esszimmer zu geleiten, und wieder sah er, wie die Frau ihrem Mann einen Blick zuwarf, der einem Rippenstoß nicht unähnlich war. Hugo kriegte anscheinend kalte Füße. In solchen Fällen waren ja immer die Frauen die treibenden Kräfte! Duncan streifte mit einem flüchtigen Blick den Esstisch und die Platte mit den Horsd'œuvres. Sardinen, Anchovis und Artischockenherzen – reichlich unpassend für diese Jahreszeit.

»Was haben Sie sich bloß für Umstände gemacht, Elisabeth«, sagte er bewundernd.

Sie sah ihn mit einem betörenden Lächeln an. Er hatte es ganz vergessen, dieses Lächeln, das ihr ganzes Gesicht erhellte und die Augen aufblitzen ließ, irisierend blau wie das Gefieder des Eisvogels. »Die Arbeit, die uns freut, wird zum Ergötzen«, zitierte sie.

»Ah, ›Macbeth‹.« Sehr gut, ein ausgezeichnetes Thema, um sie während des Vorgerichtes abzulenken! »Wissen Sie noch? Nur ein einziges Mal sind wir drei gemeinsam im Theater gewesen, und es gab ›Macbeth‹.«

»Ich weiß«, erwiderte sie. »Brot, Duncan?«

»Ja, bitte. Ich habe übrigens vorige Woche diese großartige ›Macbeth‹-Aufführung einer polnischen Theatergruppe gesehen. Vielleicht waren Sie auch dort?«

»Wir waren in diesem Winter überhaupt nicht im Theater«, sagte Hugo kalt. Sie musste ihm unter dem Tisch einen Fußtritt versetzt haben, um ihm diesen Seitenhieb zu entlocken. Duncan ging nicht darauf ein und verbreitete sich stattdessen über Einzelheiten des polnischen »Macbeth«, obwohl ein wachsendes inneres Unbehagen ihm derartig zusetzte, dass er sich plötzlich auf alle möglichen Namen nicht mehr besinnen konnte, weder auf die der Shakespeare-Gestalten noch auf die der Schauspieler.

»Ich wollte, Keith hätte es sehen können«, meinte Elisabeth. »Es ist sein Wahlthema fürs Examen.«

Sie wollte ihn also zwingen, nach ihren Söhnen zu fragen, damit sie ihm erzählen konnte, dass sie sie aus diesem unsinnig teuren Internat herausnehmen müssten. Er dachte ja gar nicht daran! Das war vielleicht reichlich unhöflich, aber er würde nicht fragen.

»Ich glaube, Sie haben unsere Kinder nie kennen gelernt, Duncan?«

»Nein, nie.«

»Sie bekommen nächste Woche Schulferien und kommen nach Hause. Ich bin so froh, dass ihre Ferien mit meinen zusammenfallen.«

»Ihre Ferien?«, fragte er misstrauisch.

»Elisabeth ist wieder Lehrerin geworden.«

»Ach, wirklich?«, meinte Duncan. »Nein, danke, ich möchte nichts mehr. Es war köstlich. Kann ich Ihnen helfen? Etwas tragen vielleicht …?«

»Bitte bemühen Sie sich nicht. Ich werde schon allein fertig.« Sie sah ziemlich gekränkt aus. »Wenn ihr zwei mich entschuldigen wollt. Ich werde mal nach dem Hauptgericht sehen.«

So blieb er also mit Hugo allein in dem zugigen Esszimmer zurück. Er schob die Beine seitlich unter dem Tischtuch hervor, um sie möglichst nahe an den elektrischen Ofen mit der einen dürftigen Heizspirale zu bringen. Hugo plagte sich mit dem Korken einer Weinflasche ab. Er fluchte verhalten, weil er es nicht schaffte, ihn herauszuziehen.

»Lassen Sie mich mal versuchen, Hugo.«

»Danke, ich schaff das schon allein, besonders wenn Sie mir nicht so auf die Finger gucken«, versetzte Hugo unbeherrscht, um dann völlig zusammenhanglos – aber daran war man bei den beiden ja gewöhnt! – fortzufahren: »Übrigens absolviere ich einen Kursus als Wirtschaftsprüfer.«

»Na ja, als Weinkellner sind Sie ja schon nahezu bilanzsicher, Hugo«, witzelte Duncan, »ha, ha, ha!«

Hugo lachte nicht. Er war endlich mit dem Korken fertig geworden. »Ich denke, ich werde es schon schaffen. Mit Zahlen konnte ich ja schon immer ganz gut umgehen.«

»O ja, das konnten Sie allerdings. Mehr als gut sogar.« Das stimmte wirklich. Bloß mit dem Personal war der Mann unglaublich umgegangen, hatte Nachwuchskräften und kleinen Sekretärinnen Flausen in den Kopf gesetzt, die ihrem Stellenwert nicht entsprachen. »Ich bin überzeugt, dass Sie es schaffen.«

Warum kam denn nun die Frau nicht endlich zurück? Es mussten zehn Minuten vergangen sein, seit sie durch diese kilometerlangen Korridore in die Küche entschwunden war. Seine eigene Frau – sie war lange tot – hätte das Hauptgericht servierfertig in Schüsseln warm gestellt, bevor man sich zum Horsd'œuvre niedergesetzt hätte.

»Sie müssen sich qualifizieren, das ist die Hauptsache«, fügte er hinzu. In der Ferne hörte er die Räder des Servierwagens herankommen. Eine größere Erleichterung hätten auch die Räder eines nahenden Zugs nicht auslösen können, nachdem man eine Stunde auf dem eisigen Bahnsteig gewartet hat. Er konnte zwar die Frau nicht besonders leiden, aber alles war besser, als mit Hugo allein zu sein. Warum sollte er eigentlich nicht den Stier bei den Hörnern packen, bevor sie sich an das lächerlich schmächtige Brathähnchen machten, das soeben erschienen war? Er zwang sich also zu einem Lächeln, und dann sagte er: »Ich sage Ihnen, Sie beide sind im wahrsten Sinne des Wortes auf die Füße gefallen. Glauben Sie mir, Hugo, wenn Sie erst ein erfolgreicher Wirtschaftsprüfer geworden sind, dann werden Sie zurückblicken und Gott danken, dass Ihre und Frasers Wege sich getrennt haben.«

So, das war's, damit musste es genug sein. Sie hatten

ihn ihrem Verhör unterzogen, und jetzt sollten sie ihn gefälligst in Ruhe dieses halb zerkochte Zeug essen lassen, das sie ihm da als Abendessen auftischten. Wenigstens würden sie nun wohl von irgendetwas anderem anfangen und nicht länger alles ihm überlassen, nachdem er schon den ganzen Abend die Konversation bestritten hatte. Aber statt einer Unterhaltung herrschte tiefe Stille. Keiner von ihnen wusste irgendetwas zu sagen. Und wie sehr sich Duncan, während er sich mannhaft mit seinem Hühnerflügel abmühte, auch das Hirn nach einem Gesprächsthema zermarterte, ihm fiel partout nichts ein. Ihr Haus, seine Wohnung, die Belegschaft bei Fraser, sein Wagen, die Lebenshaltungskosten, ihr Lehrerinnenjob, Hugos Kursus, die soeben verflossene Weihnachtszeit, der bevorstehende Sommer, alle diese Themen würden doch bloß unausweichlich wieder auf Hugos Entlassung zurückführen. Duncan erkannte mit verzweifelter Wut, dass überhaupt *alle* Themen der Welt darauf zurückführen würden, denn er war nun mal er, und sie waren sie, und die Entlassung stand bei diesem trübsinnigen Gastmahl zwischen ihnen wie ein unbezwingbares Schreckgespenst. Von Zeit zu Zeit hob er den Blick von seinem Teller in der Hoffnung, sie werde sein viel gerühmtes Lächeln erwidern, jenes Lächeln, das durch übermäßige Abnutzung steif und grau geworden war. Aber jedes Mal, wenn er sie anschaute, fixierte sie ihn stumm und mit angespannten Gesichtszügen, sehr nüchtern, fast verbissen. Ihre Augen hatten das Eisvogelblau verloren; sie waren verhangen und dunkel wie Rauchglas.

Sie hatten also immer noch nicht genug, sie und ihr mürrischer, saftloser Ehemann! Sie wollten ihn wohl am Boden kriechen sehen. Nicht genug damit, dass er

Hugos Entlassung mit offener Freimütigkeit erwähnt hatte, sie erwarteten anscheinend eine Erklärung, eine Entschuldigung. Gut, sie sollten ihre Erklärung haben. Es gab anscheinend keinen Ausweg. Sorgfältig legte er Messer und Gabel nebeneinander auf den leer gegessenen Teller. Bestimmt, aber höflich lehnte er ab, als die Gastgeberin ihm nochmals anbot. Er holte tief Atem, so wie er es oft zu Beginn einer Vorstandssitzung tat und wie er es fast immer hatte tun müssen bei jenen Direktionsversammlungen, auf denen Hugo Crouch so hartnäckig und borniert auf Gehaltserhöhungen für die Angestellten bestanden hatte.

»Meine liebe Elisabeth«, begann er, »mein lieber Hugo. Ich weiß sehr wohl, weshalb Sie mich heute Abend eingeladen haben und auf was Sie beide dauernd anspielen, seit ich das Haus betreten habe. Und weil ich Ihre sehr liebenswürdige Gesellschaft lieber ohne weitere Peinlichkeiten genießen möchte, will ich hier und jetzt das tun, was Sie anscheinend von mir erwarten, nämlich Ihnen erklären, wie es dazu kam, dass ich Hugo zu bedenken gab, ob er sich nicht auf einem anderen Posten wohler fühlen würde als in der Firma Fraser.«

Elisabeth sagte: »Aber Duncan, hören Sie ...«

»Sie können Ihre Einwände später vorbringen, Elisabeth. Vielleicht überrascht es Sie, wenn ich sage, dass ich alles, was geschehen ist, einzig und allein *mir selbst* vorwerfen muss. Ja, ich gestehe es, alles war *meine* Schuld.« Er hob eine Hand, um Hugo zum Schweigen zu bringen. »Nein, Hugo, lassen Sie mich ausreden. Wie ich schon sagte, es war meine Schuld. Mir ist eine Fehleinschätzung unterlaufen. O ja, so war es. Ich hätte, als ich Sie beförderte, einfach sehen müssen, dass Sie den Posten nicht ausfüllen würden. Ich muss mir selber den Vorwurf machen, Ihre – nun ja, Ihre Grenzen nicht erkannt zu haben.«

Sie waren stumm. Und sie blickten weder ihn noch einander an.

»Wir Männer in verantwortungsvoller Stellung«, fuhr er fort, »wir müssen es uns auch ankreiden lassen, wenn die Leute, die wir einstellen, nicht die Kapazitäten entwickeln, die wir in ihnen vermutet haben. *Wir* sind es dann, denen es an Voraussicht fehlte, das ist alles. *Ich* trage die ganze Verantwortung auf meinen Schultern. Könnten wir es damit nun bewenden lassen? Vergeben und vergessen?«

Er hatte selten derartig verlegene und beschämte Gesichter gesehen – ein Zeichen mehr, wie wenig die beiden ihm gewachsen waren. Seine Erklärung war sicher das Letzte gewesen, was sie erwartet hatten, und jede Erwiderung erübrigte sich. Er reichte ihr seinen Teller mit dem kleinen Grabhügel aus Hühnerknochen und Kartoffelschalen, und als sie ihn nahm, sah er ihr Gesicht in plötzlichem Zorn aufflammen.

Er konnte sich nicht verkneifen, sie zu fragen: »Nun, Elisabeth, haben Sie mir vergeben?«

»Dazu ist es jetzt zu spät. Aus und vorbei«, sagte sie mit sehr kalter Stimme. »Für all so was ist es jetzt zu spät.«

»Tut mir Leid, wenn ich Ihnen nicht die Erklärung gegeben habe, die Sie erwartet haben. Ich habe Ihnen nur die Wahrheit gesagt.«

Sie erwiderte nichts mehr. Auch Hugo sagte nichts. Und auf einmal fühlte Duncan sich sehr unbehaglich. Ihre verachtungsvollen Gesichter, die Art, wie die beiden innerlich auf Distanz gingen … das war fast zu viel. Sein Herz begann zu hämmern. Er suggerierte sich, dass ein beschleunigtes Herz gar nichts bedeutete; nicht Herzklopfen war es schließlich, was er fürchten musste, sondern dieser ganz spezifische Herzschmerz. Ostentativ nahm er eine seiner kleinen weißen Pillen und hoffte, sie würden daran merken, was sie angerichtet hatten.

Als sie auch weiterhin schwiegen, sagte er: »Ich glaube, ich sollte jetzt vielleicht gehen.«

»Sie haben noch keinen Kaffee getrunken«, wandte Elisabeth ein.

»Macht nichts, es wäre wohl besser …«

»Bitte bleiben Sie noch zum Kaffee«, sagte sie ruhig und ernst. »Ich bestehe darauf«, fügte sie hinzu und zwang sich zu einem Lächeln.

Wieder saßen sie im Wohnzimmer, und sie boten ihm Cognac an. Er lehnte ab, weil er noch nach Hause fahren musste, und je eher er sich auf diesen elenden Heimweg machen konnte, desto erlöster würde er sein. Hugo nahm sich einen großen Cognac und kippte ihn mit einem Schluck in sich hinein, ganz genauso, wie man Cognac niemals trinken sollte, außer man hat einen Schock erlitten oder muss sich für irgendetwas stählen. Elisabeth hatte die Abendzeitung genommen und versuchte gekünstelt, eine Unterhaltung über den Mord in Gang zu bringen, der auf der Titelseite abgehandelt wurde. »Ich muss wirklich gehen«, sagte Duncan.

»Trinken Sie doch noch einen Kaffee, es ist ja noch nicht mal zehn.«

Warum wollten sie partout, dass er bleiben sollte? Oder vielmehr, warum wollte sie es? Hugo griff schon wieder zur Cognacflasche. Duncan sagte sich, dass seine Gegenwart für die beiden bestimmt ebenso ermüdend war wie umgekehrt. Sie hatten doch erreicht, was sie wollten, oder etwa nicht? Er trank seine zweite Tasse Kaffee so schnell, dass er sich den Mund verbrannte. Dann stand er auf.

»Ich hole einen Schirm und begleite Sie nach draußen«, erbot sich Hugo.

»Vielen Dank.« Es war überstanden! Jetzt würde er machen, dass er wegkam, und nie im Leben brauchte er ihnen wieder zu begegnen! Plötzlich packte ihn das beklemmende Gefühl, er könne gar nicht schnell genug aus diesem Haus wegkommen. Wirklich, seit er seine kleine Rede gehalten hatte, war die Atmosphäre ganz und gar unerträglich gewesen. »Gute Nacht, Elisabeth«, sagte er. Mein Gott, was gab es denn für Platitüden, die nicht allzu absurd klangen? »Danke fürs Essen. Vielleicht treffen wir uns mal wieder.«

»Ach ja. Und ich hoffe, bald, Duncan«, erwiderte sie, aber sie reichte ihm nicht ihre Wange zum Kuss. Durch die offene Tür schlug der Regen gegen ihren langen Rock. Sie sah ihm nach, wie er mit Hugo hinausging, und ließ das Licht auf den Weg fallen, bis die beiden um die Ecke des Hauses verschwunden waren.

Er war kaum um die Ecke, da durchfuhr ihn ein heftiger Schock. Seine Scheinwerfer leuchteten schwach, und zwar brannte das Fernlicht, aber mit dem matten Schein des Standlichts.

»Wie ist denn *das* passiert?«

»Ich nehme an, Sie haben das Licht angelassen, um den Weg zur Haustür zu sehen, und dann haben Sie es vergessen.«

»Ich bin ganz sicher, das habe ich *nicht*.«

»Es muss aber so gewesen sein. Halten Sie mal den

Schirm, ich versuche mal, ihn anzulassen.« Hugo ließ Duncan auf dem überschwemmten Weg unter dem winzigen Schirm stehen, setzte sich auf den Fahrersitz und steckte den Schlüssel ins Zündschloss. Die Scheinwerfer flammten auf und erloschen dann. Sonst passierte nichts. Es war jetzt stockdunkel. »Nicht der leiseste Funke«, seufzte Hugo. »Ihre Batterie ist hin.«

»Das *kann* doch nicht sein!«

»Ich fürchte aber, es ist so. Versuchen Sie selbst.«

Duncan tat es und wurde bei der Prozedur sehr nass.

»Wir gehen wohl lieber ins Haus zurück. Hier draußen werden wir nass bis auf die Knochen.«

»Was ist denn los?«, fragte Elisabeth, die noch immer in der Haustür stand.

»Seine Batterie ist leer. Der Wagen springt nicht an.«

Natürlich konnten sie nichts dafür, aber insgeheim gab Duncan ihnen doch die Schuld. Schließlich war es vor ihrem Haus passiert, nachdem sie ihn zu einem abgefeimten Zweck hier herausgelockt hatten. Es lag ihm auch nicht das Mindeste daran, seinen Ärger zu kaschieren.

»Tja, ich fürchte, dann muss ich mir Ihren Wagen ausleihen, Hugo.«

Elisabeth schloss die Tür. »Wir haben keinen Wagen mehr, Duncan. Wir konnten ihn nicht mehr unterhalten. Entweder den Wagen – oder wir hätten die Jungens aus dem Internat nehmen müssen. Also haben wir ihn verkauft.«

»Ich verstehe. Wenn ich dann vielleicht mal Ihr Telefon benützen dürfte, um mir ein Taxi zu bestellen. Ich habe die Nummer eines Taxiunternehmens in der Brieftasche.« Ein Blick in ihr Gesicht sagte ihm, dass auch das nicht möglich sein würde. »Jetzt sagen Sie bloß noch, Sie haben auch das Telefon abgeschafft.« Sollten sie sich zum Teufel scheren, alle beide!

»Natürlich hätten wir es uns auch weiterhin leisten können, bloß wir brauchten es einfach nicht mehr. Es tut mir Leid, Duncan, aber ich weiß beim besten Willen nicht, was Sie jetzt tun können. Aber wir könnten uns ja wenigstens drinnen hinsetzen, wo es wärmer ist.«

»Ich will mich nicht hinsetzen.« Duncan brüllte es fast. »Ich muss nach Hause.« Er schüttelte die Hand ab, die sie ihm auf den Arm gelegt hatte, als wollte sie ihn – so kam es ihm vor – mit Gewalt hier festhalten. »Dann muss ich eben bis zum nächsten Haus mit Telefon laufen.«

Hugo öffnete die Tür. Der Regen war mehr eine Wand aus Wasser als eine Folge niederfallender Tropfen. »Bei diesem Wetter?«

»Was soll ich denn sonst tun?«, schrie Duncan gereizt.

»Die Nacht über hier bleiben«, sagte Elisabeth ruhig. »Ich wüsste wirklich nicht, was Sie anderes tun könnten, als über Nacht hier zu bleiben.«

Das Bett war genau das, was man vom Crouchschen Haushalt erwarten konnte – hart, schmal und kalt. Sie hatte ihm eine Wärmflasche hineingelegt, ein Objekt, das er seit Jahrzehnten nicht mehr zu Gesicht bekommen hatte. Und Hugo hatte ihm einen Pyjama geliehen. Während all dieser Vorbereitungen hatte er unentwegt protestiert, er könne nicht bleiben und es müsse doch einen anderen Ausweg geben. Aber am Ende hatte er dann nachgegeben. Nicht dass sie übermäßig gastfreundlich gewesen wären, ihr Verhalten bei der ganzen Angelegenheit war eher ... ja, wie eigentlich gewesen? Duncan lag in der Dunkelheit, hielt die Wärmflasche zwischen die Knie geklemmt und überlegte, *wie* ihr Verhalten gewesen war. Fatalistisch, ja, das traf es am besten. Sie hatten sich benommen, als sei dies nun eben unvermeidbar. Es gab keinen Fluchtweg für ihn, also musste er halt bleiben, ob ihnen das nun gefiel oder nicht.

Fluchtweg war natürlich ein lächerliches Wort, aber auf derartige Ausdrücke verfiel man eben, wenn man für eine ganze Nacht in einem Haus in der Falle saß, dessen Bewohner alles andere als freundschaftlich, wenn nicht gar feindselig waren. Weshalb war er bloß so ein Idiot gewesen, die Autoscheinwerfer anzulassen? Er *musste* es ja getan haben, obgleich er sich partout nicht daran erinnern konnte. Aber niemand sonst hätte sie schließlich eingeschaltet – warum auch?

Er wünschte, die beiden würden endlich auch zu Bett gehen. Dass sie es noch nicht getan hatten, sah er an dem Licht, dem rechteckigen Rahmen aus gleißender Helligkeit um seine Schlafzimmertür. Und dann konnte er sie auch reden hören, nicht einzelne Worte, lediglich das Gemurmel ihrer Unterhaltung. Diese spätviktorianischen Häuser waren so jämmerlich gebaut, man hörte jedes Geräusch. Das Trommeln des Regens auf dem Dach klang, als pladdere er auf Pappe statt auf Ziegel. Nein, auf viel Schlaf konnte er nicht hoffen. Wie sollte man schlafen bei all den Geräuschen, bei allem, was ihn bedrückte; die Sorge zum Beispiel, wie er den Wagen wieder flottkriegen und wie er überhaupt morgen ins Büro kommen sollte? Und dann machte es ihn allmählich auch sehr nervös, dass die beiden so endlos aufblieben, besonders weil sie gesagt hatten: »Wenn Sie vielleicht als Erster ins Badezimmer gehen wollen, Duncan? Wir kommen dann gleich hinterher!« Gleich hinterher! Das musste jetzt reichlich eine halbe Stunde her sein. Er drückte auf den Knopf seiner Nachttischlampe und sah, dass es halb zwölf war. Höchste Zeit, dass sie ins Bett kamen, wenn sie morgen früh in ihre Schule und er in seinen Wirtschaftsprüferkurs musste!

Wieder lag er im Dunkeln, und angesichts des irritierenden Lichtrahmens um die Tür begann er nochmals, über die Scheinwerfergeschichte nachzugrübeln. Natürlich war es schwierig, sich einer Sache ganz sicher zu sein, wenn man so durcheinander war wie er im Moment. Das innere Unbehagen, das sie im Laufe des Abends in ihm ausgelöst hatten, war einfach grauenhaft. Die schlimmsten Momente waren die gewesen, als er mit Hugo allein war, während die Frau dieses uralte Huhn aus ihrem Backofen geangelt hatte, das sie ihnen dann auftischte. Sie hatte eine wahre Ewigkeit gebraucht, dieses Hauptgericht zuzubereiten, wenn man bedachte, was dann schließlich dabei herausgekommen war. Konnte sie womöglich ...? Aber nein, nur eine Verrückte hätte so etwas tun können, und welchen Grund sollte sie auch gehabt haben? Außer ... Wenn man an solch einem gottverlassenen Ort wohnte, und man wollte einen Gast dazu bringen, über Nacht zu bleiben – wenn man jemanden mit aller Gewalt *halten* wollte –, was lag dann näher, als seinen Wagen außer Gefecht zu setzen? Er schauderte, auch wenn er sich sagen musste, dass solche Hirngespinste absurd waren.

Jetzt kamen sie wenigstens nach oben. Jedes Dielenbrett in diesem Hause knarrte, aber die Treppenstufen spielten geradezu eine Melodie wie eine kaputte alte Violine. Er hörte Hugo etwas murmeln – der Bursche hatte entschieden zu viel Cognac getrunken –, und dann sagte sie: »Lass alles andre mir.«

Wieder durchlief ihn ein Schauer, der nichts mit der Kälte zu tun hatte. Er begriff nicht, warum er plötzlich zitterte. Es war doch eine höchst natürliche Sache, wenn eine Frau so etwas vorm Zubettgehen sagte? Sie meinte damit lediglich: Du gehst schon ins Bett, ich schließe noch zu und mache das Licht aus. Und doch – der Satz war ihm irgendwie geläufig … und zwar in einem ganz anderen Zusammenhang. Er wälzte sich auf die andere Seite, fort von dem Licht und hinein in neue Mulden der eiskalten Laken und überlegte streng, wo er das gehört hatte. Ein Zitat? Jawohl, und zwar aus »Macbeth«. Lady Macbeth sagt es, während sie und ihr Mann den Mord an dem alten König aushecken. Und wie war doch gleich der Name des alten Königs? Douglas? Donald?

Jetzt kam einer von ihnen aus dem Badezimmer, und der andere ging hinein. Brauchten die immer eine solche Ewigkeit, um ins Bett zu kommen? Die Toilettenspülung röhrte, und ein Sturzbach ergoss sich durch die Rohrleitungen, die anscheinend genau unter seinem Bett verliefen. Füße tappten über den Vorplatz, und eine Tür wurde geschlossen. Sie schliefen also in dem Zimmer neben seinem. Er drehte sich um. Wenn doch endlich das verdammte Licht ausgehen würde! Dumm übrigens, dass da kein Schlüssel im Schloss steckte, sodass er die Tür nicht abschließen konnte.

Kaum hatte dieser Gedanke sein Gehirn gestreift, da erschien er ihm auch schon mehr als absurd. Sein

Schlafzimmer abschließen – in einem Privathaus? Und wenn nun seine Gastgeberin am Morgen mit einer Tasse Tee erschiene? Sie würde das sehr befremdlich finden. Und es war gut möglich, dass sie kam, nachdem sie ihm schon eine Wärmflasche ins Bett gelegt und ein Glas Wasser auf den Nachttisch gestellt hatte. Er konnte also nicht mal im Traum daran denken, seine Tür abzuschließen. Und warum sollte er auch? Da! Einer von ihnen war schon wieder im Badezimmer!

Plötzlich musste er an einen der Männer denken, die er entlassen hatte; an den, der ihm gedroht hatte. »Glauben Sie ja nicht«, hatte er gesagt, »dass Sie damit ungeschoren davonkommen. Und wenn Sie mir und meinem Haus mit Ihrer üblen Visage auch nur auf einen Kilometer nahe kommen, dann wird es Ihnen Leid tun ... falls Sie dazu dann noch Zeit haben!« Natürlich war er ungeschoren davongekommen, und nichts hatte ihm Leid getan. Andererseits war er auch lieber nicht in der Kilometer-Bannmeile jenes Mannes aufgetaucht ... jetzt war das Licht endlich erloschen. Schlaf jetzt, ermahnte er sich selbst, entleere deine Gedanken oder denke an etwas Schönes. An den Sommerurlaub in deinem Landhaus zum Beispiel ...

Die Gartenanlagen mit dem Oleander und den Bougainvillea würden wundervoll sein. Die Sonne würde seine alten Knochen wärmen, wenn er auf der Terrasse säße und durch die Schneise zwischen den Pinien hinabschauen würde auf das blaue Dreieck des Mittelmeeres, leuchtender und sanfter als die Augen einer Frau ... Ach, denk doch nicht an *diese* Frau, vergiss sie! Vielleicht sollte er die Terrasse höher aufschütten und verbreitern lassen und dort den Torso – vermutlich römisch – aufstellen, den er in den Pinienwäldern gefunden hatte? Es würde einen Haufen Geld kosten, aber es war ja *sein* Geld. Warum sollte er denn nicht sein eigenes Geld ausgeben? Er musste wirklich versuchen, weniger dünnhäutig zu sein, sich weniger anfechten zu lassen von dem absurden sozialen Gewissen, das er aus undefinierbaren Gründen in letzter Zeit entwickelt hatte. Nicht dass er sich dadurch tatsächlich hätte abhalten lassen, sein Geld auszugeben oder sich zu vergnügen, musste er sich mit einem inneren Schmunzeln eingestehen. Trotzdem, es war einfach lästig, weiter nichts.

Er würde also die Terrasse vergrößern und den Salon vielleicht mit einem schwarzen Marmorfußboden auslegen lassen. Frasers Profite schienen in diesem Jahr auf einen neuen Rekord zuzusteuern. Warum sollte eigentlich nicht dieser Bursche, dieser Churchouse, wieder ihre Druckaufträge übernehmen? Wenn der wirklich aus dem letzten Loch pfiff und verzweifelt war, dann würde er zweifellos jede Gelegenheit beim Schopfe fassen und zu einem sehr niedrigen Preis arbeiten …

Verdammt noch mal, jetzt reichte es aber! Nun redeten die da drüben schon wieder! Er konnte sie durch die Wand flüstern hören, hastig und aufgeregt. Das war vielleicht ein merkwürdiges Paar, diese beiden! Nicht den leisesten Funken Humor. Verbissen ernst, wie Gestalten aus einer Tragödie.

»Die Arbeit, die uns freut, wird zum Ergötzen.« Macbeth hatte das gesagt, Macbeth, der den alten König tötet. Und sie hatte es zu ihm, Duncan, gesagt, als er sich für die Mühe entschuldigte, die er verursachte. Der König hieß übrigens auch Duncan. Natürlich, so hieß er. Er selbst hieß Duncan, und der alte König auch. Und auch er war ja in gewisser Hinsicht ein alter König, der Monarch des Fraser-Imperiums. Tuschel, tuschel, wisperten die Wände.

Er setzte sich auf und machte das Licht an. So fühlte er sich besser. Also, er war aber doch sicher, dass er diese Autoscheinwerfer nicht angelassen hatte! »Lass alles andere mir …« Warum hatte sie gerade das gesagt? Warum nicht, wie jeder andere es getan hätte: »Ich kümmere mich schon um alles«? Macbeth und seine Frau hatten dem alten König in ihrem Hause Gastfreundschaft erwiesen und ihn dann in seinem Bett ermordet, obgleich er ihnen nichts Böses getan hatte, nichts, außer dass er der König war. Es bestand da doch wohl keine Parallele, oder? Denn er, Duncan Fraser, hatte sehr wohl etwas getan, etwas, das Rache herausfordern konnte. Er hatte Hugo Crouch gefeuert und ihn um seinen Lebensunterhalt gebracht. Nein, eine Parallele war es nicht …

Er knipste das Licht wieder aus, seufzte und legte sich erneut hin. Die beiden flüsterten immer noch. Er hörte die Dielen knacken, als einer von den beiden aus dem Schlafzimmer ging. Nein, es war keine Parallele, es war schlimmer. Warum hatte er das nicht früher gesehen? Lady Macbeth und ihr Gatte hatten keinen Grund – nicht den geringsten … Der Schweiß stand ihm auf der Stirn, und er langte nach dem Glas Wasser. Aber dann trank er doch nicht. Es war natürlich idiotisch, es nicht zu tun, aber … Der Morgen würde ja bald kommen. »Oh, nie soll die Sonne den Morgen sehen …!« Wo kam das vor? Musste er sich das noch fragen?

Wer immer von den beiden im Badezimmer gewesen

war, jetzt verließ er es und ging zu dem anderen zurück. Aber nur für einen Moment. Wieder hörte er die Dielen ächzen, wieder rumorte dort jemand auf dem dunklen Vorplatz herum. Dunkel, jawohl, stockdunkel, denn diesmal hatten sie das Licht nicht angemacht. Und jetzt fühlte Duncan den ersten Schwall richtiger Angst, wie er ihn nicht mehr erlebt hatte, seit er als kleiner Junge einmal im Hause seiner Eltern im Kinderzimmerschrank eingeschlossen gewesen war. Er *durfte* keine Angst haben, befahl er sich selbst, er musste an sein Herz denken! Warum sollten sie auf Rache sinnen? Er hatte ihnen doch alles erklärt. Er hatte ihnen die volle Wahrheit gesagt und die ganze Last der Verantwortung auf seine Schultern genommen.

Das Zimmer war so dunkel, dass er nicht sehen konnte, wie sich der Türgriff bewegte. Aber hören tat er es. Es quietschte kaum hörbar. Sein Herz begann schwer und dumpf zu pochen. Er krümmte seinen Körper zusammen und drängte sich rückwärts gegen die Wand. Wer immer es war, jemand war in sein Zimmer gekommen! Seine – oder ihre? – Umrisse hoben sich rabenschwarz gegen die Dunkelheit ab.

»Was …? Wer …?«, stammelte er mit trockener Kehle.

Der Schatten löste sich auf, glitt davon, und die Tür wurde sachte geschlossen. Sie wollten sehen, ob er schliefe. Sie wollten ihn im Schlaf umbringen! Er setzte sich auf, machte die Lampe an und verbarg das Gesicht in den Händen. »Oh, nie soll die Sonne den Morgen sehen!« Sämtliche Möbel würde er vor die Tür schieben, diese Kommode da, sein Bett, den Sessel. Seine Kehle war ausgedörrt, er griff wieder nach dem Wasserglas und nahm einen tiefen Zug. Es war eiskalt.

Sie flüsterten nicht mehr; sie warteten schweigend. Er stand auf und hängte sich seinen Mantel über. In der bitteren Kälte fing er an, die Möbel von den Wänden zu rücken. Er versuchte, das eiserne Bettgestell anzuheben, das sich so schmal und klein anfühlte, wenn man darin lag, und das doch so unheimlich schwer war.

Nach dem zweiten vergeblichen Versuch richtete er sich auf, und da fühlte er es – den Schmerz in der Brust, den linken Arm hinunter, wie eine Zwinge, die zusammengeschraubt und zugleich glühend heiß wurde. Mit rot glühenden Eisenfingern packte sie seinen Körper und presste seine Rippen zusammen. Der Schweiß rann ihm am Körper entlang, als sei die Temperatur im Raum plötzlich ins Ungeheure gestiegen. O Gott, o Gott, das Wasser, das er getrunken hatte! Sie mussten ihm einen Arzt holen, sie *mussten* einfach, sie konnten doch nicht so erbarmungslos sein. Er war alt und müde, und sein Herz war schlecht!

Er zerrte den Mantel über dem Schmerz zusammen und stolperte hinaus auf den dunklen Flur. Ihre Tür – wo war ihre Tür? Er fand sie, indem er an der Wand entlangtastete, kratzend wie ein gefangenes Tier, und als er sie gefunden hatte, stieß er sie auf, stand schwankend auf der Schwelle und hielt den Schmerz mit beiden Händen umklammert.

Sie saßen aufrecht im Bett, mit dem Rücken gegen ihn. Ja, sie lagen nicht im Bett, sie saßen aufrecht da, ihre Silhouetten hoben sich gegen den schwachen Lichtschein ihrer Nachtlampen ab.

»Oh, bitte«, stöhnte er, »bitte helfen Sie mir! Töten Sie mich nicht! Ich flehe Sie an, töten Sie mich nicht. Auf den Knien flehe ich Sie an, vergeben Sie mir. Ich weiß, es war falsch, was ich getan habe. Ich habe etwas

Furchtbares getan. Nein, es war keine Fehleinschätzung, ich habe Hugo gefeuert, weil er zu viel für die Belegschaft wollte. Er wollte mehr Geld für jeden Einzelnen von ihnen, und ich wollte das nicht zulassen. Ich wollte meinen neuen Wagen und meine Urlaubsreisen. Ich musste meine Ferienvilla haben, mein schönes Landhaus, meinen schönen Garten. O Gott, ich weiß, ich war habgierig, und diese Schuld lastet mir seit Monaten Tag für Tag auf dem Gewissen. Ja, die ganze Schuld ...«

Sie wandten sich ihm zu, zwei weiße Gesichter, unversöhnlich und gnadenlos. Decken und Laken flogen zur Seite, und sie kletterten aus dem Bett. »Habt Mitleid mit mir!«, schrie er. »Tötet mich nicht! Ich gebe euch alles, was ich habe, ich gebe euch eine Million ...«

Sie packten ihn mit ihren Händen, aber es war zu spät. Sie hatte ihm ja gesagt, es sei zu spät ...

»In unserem Haus!«, sagte sie.

»Nicht doch«, erwiderte Hugo. »Das sind die Worte von Lady Macbeth. Was heißt das schon, ob es nun in unserem Haus passiert oder nicht?«

»Ich wollte, ich hätte ihn nie eingeladen.«

»Ja, das war deine Idee. Du hast gesagt, wir wollen ihn einladen, weil er Witwer ist, weil er einsam ist. Mir lag nichts an ihm. Es war doch grässlich, wie er dauernd darauf bestand, über meine Entlassung zu reden, während wir uns abmühten, das Thema um jeden Preis zu vermeiden. Ich hatte wirklich die Nase voll, als er dann auch noch über Nacht hier bleiben musste.«

»Was machen wir denn jetzt?«, wollte Elisabeth wissen.

»Die Polizei holen, denke ich, oder einen Arzt. Es hat aufgehört zu regnen. Ich werde mich anziehen und losgehen.«

»Aber dir geht es doch nicht gut. Du hast dich die ganze Nacht übergeben.«

»Ich bin wieder ganz okay. Ich hab einfach zu viel Cognac getrunken. War ja auch ein einziger Stress, der ganze Abend. Gott, was für eine Einladung! Keiner wusste mehr, worüber er noch reden könnte! Als du vorhin in seinem Zimmer warst, da war er doch noch ganz in Ordnung, oder?«

»Er schlief halbwegs. Das glaubte ich jedenfalls. Ich wollte mich entschuldigen für die Unruhe, die du veranstaltet hast, aber er schien so halb und halb zu schlafen. Hast du irgendwas mitgekriegt von dem, was er sagen wollte, als er hier hereinkam? Ich nicht.«

»Nein, das war ein einziges Lallen. Wir hätten nicht das Geringste mehr für ihn tun können, Liebling. Wir haben ja noch versucht, ihn aufzufangen, ehe er umfiel.«

»Ich weiß.«

»Er hatte eben ein schlechtes Herz.«

»In mehr als einer Beziehung, der arme alte Mann«, sagte Elisabeth, und sie breitete eine Wolldecke über Duncan, obwohl er weit davon entfernt war, Wärme, Kälte, Schuld, Angst oder sonst irgendetwas zu fühlen.

Man kann gar nicht vorsichtig genug sein

An ihrem neunzehnten Geburtstag war Della Galway zum ersten (und fast auch zum letzten) Mal mit einem Mann ausgegangen. Er stellte seinen Wagen ab, weil sie in ein Restaurant gehen wollten, und sie fragte ihn, ob er auch alle Türen und den Kofferraum abgeschlossen habe? Und als er noch einmal umkehrte und meinte, ja, es wäre wohl besser, das zu tun, da fragte sie ihn, weshalb er nicht ein Lenkradschloss hätte?

Ihre Eltern hatten sie dazu erzogen, vorsichtig zu sein. Als sie dann ihr glückliches Heim in dem sicheren kleinen Provinzstädtchen später verließ, da nahm sie die diesbezüglichen Vorstellungen ihrer Eltern mit nach London. Anfangs konnte sie nur die Miete für ein möbliertes Zimmer aufbringen. Es regte sie auf, dass die anderen Mieter oft spät in der Nacht heimkamen und die Haustür einfach nur eingeklinkt ließen. Obgleich ihr Zimmer im obersten Stockwerk des Hauses lag und sie nichts besaß, das zu stehlen sich lohnte, lag sie stundenlang im Bett und schwitzte vor Angst. In ihrer Firma war es genau dasselbe. Kein Mensch kümmerte sich dort um Sicherheitsvorkehrungen. Della war immer die Letzte, die fortging, und manchmal ging sie zwei-, ja, dreimal zurück und vergewisserte sich, dass alle Bürotüren und das Außenportal ordnungsgemäß verschlossen waren.

Der Personalchef legte ihr schließlich nahe, sie solle mal einen Psychiater aufsuchen.

Della war sehr ehrgeizig. Sie besaß ihr Volkswirtschaftsdiplom, hatte einen Abschluss in Betriebswirtschaft und war aus ihrem Sekretariats- und Buchhaltungslehrgang als Beste hervorgegangen. Sie wusste, ein Psychiater würde irgendeinen Defekt bei ihr finden – schließlich mussten diese Leute ihr Geld verdienen wie jeder andere auch –, und die endlosen Therapiesitzungen, die dann zwangsläufig folgen mussten, würden sie ihrem Ziel, der erste weibliche Direktor der Firma zu werden, nicht gerade näher bringen.

»Das ist nicht nötig«, sagte sie in ihrer kurz angebundenen Art. »Schließlich ist es das Firmeneigentum, um das ich mich sorge. Wenn die Leute riskieren wollen, ihre wertvollen Geräte zu verlieren, bitte schön, dann ist das ihre Sache.«

Also hörte sie auf, zurückzugehen und die Türen zu überprüfen. Ihr konnte es ja egal sein, ihre eigene Sicherheit stand schließlich nicht auf dem Spiel. Und prompt brachen drei Wochen später zwei Männer ein, stahlen sämtliche elektrischen Schreibmaschinen und zerstörten den Computer vollständig. So hatte sie also nachträglich Recht bekommen – obwohl sie das nicht weiter erwähnte. Die Drohung mit dem Psychiater hatte sie derartig in Schrecken versetzt, dass sie in der Firma niemals wieder ihre Einbrecherangst durchblicken ließ.

Als sie befördert wurde und eine Gehaltserhöhung bekam, beschloss sie, sich eine eigene Wohnung zu nehmen. Die Vermieterin war eine Frau so recht nach Dellas Herzen. Und auch Mrs Swanson mochte Della vom ersten Augenblick an und erklärte ihr wie einer verwandten Seele die Sicherheitsvorkehrungen des Hauses.

»Dies ist zwar eine sehr gute Gegend, Miss Galway, aber die Kriminalität in London nimmt ja ständig zu, und ich sage immer, man kann gar nicht vorsichtig genug sein.«

Della konnte nur sagen, das sei ihr aus der Seele gesprochen.

»Deshalb lasse ich die Seitenpforte von der Straße immer verschlossen und von innen abgeriegelt. Und die Hintertür der Wohnung, die auf diesen kleinen Hof führt, muss ebenfalls immer abgesperrt und verriegelt sein. Das Badezimmerfenster, sehen Sie, geht auf den Garten hinaus, deshalb möchte ich, dass die Gartentür und die Badezimmertür des Nachts gleichfalls immer abgeschlossen sind.«

»Sehr vernünftig«, stimmte Della zu. Sie bemerkte, dass an dem Schiebefenster des Wohn-Schlafzimmers Feststellschrauben angebracht waren, sodass es sich nicht weiter als höchstens fünfzehn Zentimeter öffnen ließ. »Wie hoch, sagten Sie, ist die Miete?«

»Zwanzig Pfund die Woche.« Mrs Swanson war immerhin in erster Linie Vermieterin und erst an zweiter Stelle eine verwandte Seele, deshalb betonte sie, als Della zögerte: »Es ist eine Gartenwohnung, vollständig separat, und Sie haben Ihr eigenes Telefon. Ich habe nie die geringste Schwierigkeit, sie zu vermieten. Um zwei, zum Beispiel, kommt noch jemand, der sie besichtigen möchte.«

Della zögerte nicht weiter. Am Ende der Woche zog sie ein, nachdem sie Mrs Swanson ihre Referenzen vorgewiesen und beteuert hatte, sie sei eine ruhige Mieterin, äußerst gewissenhaft in Bezug auf Schlösser und Riegel und nicht im Mindesten geneigt, »unbefugte« Personen über Nacht bei sich zu behalten. Mit »unbefugten« Personen meinte Mrs Swanson Männer. Nach der Episode mit dem Auto an ihrem neunzehnten Geburtstag hatte Della sich zwar noch versuchsweise auf Männerbekanntschaften eingelassen, aber keiner war mehr als zwei Mal mit ihr ausgegangen, und keiner war je auch nur so weit vorgedrungen, sie etwa zu küssen. Sie wusste gar nicht, warum das so war, sie war doch immer höflich und nett gewesen, hatte immer darauf bestanden, für sich selbst zu zahlen, war immer darauf bedacht gewesen, ihren Mantel, ihre Handtasche und ihre Einkäufe selbst zu tragen, um ihrem Begleiter keine Mühe zu machen. Ebenso hatte sie auch immer ein wachsames Auge auf *seine* Brieftasche und seine Schlüssel gehabt und stets vorgeschlagen, dass *sie* die Theaterkarten in sichere Verwahrung nähme, und schließlich hatte sie auch noch dafür gesorgt, dass es nicht gar zu spät für ihn wurde. Dass ein Mann nach dem anderen sie versetzte, bekümmerte sie wenig. Kein Funke sexueller Gefühle hatte sie je beunruhigt, und die Vorstellung, ihr wohl geordnetes, routinemäßig verlaufendes Leben mit einem Mann zu teilen – unordentliche, hilflose, inkonsequente Kreaturen, die sie mit Ausnahme ihres Vaters anscheinend alle waren –, diese Vorstellung war geradezu deprimierend. Sie zog es vor, sich aus eigener Kraft durchzusetzen. Eines Tages vielleicht, wenn sie so um fünfunddreißig wäre – abgesichert mit dem Spitzengehalt einer Geschäftsführerin –, ja, wenn dann vielleicht ein gleich gesinnter, ruhiger und vernünftiger Mann des Weges käme … Aber bis dahin brauchte Mrs Swanson keine Bedenken zu haben.

Della war sehr glücklich mit ihrer Wohnung. Sie war äußerst ruhig, ein kleines Refugium, still und geschützt an der Rückseite des Hauses. Nie hörte sie einen Ton von ihren Nachbarn in den anderen Wohnungen, und umgekehrt natürlich auch nicht. Nur gelegentlich begegnete sie jemandem, wenn sie von ihrem eigenen Wohnungseingang durch den Flur zur Haustür hinüberging. Es waren mausgraue Leute, die verstohlen und eilig ihren Höhlen zustrebten und allenfalls ein Kopfnicken oder ein gemurmeltes »Guten Abend« riskierten. So sollte es ja auch sein. Auch die Wohnung war genauso, wie sie sein sollte.

Der kombinierte Wohn-Schlafraum sah bei Tag aus wie ein Wohnzimmer, denn das Bett wurde lediglich zur Nacht aus einer durch einen Vorhang verborgenen Wandnische heruntergeklappt. Das Fenster ging auf den Hof hinaus, den Della aber nie benutzte. Nie entriegelte sie die Seitenpforte zur Straße oder die Hintertür oder – überflüssig, das zu betonen – versuchte gar, die Feststellschrauben zu lösen, um das Fenster weiter als fünfzehn Zentimeter zu öffnen.

Jeden Abend, wenn sie das Geschirr gespült und jede Fläche der akkurat geordneten Küche sauber gewischt, wenn sie ihr Bad genommen, ihren Schlaftrunk bereitet und das Bett aus der Wand geklappt hatte, machte sie sich auf ihren Sicherheits-Rundgang, genau wie es ihr Vater zu Hause immer getan hatte. Als Erstes schloss sie die Hintertür auf, schob die Riegel zur Seite und überquerte den Hof, um zu prüfen, ob das Seitentor zur Straße ordnungsgemäß gesichert war. Es war zwar immer, als habe niemand auch nur daran gerührt, aber Della wollte doch lieber ganz sicher gehen, und manchmal ging sie sogar mehrmals zurück, für den Fall, dass der Augenschein getrogen hatte. Dann verriegelte und verschloss sie die Hintertür der Wohnung, ebenso die Gartentür und die Badezimmertür. Alle diese Türen gingen von einem kleinen Raum ab, der etwa zweieinhalb Meter im Quadrat maß und von Mrs Swanson das Gartenzimmerchen genannt wurde und das seinerseits wieder durch eine Tür zur Küche hin abgeriegelt werden konnte. Auch diese Tür schloss Della ab. Sie bedauerte, dass man nicht auch die Tür abschließen konnte, die von der Küche zum Wohn-Schlafzimmer führte, aber auf Grund einer unverständlichen Nachlässigkeit seitens Mrs Swanson fehlte hier ein Schloss. Ihre eigentliche Eingangstür im Wohn-Schlafzimmer dagegen war natürlich mit einem Sicherheitsschloss ausgestattet. Als Letztes, bevor sie zu Bett ging, verriegelte sie diese Wohnungstür.

Dann war sie sicher. Obwohl sie manchmal noch ein- oder zweimal wieder aufstand, um sich äußerste Gewissheit zu verschaffen, fiel sie doch meist nach diesen Vorbereitungen in einen gnädigen Schlaf, in dem Bewusstsein, dass selbst der gerissenste Einbrecher nicht hereinkommen konnte.

»Und ich sage immer, man kann gar nicht vorsichtig genug sein«, bekräftigt Mrs Swanson, und Della kann da nur beteuern, das sei ihr aus der Seele gesprochen.

Die Damen übertreiben ihr Sicherheitsbedürfnis und verbannen damit auch gleich ihr gesundes Lebensgefühl hinter Schloss und Riegel.

Wer weder ein Brotmesser unter das Kopfkissen noch ein Bündel Banknoten unter die Matratze legt und trotzdem ganz entspannt zu Bett geht – der hat für seine Sicherheit vermutlich schon auf andere Art gesorgt …

Aber eine Schattenseite gab es doch, nämlich die Miete.

»Diese Wohnung«, erklärte Mrs Swanson, »ist ja eigentlich auch für zwei Leute gedacht. Vor Ihnen hat ein Ehepaar darin gewohnt, und davor haben zwei Damen sie sich geteilt.«

»Ich könnte nicht mein Bett mit jemandem teilen«, erwiderte Della schaudernd, »oder auch nur mein Zimmer.«

»Wenn Sie eine nette Freundin als Mitbewohnerin fänden, dann hätte ich nichts dagegen, im Gartenzimmerchen noch ein einzelnes Bett aufzustellen. Auf diese Weise könnte Ihre Freundin ungehindert durch die Hoftür aus und ein gehen, vorausgesetzt, Sie versprechen mir hoch und heilig, sie abends immer ordentlich zu verriegeln.«

Della dachte nicht daran, nach einer Wohnungspartnerin zu inserieren. Man kann gar nicht vorsichtig genug sein. Andererseits *musste* sie einfach jemanden finden, wenn sie in der Lage sein wollte, sich neue Wintergarderobe zu kaufen, ganz zu schweigen von den Heizkosten für die Wohnung. Aber es musste die richtige Person sein, jemand, der nicht nur ihren eigenen Ansprüchen genügte, sondern auch Mrs Swansons …

»Oh, das ist ja entzückend!«, sagte Rosamund Vine. »So ruhig und sauber. Und einen Garten haben Sie auch! Sie hätten mal das Loch sehen sollen, in dem ich bisher gehaust habe. Das wimmelte nur so von Mäusen.«

»Mäuse gibt es nur«, entgegnete Della streng, »wenn man Essen herumliegen lässt.«

»Das tue ich ganz bestimmt nicht. Ich werde immer

ganz achtsam sein. Ich bezahle also die Hälfte der Miete, und ich bekomme den Schlüssel für die Hintertür, ja? Auf diese Weise störe ich Sie nicht, wenn ich mal abends spät nach Hause komme.«

»Ich hoffe, Sie werden abends nicht spät nach Hause kommen«, meinte Della. »Mrs Swanson ist sehr eigen in dieser Hinsicht.«

»Kein Sorge«, Rosamund klang fast bitter, »es gibt nämlich auch nichts und niemanden, der mich bis spät in die Nacht von zu Hause fern halten könnte. Und überhaupt, der letzte Bus hält ja um Viertel vor zwölf hier am Ende der Straße.«

Della schob ihre Bedenken beiseite, und Mrs Swanson schien keine zu haben, nachdem sie sich mit Rosamund unterhalten hatte. Ihr Hauptanliegen war es, dem Mädchen die Sicherheitsvorkehrungen zu erklären. Rosamund hörte bescheiden und unter ernstem Kopfnicken zu. Della war froh, dass diese Aufgabe nicht ihr zugefallen war, denn sie wollte nicht, dass Rosamund nachher übertriebene Dinge in der Firma herumerzählte. Umso besser, wenn sie alles auf Mrs Swanson schieben konnte.

Rosamund Vine war mit der gleichen Sorgfalt ausgewählt worden, die Della bei jeglicher Entscheidung walten ließ. Drei Wochen lang hatte sie sie beobachtet und die Ohren offen gehalten, ehe sie sich entschloss. Sie hatte sich tunlichst niemanden mit einem zu niedrigen Gehalt ausgesucht, andererseits aber auch niemanden, der in der Firma eine ihr überlegene Stellung einnahm. Auch die Vorstellung einer außergewöhnlich hübschen Mitbewohnerin behagte ihr nicht – so eine führte bestimmt einen hektischen Lebenswandel – oder auch einer gar zu gescheiten Person, die sie womöglich in ermüdende Diskussionen verwickelte. Ein elegantes Mädchen würde die Schränke mit ihren Kleidern und das Badezimmer mit ihrem Kosmetikkram füllen; und ein begabtes Mädchen würde Musikinstrumente, einen Webstuhl oder Kisten voller Bücher anschleppen. Nein, von allen Kandidatinnen blieb schließlich nur Rosamund übrig. Sie war klein, ruhig und nicht unansehnlich, eine Sekretärin (aber nicht Dellas Sekretärin) und überdies die Tochter eines Geistlichen, der auch noch zufällig zur selben Zeit auf derselben Universität gewesen war wie Dellas Vater. Es war Della, die ähnliche Moralbegriffe hegte wie eine viktorianische Hausherrin gegenüber den »Verehrern« ihrer Dienstmädchen, nicht entgangen, dass das Mädchen nie einen Freund erwähnt hatte und dass ihr auch kein Bürotratsch über Rosamunds Liebesleben zu Ohren gekommen war.

Also richteten sich die beiden jungen Frauen wohlgemut zusammen ein. Selten gingen sie abends aus. Della ging stets Punkt elf ins Bett, und sie hätte natürlich von diesem Zeitpunkt an Rosamund einfach auf ihr eigenes Zimmerchen verweisen können, aber eine kleine Schwierigkeit gab es. Wenn Rosamund in ihrem Gartenzimmerchen auf dem Bett saß – denn sonst konnte sie nirgends sitzen –, dann war es für Della nicht möglich, ihre gewohnte Sicherheitsrunde zu machen. Ein einziges Mal hatte sie es, unter Rosamunds erstaunten Blicken, versucht.

»Großer Gott«, hatte Rosamund gesagt, »das ist hier ja wie Fort Knox. All diese Schlüssel und Riegel! Wovor hast du denn bloß solche Angst?«

»Mrs Swanson will es eben so haben«, erwiderte Della. Aber am nächsten Abend machte sie für beide einen heißen Schlaftrunk und schickte Rosamund damit voraus ins Wohn-Schlafzimmer, dann schlich sie sich in den Hof zu einer geheimen Überprüfung der Außenpforte.

Als sie zurückkam, untersuchte Rosamund gerade interessiert ihren Nachttisch. »Warum legst du bloß alles so abgezirkelt genau hin, Della? Dein Buch genau im rechten Winkel zum Tisch, die Zigarettenschachtel im rechten Winkel zum Buch, und sieh mal, der Aschenbecher exakt zwei Finger breit von der Lampe entfernt, als ob du nachgemessen hättest.«

»Ich bin eben von Natur aus ein ordentlicher Mensch.«

»Das Rauchen ist bei dir eigentlich komisch. Ich wäre nie darauf gekommen, dass du rauchst, bis ich hier eingezogen bin. Eigentlich passt das gar nicht zu deinem Charakter. Und dann dieses Glas Wasser hier. Musst du denn nachts Wasser trinken?«

»Nicht immer«, erwiderte Della geduldig. »Aber ich könnte doch Durst bekommen, und dann brauche ich nicht aufzustehen und welches zu holen, nicht wahr?«

Rosamunds Fragen waren ihr durchaus nicht unangenehm. Sie zeigten doch nur, dass das Mädchen von ihrer Lebensart lernen wollte. Della brachte ihr bei, dass ein Zimmer täglich abgestaubt, der Kühlschrank einmal wöchentlich abgetaut und der Frühstückstisch gedeckt werden musste, bevor man ins Bett ging, ebenso dass sämtliche Fenster geschlossen und die Feststellschrauben angezogen sein mussten. Sie fragte Rosamund aus über die Zimmer, in denen sie früher gewohnt hatte, in der Absicht, ihr ihren jetzigen Komfort gegenüber der Schäbigkeit vergangener Zeiten bewusst zu machen, und sie bekam einen richtigen

Schock, als Rosamund zögernd damit herausrückte, dass sie in einigen dieser Gemächer – Bodenräume, provisorisch umgebaute Garagen – mit einem Mann zusammengelebt hatte. Della sagte zwar nichts, aber sie gefror geradezu. Gottlob bemerkte Rosamund ihre Missbilligung und verschonte sie mit Details. Bald danach begann sie jedoch, abends auszugehen.

Della wollte gar nicht wissen, wohin sie ginge und mit wem. Sie hatte schließlich genug zu tun, um ihre Abende auszufüllen, sei es, dass sie sich Büroarbeit mit nach Hause brachte, oder auch Hausarbeit, Waschen und Bügeln, dann der Brief an ihre Eltern zweimal wöchentlich und schließlich noch ihr Handels-Spanisch, das sie sich mittels Schallplatten selbst beibrachte. Nein, es war fast eine Erleichterung, Rosamund nicht dauernd um sich zu haben. Außerdem konnte sie so in Ruhe ihre Sicherheitsrunde machen. Das Hoftor konnte sie dabei natürlich nicht absichern, solange Rosamund nicht zu Hause war; bis dahin musste es unverriegelt bleiben, und die Hintertür zur Wohnung, für die Rosamund den Schlüssel hatte, ebenfalls. Aber immer hörte sie spätestens gegen zehn Minuten vor zwölf die Seitenpforte zur Straße sich öffnen und schließen, hörte, wie Rosamund stehen blieb und die Riegel vorschob, dann ihre leisen Schritte über den Hof, die Hintertür, wie sie auf- und dann wieder abgeschlossen wurde. Danach konnte Della in Ruhe einschlafen.

Das erste Problem entstand, als Rosamund eines Nachts nach Hause kam und das Hoftor nicht hinter sich zuriegelte. Della lauschte angestrengt in die Dunkelheit, aber sie war ganz sicher, die Bolzen waren nicht vorgeschoben worden. Selbst wenn die Hintertür zugeschlossen war – undenkbar, die Seitenpforte einzig und allein durch dieses lausige kleine Schloss abgesichert zu wissen! Sie schlüpfte in ihren Morgenmantel und ging durch die Küche in das Gartenzimmerchen. Rosamund war schon im Bett, ihre Kleidungsstücke lagen überall verstreut. Della sammelte sie auf und faltete sie ordentlich zusammen. Sie kam aus dem Hof zurück, nachdem sie die Riegel vorgeschoben hatte, da richtete sich Rosamund auf und fragte:

»Was ist denn los? Kannst du nicht schlafen?«

»Doch, doch«, meinte Della mit einem kleinen, nachsichtigen Lachen, »aber Mrs Swanson könnte bestimmt kein Auge zutun, wenn sie wüsste, dass du die Seitenpforte nicht verriegelt hast.«

»Hab ich das nicht? Ach, Della, ich weiß die meiste Zeit überhaupt nicht recht, was ich tue. Ich kann an nichts anderes mehr denken als an Chris. Ach, er ist einfach umwerfend! Und ich glaube allen Ernstes, er ist nach mir genauso verrückt wie ich nach ihm. Es kommt mir vor, als ob er mein ganzes Leben verändert hat.«

Della verbrachte den ganzen nächsten Abend damit, sich die Beschreibung des umwerfenden Chris anzuhören, wie hochintelligent er war – obgleich es ihm im Moment nicht gelang, einen seinen Fähigkeiten angemessenen Job zu finden –, wie amüsant und gebildet – und dabei leider so arm, dass er darauf angewiesen war, im Zimmer eines Freundes unterzuschlüpfen, während der verreist war. Della hörte ergeben zu, lächelte, machte hie und da passende Bemerkungen, aber sie konnte sich kaum entsinnen, sich je so gelangweilt zu haben. Jedes Mal, wenn sie aufstand und eine ihrer spanischen Schallplatten auflegen wollte, schwärmte Rosamund bereits wieder von einer neuen Facette seiner schillernden Persönlichkeit, bis Della schließlich sagen musste, sie habe Kopfschmerzen und ob Rosamund sie wohl ein wenig allein lassen würde?

»Du wirst ihn ja sowieso morgen kennen lernen. Ich habe ihn zum Abendessen eingeladen.«

Unglücklicherweise war das der Abend, an dem sie bei ihrer Tante am entgegengesetzten Ende Londons zu Abend aß. Die beiden hatten sich anscheinend mächtig gut amüsiert, wie Della an dem Zustand der Küche sehen konnte, als sie nach Hause kam. Es gab wenig Dinge, die sie mehr verabscheute als feuchtes Geschirr, das einfach zum Trocknen stehen gelassen wurde. Rosamund schlief schon. Della schlich sich in den Hof, um nachzusehen, ob die Bolzen vorgeschoben waren.

»Ich hab dich gestern Abend spät noch so lange rumoren gehört«, sagte Rosamund am nächsten Morgen. »Hast du dich über irgendwas geärgert?«

»O nein, gar nicht. Ich konnte wohl bloß nicht einschlafen, weil es später geworden war, als ich es gewöhnt bin.«

»Ganz schön verrückt, was?«, meinte Rosamund und kicherte.

In der nächsten Nacht verpasste sie den letzten Bus.

Della hatte einen angenehmen Abend verbracht. Zuerst hatte sie den Jahresbericht der Firma durchgearbeitet, dann eine Lektion Spanisch gelernt, und gegen elf lag sie im Bett und las die Memoiren einer erfolgreichen Firmenchefin. Um halb zwölf knipste sie ihre Nachttischlampe aus. Von nun an lag sie im Dunkeln und wartete auf das Geräusch der Seitenpforte.

Ihr Wecker hatte leuchtende Zeiger, und als der große über die Zehn hinauskroch, verspürte sie ein unangenehmes nervöses Prickeln, das sich über ihren ganzen Körper ausbreitete. Sie machte das Licht an, knipste es jedoch sofort wieder aus. Sie wollte nicht, dass Rosamund hereingestürzt käme mit all ihren albernen Fragen und Bemerkungen. Aber Rosamund stürzte nicht herein, und die Zeiger des Weckers legten sich übereinander, als es Mitternacht war. Jetzt gab es keinen Zweifel mehr: Der letzte Bus war weg, und Rosamund war nicht mitgekommen.

Also gut, das dumme Ding sollte nur nicht denken, dass sie sich so was gefallen ließe. Sie würde jetzt eigenhändig das Hoftor verriegeln, und Rosamund konnte dann draußen auf der Straße bleiben. Natürlich würde sie vielleicht einfach an der Haustür klingeln, einfältig und unüberlegt genug war sie ja dazu. Aber das war dann auch nicht zu ändern. Della würde sich lieber um ein oder zwei Uhr wachklingeln lassen, als dazuliegen und zu wissen, dass diese elende Seitenpforte jedermann offen stünde. Sie zog den Morgenmantel über und ging durch die tadellos aufgeräumte Küche ins Gartenzimmerchen. Rosamund hatte einen albernen Vorhang vor die Hintertür gehängt, nicht eigentlich einen Vorhang, sondern einen ziemlich schmutzigen indischen Bettüberwurf. Mit spitzen Fingern hob sie ihn hoch – und da wurde es ihr blitzartig klar. Sie *konnte* die Pforte zur Straße gar nicht abriegeln, denn die Hintertür zum Hof war ja verschlossen, und Rosamund hatte den Schlüssel.

Aber ein praktischer Mensch wie sie ließ sich davon nicht einschüchtern. Dann würde sie eben zur Haustür hinausgehen, zur Seitenpforte herumlaufen und …

aber nein, das ging ja auch nicht! Wenn sie die Pforte aufmachte und dann von innen verriegelte, dann säße sie selbst ja eingesperrt im Innenhof. Die einzige Möglichkeit war, aus dem Fenster zu klettern. Verzweifelt bemühte sie sich, die Fensterschrauben zu lösen. Aber die waren seit Jahren nicht mehr benutzt worden und ließen sich nicht drehen. Sie zitterte, als sie sich auf ihre Bettkante setzte und sich eine Zigarette anzündete. Zum ersten Mal in ihrem Leben befand sie sich nachts an einem unsicheren Ort, allein in einer Londoner Wohnung, mit nichts zwischen sich und ganzen Horden gewalttätiger Einbrecher als dem kümmerlichen Schloss einer Haustür, das jeder hergelaufene Dieb in fünf Minuten knacken konnte.

Welche geradezu kriminelle Fahrlässigkeit von Mrs Swanson aber auch, die Tür zwischen Küche und Wohn-Schlafraum nicht mit einem Schloss zu versehen! Und nicht ein einziges schweres Möbelstück weit und breit, das sie gegen die Tür stellen konnte! Gewiss, das Telefon stand neben ihrem Bett, aber wenn sie nun ein Geräusch hörte und die Polizei anriefe – bestand denn überhaupt eine Chance, dass sie rechtzeitig käme, ehe sie selbst ermordet und die ganze Wohnung verwüstet wäre?

Womit Mrs Swanson die Wohnung allerdings ausgestattet hatte, das war ein so Furcht erregendes Brotmesser, wie Della es noch nie gesehen hatte. Das holte sie sich aus der Küche und legte es unter ihr Kopfkissen. So fühlte sie sich ein wenig sicherer. Aber angenommen, sie wachte nun nicht auf, wenn der Kerl hereinkäme, angenommen ... Aber das war lächerlich, sie würde sowieso nicht schlafen. Erschöpft, zitternd und gegen die Übelkeit kämpfend, kroch sie unter die Decke und knipste nach fieberhaftem Überlegen die Lampe aus. Vielleicht, wenn kein Licht brannte, würde er an ihr vorübergehen, würde gar nicht wissen, dass sie da war, würde weitergehen ins Innere des Hauses, und wenn sie dann nicht schon vor Angst gestorben war …

Um zwanzig Minuten nach eins, als sie eben drauf und dran war, nach einem Taxi zu telefonieren, um in ein Hotel zu fahren, hörte sie die Seitenpforte klicken, und Rosamund trat in den Innenhof. Della fiel mit einer so abgrundtiefen Erleichterung in die Kissen zurück, dass sie es nicht einmal mehr fertig brachte, hinauszugehen und die Riegel zu überprüfen. Was machte es schon, wenn sie nicht vorgeschoben waren! Der Kerl würde ja zuerst an Rosamund vorbeikommen und sie zuerst töten. Della musste sich eingestehen, dass sie sich keinen Deut darum scherte, was Rosamund zustoßen konnte, sondern einzig und allein um ihre eigene Sicherheit bangte.

Um halb sieben schlich sie sich in die Küche und legte das Brotmesser zurück, und sie saß missgelaunt in der blitzsauberen Wohnung beim Frühstück, als Rosamund um acht Uhr erschien.

»Ich hab den letzten Bus verpasst, ich musste ein Taxi nehmen.«

»Du hättest mich wenigstens anrufen können.«

»Herrgott, du klingst ja wie meine Mutter. Es war schon schlimm genug, aufzustehen und …« Rosamund wurde rot und legte erschrocken die Hand auf den Mund. »Ich meine, rauszugehen und das Taxi anzuhalten und … Na ja, und soo spät war es ja nun auch nicht«, murmelte sie.

Ihr kleiner Ausrutscher war Della nicht entgangen. Aber sie war zu erschöpft, um ihr Vorhaltungen zu machen. Sie sagte lediglich, Mrs Swanson wäre bestimmt sehr ungehalten, wenn sie das wüsste, und ob Rosamund ihr bitte nächstes Mal rechtzeitig im Voraus Bescheid sagen könnte, wenn sie beabsichtigte, spät zu kommen? Aber als sie am Abend wieder zusammentrafen, meinte Rosamund, sie könne nun mal nicht im Voraus Bescheid sagen – sie wisse ja schließlich selber nie ... Da schwieg Della. Was hatte es auch für einen Sinn zu wissen, wann Rosamund heimkäme, wenn sie das Seitentor doch nicht verriegeln konnte?

Drei Tage später riss ihr der Geduldsfaden.

An zwei der dazwischenliegenden Abende hatte Rosamund den letzten Bus verpasst. Das Merkwürdige daran war, dass sie nicht im Geringsten elend und übernächtigt aussah, Della aber dafür umso mehr. In der vergangenen Nacht hatte sie geschlagene drei Stunden steif vor Angst im Bett gelegen, das Brotmesser in der Hand, während das alte Haus um sie her in allen Fugen geknackt und das Hoftor im Winde gescheppert hatte.

»Ich möchte bloß wissen, weshalb du überhaupt noch nach Hause kommst.«

»Hättest du nichts dagegen, wenn ich es nicht tue?«

»Nicht die Bohne. Mach, was du willst.«

Heimlich, noch bevor Rosamund die Wohnung durch die Haustür verließ, schlüpfte Della hinaus und riegelte das Hoftor zu. Und Rosamund, gedankenlos wie sie war, überprüfte es natürlich auch nicht, bevor sie den Hinterausgang der Wohnung abschloss. Um zehn fiel Della in einen bleiernen Schlaf, aus dem sie kurz nach zwei Uhr geweckt wurde durch heftiges Klopfen am Seitentor, dem kurz darauf ein durchdringendes Klingeln an der Haustür folgte.

»Du hast mich ausgesperrt!«, schluchzte Rosamund. »Das hat sogar meine Mutter nie gemacht. Ich war da draußen ausgesperrt auf der Straße, und ich bin völlig durchgefroren. Was hab ich dir denn getan, dass du mich so behandelst?«

»Du hast doch gesagt, du würdest nicht nach Hause kommen.«

»Wollte ich ja auch nicht. Aber wir sind ausgegangen, und Chris hatte seinen Schlüssel vergessen, und da musste er bei einem Freund schlafen. Wär ich doch bloß auch mitgegangen!«

Hm, hier schieden sich denn wohl die Geister, fand Della. Und obgleich es nachts halb drei war, schien ihr der Zeitpunkt gekommen, die Dinge energisch klarzustellen. Mit wohlartikulierter, schulmeisterhafter Stimme erklärte sie Rosamund:

»Ich glaube, wir müssen unsere Arrangements ändern, Rosamund. Deine Wege sind nicht meine Wege, und wir beide passen eben nicht zusammen, nicht wahr? Du kannst hier wohnen bleiben, bis du etwas anderes gefunden hast, aber ich möchte, dass du augenblicklich anfängst, dir etwas zu suchen.«

»Aber was hab ich denn getan? Ich hab doch nie Krach gemacht, und ich hab auch meine Freunde nicht mitgebracht. Ich hab noch nicht mal dein Telefon benutzt, nicht ein einziges Mal. Ehrlich, Della, ich hab mir so Mühe gegeben, die Wohnung sauber und ordentlich zu halten – Mann, das hat mich fast umgebracht!«

»Ich habe dir meine Ansicht gesagt. Wir sind eben sehr verschiedene Menschen.«

»Na schön, ich zieh am Sonnabend aus. Dann geh ich eben wieder zu meiner Mutter, das ist auch nicht schlimmer. Weiß der Himmel ... Und dann werden vielleicht Chris und ich ...«

»Du gehst jetzt wohl besser zu Bett«, unterbrach Della sie kalt. Sie selbst aber konnte nicht einschlafen. Sie fragte sich, wieso sie ein so schlechter Menschenkenner gewesen war. Und sie fragte sich auch, wie sie jetzt die Miete bezahlen wollte. Sie musste sich jemand anderen suchen, was sonst? Eine ältere Frau vielleicht, eine Witwe oder eine Junggesellin in den mittleren Jahren ...

Was sie bestimmt nicht tun würde, war, Rosamund in dieser Endphase ihres Zusammenlebens noch ihre ständige Angst wegen der Seitenpforte zu offenbaren. Denn wenn es irgendetwas gab, was sie tröstete, so war es das Bewusstsein, dass Rosamund sie für eine starke, reife und vernunftvolle Person hielt. Daraus, dass sie es ihr verheimlichte, ergaben sich jedoch für sie schier unerträgliche Höllenqualen. Rosamund schien nämlich zu glauben, allein schon ihr Anblick wäre ein Ärgernis für Della, deshalb verließ sie jeden Abend die Wohnung bereits, ehe Della nach Hause kam, und jedes Mal ließ sie das Seitentor unverriegelt und die Hintertür verschlossen. Della wusste nie, ob das Mädchen mit dem letzten Bus fahren, ob sie ein Taxi nehmen oder ob Chris sie in den frühen Morgenstunden nach Hause bringen würde. Sie wusste auch nicht, ob Chris irgendwo in der Nähe wohnte oder weit entfernt. Jetzt wünschte sie, sie hätte ein wenig genauer zugehört bei Rosamunds Herzensergüssen und ihrerseits ein paar Fragen gestellt. Stattdessen hatte sie immer nur mit Schaudern daran gedacht, wie grässlich es doch sei, mit einem Mann schlafen zu müssen, und dabei überlegt, ob sie es wohl über sich brächte, dergleichen für sich selbst auch nur in Betracht zu ziehen. Jede Nacht nahm sie das Brotmesser mit ins Bett. Und nachdem einer von den mausgrauen Mitbewohnern, den sie im Korridor traf, ihr erzählt hatte, dass im Hause nebenan eingebrochen worden sei und dass die alte Bewohnerin einen Schlag über den Schädel bekommen hätte, fühlte sie sich bestärkt in der Überzeugung, dass das eine vernünftige Vorsichtsmaßnahme sei. Rosamund kam einmal um eins, einmal um halb drei und einmal überhaupt nicht nach Hause. Della bekam dunkle Ränder um die Augen, ihre Haut sah grau aus, und sie schlief während der Arbeit über ihrem Schreibtisch ein, während eine blitzäugige Rosamund in der Damentoilette ihren Kolleginnen von den Freuden ihrer Beziehung zu Chris berichtete.

Aber jetzt galt es nur noch, eine einzige Nacht zu überstehen.

Rosamund hatte die Nachricht hinterlassen, sie werde heute nicht nach Hause kommen. Sie würde Della ja am folgenden Abend sehen, wenn sie ihre Koffer holte und damit zu ihrer Mutter zöge. Aber sie hatte vergessen, die Seitenpforte zu verriegeln. Della dachte allen Ernstes daran, erst von innen die Bolzen vorzuschieben und dann hinüberzuklettern, zurück auf die Straße. Aber die Tür war zu hoch und zu glatt für Dellas Kletterkünste, und eine Leiter gab es nicht. Ihr blieb also nichts übrig, als ergeben ihre letzte Nachtwache anzutreten, mit Zigaretten, mit einem Glas Wasser, mit dem Telefon und dem Brotmesser. Eigentlich hätte sie erträglicher sein müssen, diese letzte Nacht, eben weil es die letzte war, stattdessen war sie schlimmer als alle vorherigen. Sie lag im Dunkeln und dachte an die alte Frau aus dem Nebenhaus, das ganz genauso gebaut war wie das, in dem sie wohnte, und an den Einbrecher, der genau wusste, wie man am einfachsten hineinkam. Sie versuchte krampfhaft, an etwas anderes zu denken, an irgendetwas, aber die alles beherrschende Angst erstickte ihre schwachen Versuche, sich etwa auf den nächsten Tag zu konzentrieren, auf die Arbeit, auf ihren Ehrgeiz, auf die Erlösung und Seelenruhe von morgen, wenn dieses Seitentor verriegelt sein würde, ein für alle Mal, um nie wieder geöffnet zu werden.

Rosamund hatte gesagt, sie würde nicht heimkommen. Aber man konnte sich nicht auf das verlassen, was sie sagte. Della war deshalb auch nicht weiter überrascht (wenngleich ungeheuer erleichtert), als sie kurz vor zwei die Pforte klicken hörte. Mit einem geradezu ekstatischen Seufzer – denn nun war alles ausgestanden – wartete sie auf das Geräusch der Bolzen, wenn sie vorgeschoben würden. Aber das Geräusch kam nicht. Nun, das war nicht weiter schlimm. Sie würde die Riegel selbst vorschieben, wenn Rosamund im Bett war. Sie hörte sehr behutsame Schritte, und dann wurde die Hintertür aufgeschlossen. Rosamund brauchte diesmal länger als sonst, um die Tür aufzubekommen, aber vielleicht war sie müde oder betrunken oder weiß der Himmel was.

Stille.

Dann quietschte die Hintertür und machte leise knarrende Geräusche, so als ob Rosamund sich nicht die Mühe gemacht hätte, sie fest abzusperren. Bleiern vor Müdigkeit raffte Della sich auf und legte sich ihren Morgenmantel um die Schultern. Gerade in diesem Augenblick ging das Licht in der Küche an. Als gleißendes Rechteck fiel der Schein durch die Ritzen der alten Tür. Das sah Rosamund gar nicht ähnlich. Rosamund ging nie nochmals in die Küche, wenn sie heimkam, sondern fiel augenblicklich ins Bett, ohne sich auch nur das Gesicht zu waschen. Ein unbezähmbares Zittern befiel Della. Steif und dennoch schlotternd vor Angst horchte sie. Da! Schritte auf dem Küchenboden. Die Kühlschranktür wurde geöffnet. Dann Geräusche, als suche jemand in den Schränken herum, eine Schublade wurde aufgezogen, Besteck schepperte. Sie wollte rufen: »Rosamund, Rosamund, bist du das?« Aber sie hatte keine Stimme mehr. Ihr Mund war trocken, und die Stimme versagte ihr den Dienst. Blitzartig durchfuhr sie ein Gedanke, der ihr nie zuvor gekommen war, und versetzte sie in flammende Panik. Wie konnte sie denn wissen, wie hatte sie je wissen können, ob es Rosamund war oder jemand anders, der die Wohnung durch die Seitenpforte und die zerbrechliche Hintertür betrat?

Und dann ertönte ein Husten.

Ein schwaches Hüsteln nur, mehr ein Räuspern, um die Stimme frei zu bekommen, aber es war eine männliche Stimme.

Da war ein Mann in der Küche!

Das Telefon fiel Della nicht ein. Ihr fiel nur – obgleich sie sie im Grunde keinen Augenblick vergessen hatte – die alte Frau aus dem Nebenhaus ein. In blindem Entsetzen fuhr sie mit der Hand unter das Kissen und griff nach dem Messer. Sie riss die Küchentür auf, und da war er, ein großer Mann, jung und kräftig. Da stand er vor ihr, Mrs Swansons Silberbesteck in der einen Hand und die schwere eiserne Pfanne in der anderen. Della zögerte nicht. Sie stach mit dem Messer zu. Sie stach und stach, bis das helle Blut gegen die weißen

Wände, über die saubere Bügelwäsche und den akkurat gedeckten Frühstückstisch spritzte.

Der Kommissar war sehr nett zu Rosamund Vine. Er redete sie mit ihrem Vornamen an und gab ihr eine Tasse Kaffee zu trinken. Sie trank den Kaffee, obgleich sie gar nicht recht mochte, weil sie schon im Krankenhaus welchen bekommen hatte, als man ihr sagte, dass Chris tot sei.

»Jetzt erzählen Sie mir mal über letzte Nacht, ja, Rosamund?«

»Also, ich bin mit meinem Freund ausgegangen – Chris, Chris Maitland. Er hatte seinen Schlüssel vergessen und wusste nicht, wo er schlafen sollte. Da habe ich gesagt, er sollte einfach mit mir kommen und frühmorgens wieder verschwinden, bevor sie – bevor Della aufsteht. Wir mussten ihretwegen sehr vorsichtig sein. Und wir waren ja auch ganz leise. So gegen zwei haben wir uns reingeschlichen.«

»Sie haben sich also nicht bemerkbar gemacht?«

»Nein, wir dachten doch, sie schliefe. Darum haben wir auch nicht miteinander gesprochen, nicht mal geflüstert. Aber sie muss uns gehört haben.« Ihre Stimme schwankte ein wenig. »Ich bin gleich ins Bett gegangen. Aber Chris hatte Hunger, und ich hab ihm gesagt, wenn er mucksmäuschenstill ist, dann kann er sich was aus dem Kühlschrank holen. Ich hab ihm auch erklärt, wo Messer und Gabeln und Teller sind. Als Nächstes hab ich dann diesen grauenhaften Schrei gehört, und dann bin ich rausgerannt, und – und Chris war ... Da war überall Blut ...«

Der Kommissar wartete, bis sie ruhiger geworden war.

»Was glauben Sie, weshalb sie ihn mit dem Messer angegriffen hat?«, wollte er wissen.

»Ich weiß nicht.«

»Ich glaube, Sie wissen es doch, Rosamund.«

»Ja, vielleicht weiß ich es.« Rosamund blickte zu Boden. »Sie mochte es nicht, dass ich wegging.«

»Weil sie Angst hatte, allein zu sein?«

»Della Galway«, sagte Rosamund, »hatte vor gar nichts Angst. Mrs Swanson, ja, die fürchtete sich vor Einbrechern, aber Della doch nicht. Alle Leute im Haus wussten das von der Frau nebenan, die totgeschlagen worden war, und alle waren nervös. Alle außer Della. Die hat es mir gegenüber nicht mal erwähnt, dabei muss sie es sehr wohl gewusst haben.«

»Sie kann also nicht angenommen haben, Chris sei ein Einbrecher?«

»Aber natürlich nicht!« Rosamund fing an zu weinen. »Sie sah bloß einen Mann – meinen Mann! Sie selbst hat ja nie einen kriegen können. Jedes Mal wenn ich versucht hab, ihr von ihm zu erzählen, wurde sie ganz sauer und abweisend. Sie hat uns letzte Nacht kommen gehört, und sie wusste natürlich, was wir … Na, und das hat ihr den Rest gegeben. Ich hab mal gehört, dass die in der Firma sie zum Psychiater schicken wollten, und jetzt weiß ich auch, warum.«

Der Kommissar fröstelte ein bisschen trotz seiner langen Erfahrung. Angst vor Einbrechern, das konnte man noch verstehen, aber so etwas … »Jetzt wird man sie jedenfalls bestimmt zum Psychiater bringen.« Und dann schickte er das weinende Mädchen nach Hause zu seiner Mutter.

Die Doppelgängerin

Merkwürdige, hexenhaft anmutende Wesen saßen um den Tisch in Mrs Cleasants Wohnzimmer. Eine von ihnen, ein angesehenes Medium, schien soeben aus einem Haufen Tarockkarten wahrzusagen. Später dann, wenn es dunkel wäre, würden sie zum Tischrücken übergehen. Ihr Ziel war, den Geist des vor einem Jahr verstorbenen Mr Cleasant herbeizuzitieren und außerdem, so dachte Peter wütend, Lisa wieder einmal zu Tode zu ängstigen.

»Wo gehst du hin?«, fragte Mrs Cleasant, als Lisa zurückkam und den Mantel anhatte.

Peter antwortete für sie. »Ich nehme sie mit auf einen Spaziergang im Holland Park, und dann essen wir irgendwo zusammen.«

»Holland Park?«, sagte das Medium. Wenn Leichen reden könnten, hätten sie gewiss eine Stimme wie diese Frau. »Seien Sie vorsichtig, nehmen Sie sich in Acht. Das ist ein Ort mit einem ganz speziellen Ruf.«

Die Hexenweiber blickten sie erwartungsvoll an, aber das Medium wandte sich wieder ihren Tarockkarten zu und beäugte die Kaiserin, die sie bis auf drei Zentimeter an ihre lange Nase heranbrachte. Übel werden konnte einem bei diesem ganzen Weiberklüngel, dachte Peter. Noch sechs Monate, und er würde Lisa ein für alle Mal herausholen aus dieser Hexenversammlung!

Es war ein Sonntagnachmittag im Frühling, und die Luft im Park war frisch und rein, beinahe wie Landluft. Peter atmete sie in tiefen Zügen ein und reinigte sich von der Atmosphäre jenes Wohnzimmers. Er wünschte, auch Lisa würde dadurch ein wenig gelöster, ein bisschen weniger nervös und überspannt. Aber die Hand, die er nicht in der seinen hielt, griff fortwährend nach dem Amulett, das sie an einer Kette um den Hals trug, oder reckte sich aus, um auf Holz zu klopfen, wann immer sie an einem Zaun vorüberkamen.

Plötzlich fragte sie: »Was meinte die Frau eigentlich mit dem ganz speziellen Ruf, den dieser Park hat?«

»Irgendein dämlicher Aberglaube. Wie soll ich das wissen? Ich hasse solche Dinge.«

»Ich auch«, meinte sie. »Aber ich fürchte mich davor.«

»Wenn wir erst verheiratet sind, musst du nichts mehr damit zu tun haben. Dafür sorge ich schon. O Gott, ich wünschte, wir könnten sofort heiraten oder du würdest einfach zu mir ziehen, bis wir es tun können.«

»Ich kann dich ohne Mamas Einwilligung nicht heiraten, bevor ich achtzehn bin, und wenn ich einfach zu dir ziehe, dann wird sie mich unter gerichtliche Vormundschaft stellen.«

»Bestimmt nicht, Lisa.«

»Immerhin brauchen wir ja bloß noch sechs Monate zu warten. Für mich ist es doch auch schwer. Glaubst du, ich würde nicht auch lieber mit dir zusammenleben als mit Mama?«

Er musste lächeln über ihre kindliche Zurechtweisung. »Komm, versuch mal, ein bisschen vergnügter auszusehen, ich möchte eine Aufnahme von dir machen. Wenn ich schon nicht dich selbst haben kann, dann will ich wenigstens ein Bild von dir haben.« Sie hatten einen offenen, sonnigen Platz erreicht. Er setzte sie auf einen Baumstumpf und bat sie zu lächeln. Dabei zog er die Kamera aus dem Etui. »Sieh nicht die Leute an, Liebling, sieh mich an.«

Zu dumm, dass der Mann und das Mädchen sich ausgerechnet in diesem Augenblick auf der hölzernen Bank niederlassen mussten!

»Lisa!«, sagte er scharf und bereute es sofort, denn ihr Gesicht war plötzlich erstarrt zu einer Maske des Entsetzens. Er trat zu ihr. »Was ist denn los, Lisa?«

»Sieh mal das Mädchen an«, stammelte sie.

»Na schön. Und was ist mit ihr?«

»Sie sieht genauso aus wie ich. Sie ist meine Doppelgängerin.«

»Unsinn. Wie kommst du denn darauf? Ihr Haar hat die gleiche Farbe, und ihr habt etwa die gleiche Figur, aber sonst gibt es gar keine Ähnlichkeiten. Sie ist doch um Jahre älter als du, und sie ist …«

»Peter, du musst das doch sehen! Sie könnte mein Zwilling sein. Sieh mal, der Mann, der bei ihr ist, hat es auch gemerkt. Er hat mich angeguckt und dann etwas zu ihr gesagt, und jetzt sehen sie beide her.«

Er konnte allerhöchstens eine oberflächliche Ähnlichkeit feststellen. »Gut, angenommen, sie wäre deine Doppelgängerin – was ich partout nicht finden kann –, was soll's? Warum bist du deshalb so außer dir?«

»Weißt du denn nicht Bescheid über Doppelgänger? Weißt du nicht, dass man seinen eigenen Tod sieht, wenn man seinem Doppelgänger begegnet, dass man innerhalb eines Jahres stirbt?«

»O Lisa, nun komm. So etwas Dummes habe ich noch nie gehört. Das ist wieder so ein Blödsinn, den du bei diesen verrückten alten Hexen aufgeschnappt hast. Das ist doch hirnverbrannter Aberglaube!« Aber nichts, was er sagte, konnte sie beruhigen. Ihr Gesicht war kalkweiß geworden, und in ihren Augen lag Angst. Mehr besorgt als ärgerlich streckte er die Hand aus und half ihr auf die Beine. Zitternd lehnte sie sich gegen ihn, und er sah, dass sie ihr Amulett umklammerte. »Komm, lass uns gehen«, sagte er. »Wir suchen uns einen anderen Platz zum Fotografieren. Schau sie einfach nicht an, wenn es dich aufregt. Vergiss sie.«

Als sie den Weg hinuntergegangen und verschwunden waren, sagte der Mann auf der Bank zu seiner Begleiterin: »Hast du wirklich nicht gesehen, dass das Mädchen dein Ebenbild war?«

»Ich habe dir doch schon gesagt – nein.«

»Natürlich siehst du ein gut Teil älter und härter aus, das muss man zugeben.«

»Vielen Dank.«

»Aber sonst bist du beinahe ihre Doppelgängerin. Wenn man ein Dutzend Jahre und ein Dutzend Liebesaffären abzieht, dann *wärst* du ihre Doppelgängerin.«

»Stephen, wenn du wieder Streit anfangen willst, dann sag Bescheid, und ich geh nach Hause.«

»Ich fange überhaupt nichts an. Ich bin lediglich fasziniert durch ein ungewöhnliches Phänomen. Der Holland Park gilt als unheimlicher Ort. Es heißt doch, man könne hier leicht seinem eigenen Doppelgänger begegnen.«

»Das habe ich nie gehört.«

»Und doch, meine liebe Zoe, ist es so. –

›Der Priester Zoroaster, mein totes Kind,

sah sein eignes Ebenbild
im Garten wandeln ...‹«

»Von wem ist das?«

»Shelley. Der Aberglaube lehrt, dass man innerhalb des nächsten Jahres stirbt, wenn man seinem Doppelgänger begegnet.«

Sehr langsam wandte sie sich ihm zu und blickte ihn an: »Möchtest du, dass ich im nächsten Jahr sterbe, Stephen?«

Er lachte: »Oh, *du* stirbst doch nicht. Du hast ja nicht sie gesehen, sondern sie hat dich gesehen; und es hat sie sehr erschreckt. Er fotografierte sie gerade, hast du das nicht gesehen? Ich wollte, ich hätte ihn gebeten, eine Aufnahme von euch beiden zusammen zu machen. Warum versuchen wir nicht, sie einzuholen?«

»Weißt du, du hast wirklich eine kranke Fantasie.«

»Nein, bloß eine gesunde Neugier. Komm jetzt mit, wenn wir schnell gehen, erwischen wir sie noch beim Eingang.«

»Wenn es dir Spaß macht«, seufzte Zoe.

Peter und Lisa sahen die beiden anderen nicht kommen. Sie gingen eng umschlungen, und es war Peter gelungen, sie durch Pläneschmieden für ihre Hochzeit von dem Thema der Doppelgängerin abzulenken. Beim nördlichen Eingangstor sagte plötzlich jemand hinter ihm: »Entschuldigen Sie.« Er drehte sich um und sah den Mann vor sich, der auf der Bank gesessen hatte.

»Ja bitte?«, sagte er ziemlich steif.

»Ich nehme an, Sie halten dies für eine große Unverschämtheit, aber ich habe Sie beide da hinten gesehen, und ich war – ja, ich war geradezu erschlagen von der Ähnlichkeit zwischen meiner Freundin und der jungen Dame, mit der Sie zusammen sind. Eine verblüffende Ähnlichkeit, finden Sie nicht?«

»Kann ich nicht finden«, erwiderte Peter kurz angebunden. Er wagte gar nicht, Lisa anzusehen. Das hatte gerade noch gefehlt! Tiefe Bestürzung erfüllte ihn. »Nein, offen gesagt, ich sehe überhaupt keine Ähnlichkeit.«

»Aber das *müssen* Sie doch. Schauen Sie, ich wollte Sie um einen riesigen Gefallen bitten, nämlich ein Foto von den beiden gemeinsam zu machen. Würden Sie das tun? Bitte sagen Sie nicht nein!«

Peter war drauf und dran abzulehnen, und durchaus nicht höflich, da sagte Lisa: »Warum nicht? Natürlich wird er das tun. Es ist doch solch ein spaßiger Zufall, das sollten wir im Bild festhalten.«

»Sie sind ein nettes Mädchen! Ich glaube, wir sollten uns miteinander bekannt machen, was? Ich bin Stephen Davidson, und dies ist Zoe Conti.«

»Lisa Cleasant und Peter Milton«, sagte Peter, noch völlig verblüfft durch Lisas warmes Entgegenkommen.

»Hallo, Lisa und Peter, nett, Sie kennen zu lernen. So, jetzt stellt ihr beiden Mädchen euch mal dort drüben in das Fleckchen Sonnenschein …«

Also machte Peter eine Aufnahme und versprach, Stephen und Zoe einen Abzug zu schicken, sobald der Film entwickelt wäre. Sie gab ihm die Adresse der Wohnung, die sie mit Stephen bewohnte, und er stellte fest, dass sie nur zwei Straßen von seiner eigenen entfernt war. Sie hätten nun gemeinsam weitergehen können, was Stephen, der mehrfach lauthals diesen neuerlichen Zufall erwähnte, anscheinend sehr lieb gewesen wäre, aber Peter sah den gequälten Ausdruck in Lisas Augen und wimmelte die beiden ab. So trennten sie sich in der Holland Park Avenue.

»Du bist doch nicht böse, dass wir nicht mit ihnen zusammen gehen?«, fragte Lisa.

»Natürlich nicht. Ich bin doch viel lieber mit dir allein.«

»Da bin ich froh.« Sie fügte hinzu: »Ich hab es für dich getan.«

Er verstand. Sie hatte es seinetwegen getan, um ihm zu beweisen, dass sie mit ihren abergläubischen Ängsten fertig werden konnte. Um seinetwillen, weil er es wollte, würde sie es versuchen. Er nahm sie in die Arme und küsste sie.

Sie schmiegte sich an ihn. Er konnte ihren Herzschlag spüren. »Ich erzähle auch niemand anderem davon«, erklärte sie, und er verstand, sie meinte ihre Mutter und die anderen Hexenweiber.

Er zeigte ihr die Aufnahmen nicht, als der Film entwickelt war. Zoe und Stephen sollten ihren Abzug bekommen, und damit hätte die ganze Angelegenheit dann ein Ende. Aber als er die Aufnahme in einen Umschlag steckte, fiel ihm ein, dass er ja ein paar Worte dazuschreiben musste, und das fand er lästig, denn das Briefschreiben liebte er ganz und gar nicht. Außerdem, wenn er den Brief ohnehin zur Post tragen musste, dann konnte er ihn ebenso gut zu ihrer Wohnung bringen. Und das tat er eines Abends auch. Er hatte durchaus nicht die Absicht hineinzugehen, aber als er den Umschlag in den Briefkasten schob, erschien Zoe hinter ihm auf der Treppe.

»Kommen Sie doch rein und nehmen Sie einen Drink.«

Ihm fiel keine Ausrede ein, also nahm er an. Sie

führte ihn zwei Treppen hinauf, und während des Gehens betrachtete sie das Foto.

»Das soll nun also unsere fantastische Ähnlichkeit sein«, meinte sie. »Haben Sie sie eigentlich bemerkt?«

Peter verneinte. Er fragte sich wirklich, wie Lisa so albern hatte sein können, in dieser dreißigjährigen Frau, die heute Abend derartig mitgenommen und verhärmt aussah, ihre Doppelgängerin zu erblicken. »Sie hat wohl größtenteils in der Fantasie Ihres Freundes bestanden«, sagte er, als sie die Wohnung betraten. »Ich bin gespannt, was er jetzt darüber denkt.«

Einen Moment zögerte sie. Dann kam ihre abrupte Antwort: »Er hat mich verlassen.«

Peter war verwirrt. »Das tut mir Leid.« Er sah ihr ins Gesicht, in die Augen, deren dunkle Ringe fast wie Blutergüsse aussahen. »Sind Sie sehr unglücklich?«

»Ich werde wenigstens keine Überdosis nehmen, wenn es das ist, was Sie meinen. Wir waren vier Jahre lang zusammen. Da ist es ganz schön hart. Aber ich will Sie damit nicht anöden. Reden wir von was anderem.«

Peter hatte höchstens eine halbe Stunde bleiben wollen, aber aus der halben Stunde wurde eine ganze, und als Zoe sagte, sie würde jetzt ihr Abendessen kochen, und ob er nicht bleiben wolle und mit ihr zusammen essen, da willigte er ein. Es war interessant, sich mit ihr zu unterhalten. Sie war Musiktherapeutin, und sie erzählte von ihrer Arbeit und spielte ihm Platten vor. Als sie die Mahlzeit beendet hatten, ein einfaches, aber ausgezeichnetes Essen, da fing sie an, über ihr privates Leben zu sprechen, auch über ihre schwierige Beziehung zu Stephen. Aber sie sprach ohne Selbstmitleid. Und sie konnte ebenso gut zuhören wie selbst erzählen. Es bedeutete ihm viel, sich einmal einer reifen, ausgewogenen Frau anvertrauen zu können, die ihm zuhörte, ohne ihn zu unterbrechen. Er erzählte von sich und Lisa, dass sie heiraten wollten, sobald sie achtzehn wäre und die Hälfte des väterlichen Vermögens erbte. Nicht dass das Geld irgendetwas damit zu tun hätte, beeilte er sich hinzuzufügen. Ihm wäre es lieber gewesen, sie hätte keinen Penny besessen. Alles, was er wollte, war, sie aus dieser ungesunden Atmosphäre dilettantischen Okkultismus herauszuholen, aus ihrem klösterlich-strengen Zuhause, wo sie zwar bewacht, aber dennoch korrumpiert wurde.

»Wovor hat sie Angst?«, fragte Zoe, als er ihr von dem unerlässlichen Amulett erzählte und von ihrer Manie, Holz anzufassen.

Er hob die Schultern. »Vor dem Schicksal? Vor irgendeiner Rachegöttin, die ihr ihr Glück neidet?«

»Oder vielleicht vor einem Verlust«, ergänzte Zoe. »Sie hat ihren Vater verloren. Vielleicht hat sie Angst, auch noch Sie zu verlieren.«

»Das ist das Letzte, wovor sie sich fürchten müsste.«

Es war nach Mitternacht, als er ging. Er hatte vor, Lisa am nächsten Tag zu erzählen, wo er gewesen war. Es gab keine Geheimnisse zwischen ihnen. Aber Lisa war nervös und bedrückt – sie und Mrs Cleasant waren bei einer spiritistischen Sitzung gewesen –, und er hielt es für klüger, nicht noch einmal ein Thema anzuschneiden, das besser der Vergessenheit anheim fiele. Also sagte er nichts. Schließlich würde er ja Zoe auch niemals wiedersehen.

Aber etwa einen Monat später – einen Monat, den er und Lisa sehr gelöst und glücklich miteinander verbracht hatten – traf er das ältere Mädchen zufällig in der Portobello Road wieder. Während sie miteinander plauderten, fiel ihm ein, dass er in ihrer Wohnung eine Mahlzeit eingenommen hatte und dass er ihr eine Einladung schuldete. Ja, er und Lisa würden sie zum Essen ausführen. In ihrer jetzigen Verfassung würde Lisa Freude daran haben, und es würde ihr gut tun, wenn sie jetzt, nach einer gewissen Zeitspanne, einsah, dass ihr Aberglaube sie zu einem Irrtum verleitet hatte. Er unterbreitete Zoe die Einladung. Zunächst zögerte sie, aber als sie hörte, dass sie zu dritt sein würden, nahm sie an. Also – gemeinsames Abendessen in vierzehn Tagen; er und Lisa würden sie abholen.

»Ich habe übrigens dieses Mädchen getroffen, Zoe, und ich habe sie eingeladen, mit uns essen zu gehen. Einverstanden?«

Der Ausdruck eines verängstigten Kindes erschien auf Lisas Gesicht.

»O nein, Peter! Ich glaube, du verstehst doch wohl, dass ich sie nie wieder sehen möchte.«

»Aber warum denn nicht? Du hast doch jetzt die Fotografie gesehen und weißt, wie albern deine Befürchtungen waren. Und Stephen wird nicht dabei sein. Ich weiß, du mochtest ihn nicht, und ich ihn auch nicht. Aber sie sind gar nicht mehr zusammen. Er hat sie verlassen.«

Sie zitterte. »Lass uns nicht näher mit ihr bekannt werden, Peter.«

»Aber ich habe sie eingeladen«, entgegnete er. »Ich kann das jetzt nicht mehr rückgängig machen.«

Als der verabredete Abend kam, erschien Zoe an der Tür in einem langen Kleid. Sie hatte das Haar aufgesteckt und sah königlich aus, auf geheimnisvolle Weise verwandelt.

»Wo ist Lisa?«, fragte sie.

»Sie kann nicht mitkommen. Sie und ihre Mutter fahren Ende der Woche auf Urlaub nach Griechenland, und sie ist mit Packen beschäftigt.« Zum Teil war das wahr, und er sagte es so überzeugend, als sei es die volle Wahrheit. Er konnte seinen Blick nicht von der neuen, veränderten Zoe lösen, und insgeheim war er froh, dass er einen Tisch in einem exklusiven Restaurant bestellt hatte.

In dem sanften Lampenlicht sah sie wieder ganz jung aus. Und zum ersten Mal sah er jetzt die Ähnlichkeit zwischen ihr und Lisa. Durch die Zauberei des Lichts und der Kosmetik, vielleicht auch durch sein eigenes, sehnsüchtiges Wunschdenken, waren sich die ältere und die jüngere Schwester an Jahren näher gekommen und zu Zwillingen geworden. Es hätte wirklich seine Lisa sein können, die ihm hier gegenübersaß an dem Tisch mit dem Silberbesteck, den Kristallgläsern und der Vase mit der einzelnen Rose, aber eine Lisa, die durch Lebenserfahrung gereift war. Nie hätte Lisa so über Bücher, über Musik und Reisen sprechen, nie auch nur mit so ernster Aufmerksamkeit zuhören können. Er bedauerte es, als der Abend zu Ende ging und er sich an ihrer Tür von ihr verabschiedete.

Lisa schien seine Verabredung mit Zoe vollkommen vergessen zu haben. Sie erwähnte sie mit keinem Wort, und auch er tat es nicht. Am nächsten Morgen würde sie mit ihrer Mutter zu der vierwöchigen Ferienreise aufbrechen, die der Arzt Mrs Cleasant wegen ihres Gesundheitszustandes verordnet hatte.

»Ich wollte, ich müsste nicht fahren«, sagte sie zu Peter. »Du weißt gar nicht, wie ich dich vermissen werde.«

»Glaubst du, ich vermisse dich nicht?«

»Pass gut auf dich auf. Ich werde keine ruhige Minute haben, aus Sorge, dass dir was passieren könnte. Du darfst jetzt nicht lachen, aber als mein Vater noch lebte, da hörte ich, wenn er verreist war, vier- oder fünfmal am Tag die Nachrichten für den Fall, dass es einen Flugzeugabsturz oder sonst eine Katastrophe gegeben hätte.«

»Aber *du* bist doch diejenige, die wegfährt, Lisa.«

»Das kommt aufs Gleiche heraus.« Sie fasste nach ihrem Amulett und hob es in die Höhe. »Ich habe ja dies hier, aber du ... Willst du mein vierblättriges Kleeblatt haben, wenn ich es dir schenke?«

»Ich dachte, du hättest dich von dem ganzen Unsinn gelöst«, sagte er, und seine Enttäuschung über sie überschattete ihren Abschied. Sie küsste ihn mit einer Art leidenschaftlicher Traurigkeit.

»Bitte schreib mir«, bat sie. »Ich schreibe dir jeden Tag.«

Gegen Ende der ersten Woche begannen ihre Briefe einzutreffen. Es waren die ersten Briefe, die er je von ihr bekommen hatte, und sie waren wie Schulaufsätze in Geographie, hier und da angereichert durch Liebeserklärungen für den Klassenlehrer. Er war ein wenig enttäuscht, ja, fast ärgerlich. Er fühlte sich einsam ohne sie, und doch fürchtete er um das Bild, das er sich von ihr gemacht hatte. Er brauchte jemanden, mit dem er darüber sprechen konnte, und nach ein paar Tagen des Zauderns rief er Zoe an. Zehn Minuten später saß er in ihrer Wohnung, trank Kaffee und hörte Musik. Ihre Gegenwart war tröstlicher, als er es für möglich gehalten hätte, denn bei einer gewissen Wendung ihres Kopfes, bei ihrer Art zu lächeln und durch die Linie, mit der ihr Haar vom Mittelscheitel aus in die Stirn fiel, glaubte er, Lisa vor sich zu sehen.

Und doch nutzte er die Gelegenheit nicht, um von seinen Zweifeln zu sprechen, sondern sagte nur: »Ich begreife gar nicht, wie ich mal denken konnte, ihr sähet euch nicht ähnlich.«

»Ich habe es doch auch nicht gesehen.«

»Dabei ist es überwältigend, einfach unheimlich.«

Sie lächelte. »Wenn Ihre Besuche bei mir Ihnen helfen, über die Zeit hinwegzukommen, während sie fort ist, dann habe ich nichts dagegen, Peter. Ich kann das verstehen, ich erinnere Sie an Lisa, und dadurch wird alles einfacher für Sie.«

»Es ist nicht bloß das«, wehrte er ab. »Sie müssen nicht denken, dass es nur das ist.«

Sie erwiderte nichts. Es war nicht ihre Art nachzubohren, Verhöre anzustellen oder ein egoistisches Selbstwertgefühl hervorzukehren. Aber als sie das nächste Mal zusammen waren, da erklärte er es ihr unaufgefordert, und er erschrak zutiefst vor seinen eigenen Worten, die weit verräterischer und unmissverständlicher waren als die Gedanken, denen sie entsprangen.

»Es ist nicht wahr, dass Sie mich an Lisa erinnern. Das ist es nicht. Es ist einfach ... Ich sehe in Ihnen das, was Lisa einmal werden könnte; bloß, sie wird niemals so werden.«

»Wer wollte auch gerne so werden wie ich?«

»Jedes junge Mädchen. Denn Sie sind so, wie eine Frau sein sollte, Zoe, klug und vernünftig und freundlich und eigenständig und – schön.«

»Und selbst wenn es so wäre«, meinte sie leichthin, »warum sollte Lisa nicht auch so werden?«

»Weil sie, wenn sie achtzehn ist, wohlhabend sein wird, eine reiche Erbin. Sie wird nie für ihr eigenes Auskommen arbeiten, kämpfen oder lernen müssen. Wir werden in einem Haus in der Nähe ihrer Mutter wohnen, und sie wird werden wie ihre Mutter, hohl und neurotisch. Sie wird von Schlaftabletten leben, wird ihre ganze Zeit mit Spiritisten zubringen und sich in irgendwelche krankhaften Kults verstricken. Wenn ich Sie dagegen ansehe, dann sehe ich nicht Lisas Doppelgängerin. Das heißt, ich sehe sie schon – ihre Alternative gewissermaßen, wenn Sie so wollen, nach einer Spanne von dreizehn Jahren, wenn ihr ein anderer Lebensweg vorgezeichnet worden wäre. Und ebenso sehe ich Sie, wie *Sie* sein würden, wenn Sie ein Leben geführt hätten, wie Lisa es führt und immer führen wird.«

»Sie können ihr doch helfen, solch ein Leben nicht zu führen, wenn Sie sie lieben«, sagte Zoe ernst.

Und dann hörten Lisas Briefe plötzlich auf zu kommen. Eine ganze Woche verstrich ohne einen einzigen Brief. Angesichts dessen, was mit ihm geschah, hatte er beschlossen, Zoe nicht wieder zu sehen. Aber sie wohnte so nahe, und er dachte so oft an sie, dass er nicht widerstehen konnte. Er ging zu ihr und erzählte ihr eine Lüge, von der er sich einredete, sie könnte wahr sein: Lisa war zu jung, um irgendjemanden treu und unverbrüchlich lieben zu können. Ihre Briefe wären immer kühler geworden und endlich gar nicht mehr gekommen. Zoe hörte ihm still zu, seinen drängenden Überzeugungsversuchen, seinen Vergleichen zwischen seiner Verlassenheit und der ihren; und als er sie küsste, da erwiderte sie seine Küsse zuerst voller Zweifel, dann aber mit einer Glut, die ihrer eigenen Einsamkeit entsprang. Sie schliefen miteinander. Und als er sie später fragte, ob er die Nacht über bei ihr bleiben dürfe, da sagte sie ja. Und er blieb.

Von da an verbrachte er jede Nacht bei ihr. Er ging kaum noch nach Hause. Als er es doch einmal tat, fand er zehn Briefe auf der Fußmatte liegen. Lisa und ihre Mutter waren weitergereist auf irgendeine ägäische Insel – die Heimat eines Mystizisten, den Mrs Cleasant dringend kennen lernen wollte –, wo der Postverkehr mehr oder minder dem Zufall überlassen blieb. Voller Ungeduld und Schuldgefühle las er die kindischen Briefe, das ewige »Peter, Liebling, ich vermisse dich, ich werde nie wieder wegfahren ...«, und dann ging er zurück zu Zoe.

Warum hatte er Zoe nur von diesen Briefen erzählt! Er wünschte, er hätte es nicht getan. Um ihrer Klugheit und Aufrichtigkeit willen hatte er sie begehrt, und jetzt schlugen genau diese Eigenschaften gegen ihn zurück.

»Wann kommt sie wieder?«

»Nächsten Sonnabend.«

»Peter, ich weiß zwar nicht, was du tun willst, mich verlassen und sie heiraten oder sie verlassen und bei mir bleiben, aber wie immer du dich entscheidest, du *musst* ihr von uns erzählen.«

»Das kann ich nicht!«

»Du musst. So oder so, du musst. Und wenn du bei mir bleiben willst, welche Alternative hättest du auch?«

Sie beide behalten, bis er sich sicher war, bis er es genau wusste, was richtig war! »Du weißt, ich kann ohne dich nicht sein, Zoe. Aber ich kann ihr das nicht sagen, noch nicht. Sie ist ein solches Kind.«

»Du willst dieses Kind heiraten, Peter. Du liebst sie doch.«

»Tue ich das?«, fragte er sich zögernd. »Jedenfalls glaubte ich es.«

»Sie zu hintergehen, Peter, dazu gebe ich mich nicht her, das musst du verstehen. Wenn du nicht versprichst, ihr alles zu erzählen, dann kann ich dich nicht wieder sehen.«

Vielleicht, wenn er Lisa wieder sähe … Am Sonntagmorgen ging er durch den Park zum Haus ihrer Mutter. Das Medium war da und noch eine andere Frau, die aussah wie eine Eingeweihte bei einer schwarzen Messe; tiefernst lauschten sie Mrs Cleasants Bericht über den Mystizisten und sein spirituelles Eindringen in die Geheimnisse der Großen Pyramide. Lisa flog in seine Arme und weinte vor Glück.

»Das Kind hat jede Nacht von Ihnen geträumt, Peter«, sagte Mrs Cleasant mit abwesendem Blick. »Und was für Träume sie gehabt hat! Natürlich ist sie übersinnlich begabt, genau wie ich. Als wir merkten, dass der Postverkehr sich verzögerte, beschwor ich sie, Ihnen durch die Macht des Gedankens eine Botschaft zu senden. Aber sie weigerte sich.«

»Ich wusste, du würdest das nicht mögen«, erklärte Lisa. Sie saß auf seinen Knien und schmiegte sich in seine Arme. Er konnte es ihr nicht erzählen! Später vielleicht, wenn er die Hochzeit erst einmal hinausgezögert und die Gemüter sich ein wenig abgekühlt hätten und … Jetzt jedenfalls kam es gar nicht in Frage, es ihr zu sagen.

Zoe aber erzählte er, er habe es ihr gesagt. Er *musste* es tun, damit er sie wieder sehen konnte.

»Wie hat sie es aufgenommen?«

»Oh, ziemlich gut«, log er. »Während der Ferien scheint sie die Aufmerksamkeit sehr vieler Männer auf sich gezogen zu haben. Ich glaube, sie fängt gerade erst an zu begreifen, dass ich nicht der einzige Mann auf der Welt bin.«

»Und sie nimmt es hin – das mit uns?«

Warum fragte sie so hartnäckig, warum machte sie es ihm so schwer? Er redete kühn drauflos, voll innerem Abscheu gegen sich selbst.

»Ich wage zu behaupten, sie sieht darin für sich selbst sogar so etwas wie einen Fluchtweg in die Freiheit.«

Das überzeugte sie. Wer selber daran gewöhnt ist, die Wahrheit zu sagen, der kommt nicht darauf, der Aufrichtigkeit des anderen zu misstrauen. »Ich bin ihr zwar nur einmal begegnet, und das auch nur für ein paar Minuten, aber ich frage mich doch, ob du dir nicht etwas vorgemacht hast, Peter, als du sagtest, sie liebte dich so sehr? Du wirst sie also nicht wiedersehen?«

Er sagte Nein. Er sagte, es sei alles aus zwischen ihnen, sie hätten sich getrennt. Aber die Ungeheuerlichkeit dessen, was er getan hatte, entsetzte ihn. Und als er das nächste Mal mit Lisa zusammen war, da konnte er nicht anders, als ihr wieder und wieder zu sagen, wie sehr er sie liebe und wie sehr er sich danach sehne, sie mit sich fortzunehmen. War er im Begriff, diese kindische Leidenschaft für eine Frau, die fünf Jahre älter war als er selbst, zu überwinden? Die beiden waren sich in vieler Hinsicht so ähnlich. Und wenn er nun irgendwann einmal der einen überdrüssig wurde und sich nach der anderen sehnte? Und doch ging er in der folgenden Nacht wieder zu Zoe.

Mit bewundernswerter, aber auch erschreckender

Geschicklichkeit teilte er seine Zeit zwischen der einen und der anderen. Es war nicht allzu schwierig. Gesellschaftliche – und okkultistische – Verpflichtungen nahmen Lisa ständig in Beschlag, und Zoe glaubte ihm, wenn er sagte, er sei durch seine Arbeit aufgehalten worden. Der Herbst kam, und immer noch dauerte es an, sein Doppelleben. Seine Bindung an Zoe, ja, seine Abhängigkeit von ihr, war immer stärker geworden, und es tat ihm Leid um jede Minute, die er ohne sie verbringen musste. Aber Lisa und ihre Mutter hatten das Hochzeitsdatum festgesetzt, und wie gelähmt sah er es näher und näher kommen.

Eines Nachmittags im Oktober wollte er sich mit Zoe am Nordeingang des Holland Parks treffen. Lisa musste zu einer Anprobe ihres Hochzeitskleides, und hinterher war sie mit ihrer Mutter zum Essen eingeladen, in der Hexenhöhle – wie er es nannte – des Mediums. So weit war alles in Ordnung. Er wartete fast eine Stunde lang am Eingang. Als Zoe nicht kam, ging er zu ihrer Wohnung, aber niemand öffnete auf sein Klingeln. Von seiner eigenen Wohnung aus rief er während des Abends fünf Mal bei ihr an, aber jedes Mal verhallte das Klingeln im Leeren. Er verbrachte eine schlaflose Nacht, seit vier Monaten die erste, in der er allein war.

Den ganzen nächsten Tag versuchte er von seiner Arbeitsstelle aus, Zoe zu erreichen, und das erste Mal, seit er sie kannte, unterließ er es, Lisa anzurufen. Aber als er um sechs nach Hause kam, klingelte sein eigenes Telefon. Natürlich würde das Zoe sein, sie *musste* es sein! Er nahm den Hörer ab und hörte Mrs Cleasants schleppende Stimme.

»Peter?«

Die Enttäuschung durchfuhr ihn wie ein Schmerz. »Ja«, antwortete er mühsam. »Wie geht es Ihnen? Wie geht es Lisa?«

»Peter, ich habe sehr schlechte Nachrichten. Ich glaube, Sie kommen besser her. Ja, jetzt, sofort.«

»Was ist denn los? Ist Lisa etwas passiert?«

»Lisa ist – ist von uns gegangen. Heute Nacht hat sie eine Überdosis meiner Pillen genommen. Ich habe sie heute Morgen gefunden – tot.«

Er stürzte aus dem Haus. Leblos und fahl waren die Blätter in der Dämmerung des Parks, einige fielen bereits von den Zweigen. Hier an dieser Stelle hatte er die Aufnahme gemacht, als die Bäume ihr erstes Frühlingsgrün zeigten, genau hier hatte er Lisa hingesetzt, mitten in einen Flecken hellen Sonnenscheins. Und da hatte sie Zoe gesehen.

Mrs Cleasant war nicht allein. Einige Damen ihres magischen Zirkels waren bei ihr, aber sie war ruhiger, als er sie je erlebt hatte. Er vermutete, sie stand unter Drogen.

»Wie ist es passiert?«, fragte er.

»Wie ich Ihnen gesagt habe. Sie nahm eine Überdosis.«

»Aber – warum?« Er wand sich unter den Blicken des Mediums, das ihn anstarrte, als sähe es Geister hinter ihm.

»Mit Ihnen hat es nichts zu tun, Peter«, sagte Mrs Cleasant. »Sie haben Sie geliebt, das wissen Sie. Und sie war so glücklich gestern. Ihre Anprobe wurde kurzfristig abgesagt. Da sagte sie, sie brauche frische Luft, es sei so ein wunderbarer Tag, und sie würde zu Ihnen gehen. Sie hatte ihr Amulett weggeworfen – das Amulett, das sie immer getragen hat –, weil Sie es nicht leiden konnten, wie sie erklärte. Ich habe sie beschworen, es nicht zu tun, es war ja ein harmloses Ding, und vielleicht nützt so etwas, wer weiß? Wenn sie es getragen hätte …«

»O ja, wenn sie unter dem großen Schutz gestanden hätte!«, warf das Medium ein.

Mrs Cleasant fuhr fort: »Wir waren zum Essen eingeladen. Als sie nicht kam, ging ich allein. Ich dachte doch, sie sei bei Ihnen – gut aufgehoben bei Ihnen, Peter. Aber ich ging doch früher wieder nach Hause, und da war sie dann. Sie sah so müde und verängstigt aus und sagte, sie ginge jetzt ins Bett. Ich fragte noch, ob irgendetwas nicht stimme, und da sagte sie …« Aber Mrs Cleasants Stimme erstickte unter Schluchzen, und die Hexenweiber umflatterten sie, tätschelnd und murmelnd.

Schließlich war es das Medium, das es ihm mit ihrer Totenstimme erklärte: »Sie sagte, sie habe im Park ihre Doppelgängerin gesehen.«

»Aber das war doch vor sechs Monaten!«, brach es aus ihm heraus. »Das war im April.«

»Nein, sie hat ihre Doppelgängerin gestern Nachmittag gesehen, ihr eignes Ebenbild im Garten wandeln. Und sie hat gewagt, es anzusprechen. Wer weiß denn, was der eigene Tod einem antwortet, wenn man es wagt, ihn anzureden?«

Da rannte er fort, fort aus dem Haus. Er winkte einem Taxi, und mit erstickter Stimme gab er dem Fahrer Zoes Adresse. Ihre Fenster waren hell erleuchtet. Er läutete, wieder und wieder. Und dann, als sie nicht kam und das Licht drinnen immer noch brannte, hämmerte er mit den Fäusten gegen die Tür und schrie ihren Namen. Als er begriff, dass sie nicht kommen würde, dass er sie für immer verloren hatte, sie und ihr Ebenbild, sie und ihre Doppelgängerin, da sank er auf der Schwelle zusammen und begann zu weinen.

Der Taxifahrer, der eben auf der Suche nach einem Fahrgast die Straße wieder herunterkam, hielt ihn für betrunken, und nachdem er den gestammelten Wortfetzen mühsam seine Adresse entnommen hatte, fuhr er ihn nach Hause.

Die Venusfliegenfalle

Kaum hatte Daphne ihren Hut abgenommen und ihn auf Merles Bett gelegt, da griff Merle auch schon danach und stülpte ihn sich auf ihre gelben Locken. Es war ein roter Filzhut, und zufällig passte er genau zu Merles rotem Kleid.

»Es ist doch merkwürdig«, meinte Merle und betrachtete sich in ihrem Frisierspiegel, »jeder, der uns beide sieht – jeder Außenseiter, meine ich –, würde nie darauf kommen, dass *ich* die Einzelgängerin bin und *du* all die Männer und Kinder hattest.«

»Ich hatte nur zwei Männer und drei Kinder«, erklärte Daphne.

»Du weißt schon, was ich meine«, sagte Merle, und Daphne musste zugeben, dass sie es wusste. Merle war so üppig, so rosig und überquellend feminin, während sie selbst – nun ja, sie hatte es aufgegeben zu verhehlen, dass sie eine kleine, vertrocknete Witwe war, der man jeden einzelnen Tag ihrer siebzig Jahre ansah.

Merle nahm den Hut ab und legte ihn neben die Stoffpuppe, unter deren gelbem Satinrock sich ihr Nachthemd und der Beutel mit Lockenwicklern verbarg. »Komm, jetzt zeige ich dir die Wohnung, und dann nehmen wir einen Sherry und machen es uns gemütlich. Ich habe sogar deinen sweet Sherry besorgt. Du siehst, ich habe selbst nach vierzig Jahren deine Vorlieben nicht vergessen.«

Daphne sagte nicht, dass es trockener Sherry war, den sie damals wie heute bevorzugte. Ergeben ging sie hinter Merle her, und erst jetzt wurde ihr die ungewöhnliche Hitze bewusst. Wahre Wolken von Wärme entströmten den schweren Relieftapeten und den üppigen Flauschteppichen.

»Ich bin ganz hingerissen, dass du hier in dieses Haus ziehst, meine Liebe. Hier, dies ist mein kleines Extrazimmer. Es ist doch gut zu wissen, dass man mal Freunde beherbergen könnte, wenn man wollte. Nicht dass viele kämen. Ganz unter uns, Liebste, die Leute gönnen es mir eben nicht, dass ich es zu etwas gebracht habe, und das so ganz aus eigener Kraft. Die Menschen sind ja so niederträchtig, das habe ich besonders festgestellt, als ich älter wurde. Darum bin ich ja auch so froh, dass du eingewilligt hast herzuziehen, ich meine, dass *einmal* jemand meinem Rat gefolgt ist.«

»Du hast das hier alles sehr hübsch gemacht.«

»Na ja, ich sage immer, das Apartment bot die Möglichkeiten, und ich habe den Geschmack beigesteuert. Deine Wohnung ist natürlich viel beschränkter, und ehrlich gesagt, sie bietet sich kaum an für eine großzügige Ausgestaltung. Ich an deiner Stelle würde als Allererstes eine Zentralheizung einbauen lassen.«

»Das werde ich wohl auch tun, wenn ich es mir leisten kann.«

»Weißt du, Daphne, es gibt Dinge, bei denen man es sich einfach schuldig ist, sie sich zu leisten. Aber das musst du selbst am besten wissen, ich denke nicht daran, mich da einzumischen. Wenn dir die Kälte zu sehr zusetzt, bist du jedenfalls jederzeit hier oben willkommen. *Jederzeit,* wohlverstanden. So, jetzt kommt mein Wohnzimmer, meine Pièce de résistance.«

Merle machte die Tür auf wie ein junges Mädchen, das den Deckel eines Schmucketuis mit dem Geschenk eines Liebhabers öffnet.

»Oh, was für eine Menge Pflanzen«, sagte Daphne.

»Ich war schon immer verrückt nach Pflanzen. Mein erstes eigenes Unternehmen war ja auch ein Blumenladen. Ich hätte eine kleine Goldmine daraus machen können, wenn meine Partnerin nicht so gemein und rachsüchtig gewesen wäre. Die war von vornherein darauf aus, mich rauszuekeln. Gefällt dir mein Boudoir? Ich habe es erst letztes Jahr vollständig renovieren lassen, und ich finde, dieser Perlmutterglanz ist eine gelungene Sache.«

Es herrschte hier die Atmosphäre eines Treibhauses. Zwei Sessel, ein Sofa und die Lampen daneben auf den von Krimskrams überladenen Beistelltischchen waren in der Mitte des großen Raumes wie auf einer Insel zusammengedrängt. Nein, nicht wie auf einer Insel, dachte Daphne, mehr wie in einer Lichtung in einem tropischen Urwald. Borde, Fensterbänke, weiße Tröge auf schmiedeeisernen Beinen waren überwuchert von üppig sprossendem Pflanzenwuchs, grün, glänzend, voll dichten Blattwerks, eine unbewegliche Wildnis, der ein merkwürdig grüner Geruch entströmte.

»Sie verschlingen all meine Zeit. Es ist ja nicht bloß das Gießen, die Sorge für die richtige Temperatur und so. Nein, Pflanzen wissen es, wenn man sie liebt. Sie gedeihen nur in einer Atmosphäre der Liebe. Ehrlich, ich glaube nicht, dass du in ganz London ein gelungeneres Exemplar einer Opuntia findest als meine hier. Besonders stolz bin ich auf die Peperomias und natürlich auf die Xygocacti. Ich nehme an, du hast sie in ihrer natürlichen Umgebung wachsen sehen bei all deiner verrückten Herumreiserei?«

»Wir waren meist in Stockholm oder New York, Merle.«

»Ach, wirklich? Es sind eben so viele Jahre vergangen, während du dir nicht die Mühe gemacht hast, einmal zu schreiben. Ich bin gar nicht mehr auf dem Laufenden. Ich dagegen habe nämlich sehr viel an dich gedacht. Du musst wissen, dass du wirklich immer mein Mitgefühl hattest bei dieser ewigen Umzieherei und dieser grässlichen Scheidung von – wie hieß er noch gleich? Und dann die Kinder, mit denen du fertig werden musstest, und dann wieder eine neue Heirat und all das! Ich fand immer, es war doch schade, dass ich so viel aus meinem Leben gemacht hatte, während du ... Was ist denn los?«

»Diese Pflanze, Merle! Sie hat sich bewegt.«

»Das kommt, weil du sie berührt hast. Wenn du einen ihrer Münder anrührst, dann schließt sie sich. Sie nennt sich Dionaea Muscipula.«

Die Pflanze stand ein wenig abseits in einem Majolicatopf, der in einem kunstvollen weißen Ständer steckte. Sie sah sehr gesund und kräftig aus, hatte zarte, schimmernde Blätter, und aus ihrer Mitte wuchsen fünf rotgoldene Blüten. Als Daphne genauer hinsah, gewahrte sie, dass diese Blüten tatsächlich eher Mündern ähnelten, wie Merle es gesagt hatte, als Blumen. Wie bärtige Münder sahen sie aus, sanft, reif und saftig. Einer davon war jetzt geschlossen.

»Hat sie auch einen gewöhnlichen Namen?«

»Natürlich. Venusfliegenfalle. Muscipula heißt Fliegenfresser, meine Liebe.«

»Was, um alles in der Welt, meinst du damit?«

»Dass sie Fliegen frisst. Ich habe mich jahrelang abgemüht, eine zu züchten. Und als es mir endlich gelang, war ich ganz außer mir.«

»Ja, ja, aber was meinst du damit, sie frisst Fliegen? Sie ist doch kein Tier.«

»In gewissem Sinne doch, Liebling. Das Problem ist nur, es gibt hier nicht viele Fliegen. Darum füttere ich sie mit kleinen Fleischstückchen. Du bist ziemlich blass geworden, Daphne. Hast du Kopfschmerzen? Komm, jetzt trinken wir unseren Sherry, und dann sehe ich zu, dass ich eine Fliege fange. Dann kannst du zuschauen, wie sie sie auffrisst.«

»Das möchte ich wirklich lieber nicht tun, Merle«, sagte Daphne und rückte von der Pflanze fort. »Ich will gewiss deine Gefühle nicht verletzen, aber ich kann nicht – also, ich meine, ich verabscheue die Vorstellung, freie Lebewesen zu fangen und sie an – an dieses Ding da zu verfüttern.«

»Freie Lebewesen? Wir reden schließlich von Fliegen.« Merle, üppig und nach Parfum duftend, griff Daphne am Arm und zog sie fort. Ihr Kleid war aus rotem Chiffon mit flatternden Ärmeln, und ihre Fingernägel hatten die gleiche Farbe. »Das Schlimme an dir ist, du bist nichts als ein Nervenbündel, heute noch viel mehr als damals in unserer Mädchenzeit. Ich danke Gott jeden Tag von neuem, dass ich nicht einmal weiß, was das ist, neurotisch zu sein. Komm, hier ist dein Sherry. Ich habe dir ein großes Glas voll gefüllt, damit du wieder zu Kräften kommst. Ich werde es mir zur Aufgabe machen, auf dich aufzupassen, Daphne. Du kennst doch sonst niemanden in London, oder?«

»Nein, kaum jemanden«, erwiderte Daphne und

setzte sich so, dass sie die Venusfliegenfalle nicht sehen konnte. »Meine Jungens sind in den Staaten, und meine Tochter in Schottland.«

»Gut, dann musst du also jeden Tag hier heraufkommen. O nein, du störst nicht. Als ich erfuhr, dass du tatsächlich herkommen würdest, da habe ich mir gesagt, ich muss dafür sorgen, dass Daphne sich nicht einsam fühlt. Aber glaube bloß nicht, dass du mit den anderen Mietern hier im Haus zurechtkommst. Entweder sind sie hochnäsige Snobs, oder sie sind – na ja, eben nicht gerade die Sorte Menschen, die man kennen lernen möchte. Aber was reden wir über die anderen. Reden wir doch von uns. Es sei denn, du findest deine Vergangenheit zu schmerzlich, um darüber zu sprechen?«

»Das würde ich nicht gerade sagen ...«

»Nein, du reißt dich sicherlich nicht darum, unliebsame Erinnerungen wieder aufzufrischen. Jetzt gieß ich dir noch ein Tröpfchen Sherry in dein Glas, und dann erzähle ich dir alles über mein letztes Unternehmen, meine Agentur.«

Daphne lehnte ihren Kopf gegen ein Kissen, schob eine Efeuranke beiseite und stellte sich aufs Zuhören ein.

Merle schabte von einem Filetsteak breiiges Fleischmus herunter. Sie war heute ganz in durchsichtiges Gold gehüllt und trug eine Bernsteinkette um den Hals, die jedoch halb unter ihrer Rüschenschürze verborgen war.

»Das habe ich immer für meine Babys gemacht, wenn ich anfing, sie auf feste Kost umzustellen«, sagte Daphne.

»Babys, Babys – du immer mit deinen Babys! Jetzt kommst du seit drei Wochen tagtäglich hierherauf, und ich glaube, du hast dir keine einzige Gelegenheit entgehen lassen, über deine Babys und deine Männer zu reden. Es tut mir Leid, meine Liebe, ich wollte dich nicht kränken, aber man kriegt es wirklich so satt, diese Frauen wie du, die unentwegt von diesem Aspekt des Lebens reden, als hätte unsereins allen Ernstes etwas versäumt.«

»Warum schabst du eigentlich dieses Fleisch, Merle?«

»Um meine kleine Venus zu füttern. Das ist ihr Frühstück. Komm mal mit. Ich habe auch eine Fliege für sie, die habe ich unter einem Sherryglas gefangen. Mehr als eine konnte ich leider nicht erwischen.«

Die Fliege war sehr klein. Sie krabbelte an der Innenseite des Glases in die Höhe, aber als Merle erschien, begann sie zu fliegen und summte verzweifelt gegen die durchsichtige Glocke ihres Gefängnisses. Daphne wandte sich ab. Sie trat an das große, mit Pflanzen voll gestellte Erkerfenster und tat, als interessiere sie sich für die Aussicht. Sie hörte das kratzende Geräusch des Glases und Merles triumphierend japsenden Atemzug. Ihre Schritte waren sehr schwer, und die Fußbodenbretter unter dem dicken Teppich knarrten. Mit sehr sanfter, mütterlicher Stimme begann Merle, auf die Pflanze einzureden.

»Wirklich eine wundervolle Aussicht«, sagte Daphne betont lebhaft. »Man kann kilometerweit sehen.«

Merle sagte: »C'est Venus toute entière à sa proie attachée.«

»Wie bitte?«

»Du warst ja nie gut in Sprachen, meine Liebe.

Komm, tu bloß nicht so, als ob du von der Aussicht begeistert bist. Du bist bloß überempfindlich, wenn es um die wahren Finessen des Gärtnerns geht. Ich kann solche Verlogenheit nicht ausstehen. Außerdem bin ich jetzt fertig. Sie hat ihr Frühstück gegessen, und all ihre Münder sind geschlossen. Wem winkst du da eigentlich zu?«

»Einem netten jungen Paar, das in der Wohnung nebenan wohnt.«

»Also, bitte tu das nicht.« Merle sah ebenfalls hinunter, dann richtete sie sich hoch auf, ganz goldener Faltenwurf und steife, goldene Locken. »Du kannst es ja nicht wissen, Liebes, aber diese beiden Leute sind nun wirklich das Letzte. Erstens einmal sind sie kein Paar; sie sind nicht verheiratet, da bin ich mal sicher. Gewiss, mich geht es ja nichts an. Was mich aber sehr wohl was angeht, ist, dass sie hier einen Hund halten – da, sieh mal, diese Töle, dieser Spaniel –, und dabei verstößt es absolut gegen die Hausordnung, in diesen Wohnungen Tiere zu halten.«

»Und was ist mit deiner Fliegenfalle?«

»Komm, sei nicht albern, ja? Wie ich schon sagte, die halten sich diesen Hund, der den ganzen Garten verdreckt. Ich habe schon an die Hausverwaltung geschrieben, aber diese Leute sind ja so lax; die haben vor mir keinen Respekt, wohl, weil ich eine allein stehende Frau bin. Aber gerade vorgestern habe ich noch einmal geschrieben, und soweit ich weiß, werden sie jetzt tatsächlich hinausgesetzt.«

Zehn Meter unterhalb des Fensters, auf dem Parkplatz zwischen dem Haus und dem Garten, hob der junge Mann in Jeans und Lederjacke seinen Hund hoch und verstaute ihn auf dem Rücksitz eines ramponierten Autos. Seine Begleiterin, deren hüftlanges Haar annähernd die Farbe von Merles Kleid hatte, nahm auf dem Beifahrersitz Platz. Aber der junge Mann zögerte mit dem Einsteigen. Merle hatte ihr Gesicht dicht an die Fensterscheibe gebracht, da blickte er hinauf und hob zwei weit gespreizte Finger.

»Ooh!«, japste Merle. »Das Einzige, was man mit solchen Leuten machen kann, ist, sie einfach zu ignorieren. Stell dir vor, der lässt den Köter seine Notdurft gegen ein wirklich bezauberndes Exemplar von Cryptomeria japonica verrichten. Ach, vergessen wir ihn und trinken wir lieber eine schöne Tasse Kaffee.«

»Merle, wie lange leben eigentlich diese Blüten an deiner Venus-Dingsda? Ich meine, die verwelken doch bald mal, oder?«

»Nein, das tun sie nicht. Die blühen eine wahre Ewigkeit. Weißt du, Daphne, so gern ich dich auch habe, aber ich würde dich um keinen Preis allein in dieser Wohnung lassen. Du hast ja geradezu einen persönlichen Hass auf meine Muscipula. Du würdest sie am liebsten umbringen, was?«

»Ich setze jetzt mal den Kaffee auf«, entgegnete Daphne. Merle telefonierte nach einem Taxi. Dann verstaute sie ihr kleines rotes Notizbuch mit all den Telefonnummern darin in ihrer scharlachfarbene Kunstledertasche, ebenso ihren Lippenstift, den goldgetönten Kompaktpuder, ihre Schlüssel, ihr Scheckbuch und vier Fünfpfundnoten.

»Wir hätten doch zu Fuß gehen können«, meinte Daphne.

»Nein, das hätten wir nicht, meine Liebe. Wenn ich meinen Einkaufstag habe, dann möchte ich mich frisch fühlen und mich nicht schon durch den Fußmarsch halb tot machen. Es ist ja wohl nicht die Geldausgabe, die dir Kopfzerbrechen macht, wie? Denn du weißt ja, dass *ich* das bezahle. Ich bin mir des Unterschieds zwischen unseren Einkünften durchaus bewusst, Daphne, und wenn ich ihn sonst nicht weiter erwähne, so nur, weil ich mich bemühe, taktvoll zu sein. Ich möchte dir heute etwas kaufen, irgendetwas wirklich Hübsches zum Anziehen. In meinen Augen ist es eine wahre Schande, dass deine werten Ehemänner sich nicht besser darum gekümmert haben, dass du anständig versorgt bist.«

»Ich habe vollkommen genug zum Anziehen, Merle.«

»Ja, aber alles grau und schwarz. Das einzige helle Stück, das du besitzt, ist dieser rote Hut, und den trägst du auch gar nicht mehr.«

»Ich bin eben alt, meine liebe Merle. Ich mag mich nicht mit grellen Farben aufdonnern. Ich habe mein Leben hinter mir.«

»Nun, *ich* habe meins nicht hinter mir! Ich meine, ich …« Merle biss sich auf die Lippen und verschmierte dabei tiefroten Lippenstift auf ihren Zähnen. Sie marschierte durch den Raum, nahm ihren Ozelotmantel von der Rückenlehne des Sofas und blieb vor der Venusfliegenfalle stehen. Ihre flammenfarbenen Mäuler standen offen. Sie tippte mit den Fingerspitzen dagegen, und sofort schnappten sie zu. Merle kicherte. »Weißt du, woran du mich erinnerst, Daphne? An eine Fliege. Genauso siehst du nämlich aus mit deinem grauen Mantel und dem komischen kleinen Schleierfummel an deinem Hut. Wie eine Fliege!«

»Da ist das Taxi«, sagte Daphne.

Vor dem riesigen, überheizten Kaufhaus stiegen sie

aus. Merle schleppte Daphne durch die Schmuckabteilung, durch die Parfümerie, an runden Ständern mit Gürteln und Plastikmodellen für Miederwaren vorüber. Mit dem Lift fuhren sie aufwärts. Merle erstand ein Modellkleid aus orangefarbenem Chiffon mit Ziermünzen am Rock. Dann ging es wieder abwärts mit dem Lift und ins nächste Warenhaus. Merle kaufte eine exklusive Gesichtslotion, Eau de Cologne und einen goldenen Parfümzerstäuber. Wieder ging es mit der Rolltreppe nach oben. Merle kaufte einen glänzenden Messinggürtel und versuchte, für die Freundin einen grün-blauen Seidenschal zu kaufen. Daphne willigte schließlich ein, sich ein paar Strümpfe schenken zu lassen, elastische Stützstrümpfe für ihre Krampfadern. »Jetzt essen wir auf dem Dachgarten Mittag«, erklärte Merle.

»Ich hätte nur gern eine Tasse Tee.«

»Und ich nehme erst mal einen gewaltigen Sherry. Aber zuerst muss ich mich frisch machen. Ich muss dringend einen Penny ausgeben und mir mein Gesicht zurechtmachen.«

Sie mussten Schlange stehen mit ihrem Penny. Der Vorraum der Damentoilette hatte an der einen Seite Ablagen aus grünem Marmor mit Spiegeln darüber und auf der gegenüberliegenden Seite eine Reihe grüner Waschbecken. Daphne setzte sich. Ihre Füße waren geschwollen. Es waren wohl zwanzig oder dreißig Frauen hier, die ihre Gesichter herrichteten, falsche Augenwimpern neu befestigten und dergleichen mehr. Ein Mädchen, dessen Gesicht ihr irgendwie bekannt vorkam, bürstete sich das lange, rotblonde Haar. Merle stellte ihre Handtasche auf einem freien Plätzchen der grünen Marmorplatte ab. Sie wusch sich die Hände, entnahm dem Duftspender ein Wölkchen Calèche und fächelte sich, während sie zurückkam, Luft zu, indem sie ihren Mantel hastig abwechselnd auf- und zumachte. Hier war es noch heißer als in ihrer Wohnung.

Sie setzte sich nieder und drehte ihren Hocker zum Spiegel.

»Wo ist meine Handtasche?«, schrie sie plötzlich. »Ich habe meine Handtasche hier abgestellt. Jemand hat meine Handtasche gestohlen. Daphne, Daphne, jemand hat meine Handtasche gestohlen!«

Das perlmutterfarbene Satinsofa bog sich unter Merles Gewicht. Daphne strich sanft die goldenen Locken zurück und legte einen neuen, mit Kölnischwasser getränkten Wattebausch auf die rote, von Falten durchzogene Stirn.

»Na, schon ein bisschen besser?«

»O ja, ich bin völlig in Ordnung. Schließlich gehöre ich nicht zu diesen neurotischen Weibern, die wegen so etwas Zustände kriegen. Gott sei Dank hatte ich ja einen zweiten Schlüssel beim Portier hinterlegt, und das Sicherheitsschloss war nicht abgesperrt.«

»Du wirst beide Schlösser auswechseln lassen müssen, Merle.«

»Natürlich werde ich das gelegentlich tun. Ich werde mich nächste Woche darum kümmern. Schließlich kann hier wohl kaum jemand reinkommen, nicht wahr? Sie wissen ja nicht, wer ich bin. Ich meine, sie wissen doch nicht, wessen Schlüssel sie erwischt haben.«

»Aber sie haben deine Handtasche.«

»Daphne, Liebling, hör doch auf, ewig wiederzukäuen, was wir längst wissen. Ich weiß doch, dass sie meine Handtasche haben. Der springende Punkt ist aber, es war nichts in der Tasche, woraus ersichtlich wird, wer ich bin.«

»Es war zum Beispiel dein Scheckbuch mit deinem Namen drin.«

»Mein Name, Liebes, ist – falls es deiner Aufmerksamkeit entgangen sein sollte – Mrs Smith. Schließlich habe *ich* meinen Namen nicht mein Leben lang dauernd geändert wie du.« Merle richtete sich auf und nahm einen Schluck sweet Sherry. »Der Kaufhausdirektor war sehr charmant, nicht wahr? Und die Polizisten auch. Ich glaube fast, sie finden sie wieder, weißt du. Es ist ja auch eine sehr besondere Tasche, nicht so etwas wie das grauschwarze Ding, das du da mit dir herumschleppst. Meine kleine rote hätte glatt in deine hineingepasst. Ein Jammer, dass ich nicht daran gedacht habe, sie wirklich hineinzutun.«

»Ja, hättest du nur«, meinte Daphne.

Daphnes Telefon klingelte. Es war halb zehn Uhr. Sie saß vor ihrem elektrischen Öfchen und beendete eben ihr Frühstück.

Merle klang ganz aufgeregt. »Was sagst du bloß! Ist es nicht wunderbar? Eben ruft der Kaufhausdirektor an, um mir zu sagen, dass sie meine Tasche gefunden haben. Na ja, es war nicht er persönlich, es war seine Sekretärin, so ein dümmliches Mädchen mit affektierter Sprache. Aber das geht mich ja nichts an. Sie haben meine Tasche im Vorraum der Damentoilette gefunden. Sie war hinter einen Heizkörper gerutscht. Ist das nicht ein wahres Wunder? Natürlich war das Geld weg, aber mein Scheckbuch und meine Schlüssel waren noch drin. Ich bin bloß froh, dass ich gestern nicht deinen Rat befolgt und sofort die Schlösser habe auswechseln lassen. Es ist eben nie gut, impulsiv zu handeln, Daphne.«

»Nein, wahrscheinlich nicht.«

»Ich habe verabredet, dass ich um elf Uhr komme und meine Tasche abhole. Sobald ich also aufgelegt habe, telefoniere ich nach einem Taxi; und ich möchte, dass du mitkommst, Liebes. Ich nehme nur noch schnell ein Bad und versorge meine Pflanzen – übrigens ist es mir geglückt, eine Schmeißfliege für Venus zu fangen –, dann wird das Taxi hier sein.«

»Ich fürchte, ich kann nicht mitkommen, Merle.«

»Was soll denn das heißen? Und warum, um alles in der Welt, nicht?«

Daphne zögerte, dann sagte sie: »Ich habe zwar gesagt, ich kenne kaum jemanden in London, aber diesen einen kenne ich doch, diesen ... Nun ja, er war ein Freund meines zweiten Mannes, und er kommt heute zum Lunch zu mir, Merle. Er kommt um zwölf. Ich muss also hier bleiben und alles vorbereiten.«

»Ein *Mann*?«, fragte Merle. »Schon *wieder* ein Mann?«

»Ich halte dann eben nach deinem Taxi Ausschau, Merle, und wenn ich sehe, dass du zurück bist, dann komme ich rasch hinauf, und du erzählst mir alles, ja? Tut mir Leid, dass ich nicht ...«

»Leid? Was tut dir Leid? Ich kann meine Handtasche schließlich auch alleine abholen. Ich bin ja daran gewöhnt, auf eigenen Füßen zu stehen.« Krachend wurde der Hörer aufgelegt.

Merle nahm ein Bad und zog das orangefarbene Kleid an. Ein ziemlich auffälliges Gewand für den Vormittag mit all seinen Rüschen und Goldmünzen, aber sie konnte nicht anders, als ein neu erstandenes Kleid auch sofort anzuziehen. Der Ozelotmantel würde ja auch das meiste verdecken. Dann wässerte sie die Peperomias und strich ein wenig Blätterwachs auf den Efeu. Die Schmeißfliege war während der Nacht gestorben, aber der Dionaea Muscipula schien das nichts auszumachen. Sie reckte Merle ihre offenen, orangefarbenen Schlünde entgegen und verschlang die tote Schmeißfliege ebenso gierig wie die Filetstückchen.

Merle setzte ihren Turban aus cremefarbener Seide auf und legte einen langen, leuchtend roten Chiffonschal um. Ihr Ersatzschlüssel für das Sicherheitsschloss lag wie immer unter dem Topf mit der Sansevieria. Also sperrte sie beide Türschlösser ab. Dann brachte das Taxi sie zum Warenhaus. Merle segelte hochgemut ins Direktionsbüro, und als der Manager ihr erklärte, er habe keine Sekretärin, und weder habe er in ihrer Wohnung angerufen, noch habe man leider ihre Tasche gefunden, da fiel sie in sich zusammen wie ein großer, orangefarbener Luftballon, in den jemand eine Nadel gepiekt hatte.

»Da hat man Ihnen wohl leider einen Bären aufgebunden, Miss Smith.«

Merle riss sich zusammen. Das schaffte sie noch allemal, sie mit ihrer hervorragenden Selbstdisziplin! Die lächerlichen Hilfsangebote des Managers für ihr inneres Gleichgewicht jedenfalls – Aspirin, einen Cognac, Benachrichtigung der Polizei und dergleichen – hatte sie nicht nötig. Sie sagte ihm gehörig ihre Meinung, nämlich, *wenn* hier eine Verschwörung gegen sie im Gange sei – und davon sei sie überzeugt –, dann sei *er* bestimmt mit von der Partie. Dann rauschte sie die Treppen hinunter und verschaffte sich mit rudernden Armen und lauthals schreiend ein Taxi.

Das Erste, was ihr merkwürdig vorkam, als sie zu Hause anlangte, war, dass die Tür nur mit dem Sicherheitsschloss abgesperrt war. Sie hätte schwören können, dass sie beide Schlösser verriegelt hatte, aber ihr Gedächtnis hielt sie wohl zum Narren, kein Wunder nach dem Schock, den sie erlitten hatte. Auf dem Teppich in der Diele lag ein wenig Erde. Merle mochte das gar nicht, Erde auf ihrem goldenen Velours! Sie schwitzte in ihrem Ozelotmantel, also zog sie ihn aus und öffnete die Tür zum Wohnzimmer.

Daphne sah das Taxi kommen und Merle daraus hervorschießen wie die orangefarbene Orchidee aus der schwarzen Hutschachtel des Zauberers. Sie schien außer sich vor Aufregung, ihr Turban war total verrutscht. Daphne lächelte in sich hinein und schüttelte den Kopf. Sie deckte den Tisch und machte den Salat, von dem sie wusste, dass der Freund ihn gern aß, für den Lunch fertig, dann ging sie nach oben zu Merle.

Auf jedem Treppenpodest hing ein Spiegel. Daphne war so klein und dünn, dass sie durch das Steigen kaum außer Atem geriet. Jedes Mal wenn sie einen Treppenabsatz erreicht hatte, sah sie eine kleine, graue Frau sich entgegenkommen, eine Frau mit weichem weißem Haar und großen, ein wenig schüchternen grauen Augen, die ein graues Wollkleid trug, halb verdeckt durch eine zarte Spitzenstola. Sie lächelte ihrem Spiegelbild zu. Gewiss, sie war jetzt alt, aber sie hatte ihre großen Augenblicke gehabt, ihre Freuden, ihre Genugtuungen, ihre innigen Glücksmomente. Und jetzt stand ihr ein neuerliches Vergnügen bevor, eine

Begegnung, auf die sie sich schon seit Wochen freute. Und wer wusste, was sich daraus entwickeln würde? Mit einem letzten Lächeln für ihr flatterndes graues Spiegelbild stieß sie die angelehnte Tür zu Merles Wohnung auf.

Jemand hatte in Merles grüner Laube, in diesem Garten des Paradieses, eine Bombe geworfen. Nein, das konnte es nicht gewesen sein, denn die Zimmerdecke war noch da, ebenso der Teppich und die perlmutterfarbene Satingarnitur, wenn auch zerrissen und über und über mit Erde beschmiert. Jede einzelne Pflanze war umgeknickt und auseinander gerissen worden. Blätter lagen zuhauf auf dem Boden wie herbstliches Laub, bloß diese waren grün, üppig, zerquetscht. Und inmitten dieser Verwüstung, zwischen zerrissenen Blättern und gekappten Stängeln, aus denen der Saft troff, zwischen Scherben von Porzellan lag die Venusfalle. Ihre Wurzeln waren aus dem Ballen gerissen und ihre Münder für immer geschlossen.

Merle versuchte zu schreien, aber sie brachte nur ein gurgelndes Geräusch zu Stande, den von Entsetzen zu einem Röcheln erstickten Aufschrei aus einem Albtraum. Sie fiel auf die Knie und kroch blindlings umher. Keuchend und unverständliche Worte murmelnd, grub sie in der verstreuten Erde herum, griff nach zerfetzten Blättern und versuchte, sie zusammenzusetzen wie Teile eines Puzzles. Sie kauerte sich über die Fliegenfalle, nahm sie liebkosend in die Arme und wiegte sich unter Wehklagen hin und her.

Sie hörte nicht, dass die Tür ins Schloss fiel. Es dauerte lange, ehe sie Daphne gewahrte, die neben ihr stand und stumm auf sie herunterblickte. Merle hob ihr rotes, tränenüberströmtes Gesicht. Daphne hatte die Hand über den Mund gepresst, die Hand mit den beiden Eheringen. Und Merle meinte, Daphne müsse sich den Mund zuhalten, um nicht in lautes Lachen auszubrechen.

Langsam und schwerfällig erhob sie sich. Sie hielt ihren langen, orangefarbenen Schal in den Händen und drehte ihn, drehte ihn ... Und sie war überrascht, wie gut ihre Stimme ihr gehorchte, wie ruhig und normal sie klang.

»Du hast es getan«, sagte sie, »*du* hast es getan. Du hast meine Handtasche gestohlen, und du hast meine Schlüssel genommen. Und dann hast du mich hier fortgelockt, und dann bist du hier hereingekommen und hast es gemacht.«

Daphne begann zu zittern und schüttelte nur den Kopf. Sie flog am ganzen Körper, und die Hand schlug schlotternd gegen ihren Mund. Sie wusste nicht, sprach Merle zu sich selbst oder zu ihr, sie wusste nur, dass es stimmte: »Du hast mich gehasst, du warst so neidisch! Du hattest nichts, aber ich, ich hatte Erfolg, Liebe und Glück.« Ihre Stimme hob sich, und mit ihr der Schal. »O ja, wie du mich hasst, immer schon ...!«, schrie Merle. »Hass, Hass, giftiger, neidischer Hass!« Riesig, rot und ausufernd wuchs sie über Daphne her, umfing sie mit Moschusduft, mit Blütenranken, umschlang mit dem Schal den fragilen Insektenhals und überwältigte die Fliege. Bis die Fliege aufhörte zu zittern und stille war.

Ein älterer Herr mit einem schwarzen Homburg hatte den Vorplatz überquert und stieg die Stufen hinauf, einen Strauß Blumen in der Hand. Der junge Mann in der Lederjacke beachtete ihn nicht. Er wischte sich Erde und klebriges Grün von den Händen und sagte zu dem Mädchen mit den langen Haaren: »Rache ist süß.« Dabei warf er die scharlachfarbene Handtasche hinten in seinen Wagen. Dann stiegen sie ein, er, das Mädchen, der Hund, und fuhren davon.

Die Anschmiegsame

Das Mädchen hing an ihren Händen außen an einem Balkongitter. Der Balkon war im zwölften Stockwerk des Hochhauses nebenan. Seine Wohnung lag im neunten Stock, und er musste zu ihr hochblicken. Es war halb sieben Uhr morgens. Er war durch den Lärm eines Flugzeugs geweckt worden, das abenteuerlich tief über die Häuser hinweggebraust war. Er war hochgefahren und ans Fenster getreten. Sein verschlafener Blick glitt über einen leeren blauen Himmel, leer bis auf den verschwindenden, blitzenden Pfeil des Flugzeugs, und er blieb im Niedergleiten – ungläubig zunächst – an der baumelnden Gestalt hängen.

Er glaubte allen Ernstes zu träumen. Schließlich war diese Stunde des Sonnenaufgangs ja auch die Stunde der Träume. Dann, als er begriff, dass er nicht träumte, nahm er an, es handle sich um ein Filmdouble. Natürlich, es ging um eine Filmszene, und da unten wimmelten sie gewiss alle herum, die Kameramänner, das ganze Filmteam, und alle Sicherheitsvorkehrungen waren peinlich korrekt eingehalten worden. Und wahrscheinlich war das Mädchen auch noch nicht einmal ein richtiges Mädchen, sondern eine ausgestopfte Puppe. Er öffnete das Fenster und blickte hinunter. Die Parkplätze, die gepflasterten Höfe, die Grasflächen zwischen den Häusern, alles lag leer und verlassen. An der Balkonbrüstung bewegte sich eine Hand der Puppe, umklammerte seinen Halt fester, verzweifelter … Da musste er es denn glauben, was hier augenscheinlich geschah – unglaublich allein deshalb, weil dem Melodram, diesem häufigen Bestandteil realen Lebens, immer etwas Unglaubwürdiges anhaftet. Dieses Mädchen hier versuchte sich umzubringen, aber jetzt hatte es den Mut verloren und versuchte, am Leben zu bleiben. Über diesen seinen Gedanken und Schlussfolgerungen verstrichen etwa dreißig Sekunden. Dann handelte er. Er griff nach dem Telefon und wählte den Notruf der Polizei.

Das Erscheinen der Polizeiwagen und die Rettung des Mädchens in letzter Minute wurden zum Hauptthema des Geschwätzes und der Spekulationen unter den Hausbewohnern beider Wohnblöcke. Irgendjemand hatte herausbekommen, dass er es gewesen war, der die Polizei alarmiert hatte, und er wurde zum Helden wider Willen. Er war ein bescheidener, ruhiger junger Mann, den so viel geballtes Rampenlicht durchaus irritierte. So war er erleichtert, als das Gerede allmählich verstummte, weil die Sensation verklungen war und er endlich wieder seine Wohnung betreten und verlassen konnte, ohne dass man mit Fingern auf ihn zeigte wie auf den heiligen Georg und ihm womöglich auch noch gratulierte.

Etwa vierzehn Tage nach jenem dramatischen Morgen, als er sich fertig machte, um ins Theater zu gehen, und eben in seinen Mantel schlüpfte, klingelte es an seiner Tür. Er erkannte das Mädchen, das draußen stand, nicht. Er hatte ja auch nie ihr Gesicht gesehen.

Sie sagte: »Ich bin Lydia Simpson. Sie haben mir das Leben gerettet. Ich bin gekommen, um Ihnen zu danken.«

Er war vollkommen verwirrt. »Aber das ist doch nicht nötig«, erwiderte er verlegen lächelnd. »Nein, wirklich, das ist doch nicht nötig. Ich habe nur getan, was jeder andere auch getan hätte.«

Sie war ruhig und gelassen, nicht im Geringsten so, wie er sich eine erfolglose Selbstmordkandidatin vorgestellt hätte. »Aber niemand anderes *hat* es getan«, meinte sie.

»Möchten Sie nicht hereinkommen? Vielleicht auf einen Drink?«

»O nein. Das war nicht meine Absicht. Und ich sehe, Sie wollen gerade ausgehen. Ich wollte Ihnen nur vielen, vielen Dank sagen.«

»Aber ich bitte Sie – nicht der Rede wert!«

»Nicht der Rede wert, jemandem das Leben zu retten? Ich werde Ihnen *immer* dankbar sein.«

Er wünschte, sie würde entweder hereinkommen oder fortgehen. Wenn dies hier sich noch länger hinzöge, dann würden die Leute in den anderen Wohnungen seines Stockwerks es hören, würden herauskommen, und schon würde es wieder losgehen mit dem Gerede über die »tapferste Tat des Jahres«. »Aber nicht doch«, wehrte er sich verzweifelt, »wirklich, ich habe es schon fast vergessen.«

»*Ich* werde es nie vergessen.«

Ihre Art, so ruhig und doch so intensiv, bereitete ihm Unbehagen; umso erleichterter war er, als sie gedankenvoll lächelnd im Lift verschwand. Ein Glück, dass sie sich wahrscheinlich nie wieder begegnen würden. Das Merkwürdige war, dass sie es dennoch taten, nämlich am nächsten Morgen an der Bushaltestelle. Sie kam nicht wieder auf seine Rettungsaktion zu sprechen, sondern erzählte ihm von ihrem neuen Job, der auch der Grund war, weshalb sie um diese Zeit an der Haltestelle war. Es stellte sich heraus, dass ihre Arbeitgeber ihre Büros in der Citystreet hatten, direkt neben seiner Firma, deren Klienten sie auch noch waren. Sie fuhren also gemeinsam zur Arbeit. Er verließ sie mit weit anderen Gefühlen als denen vom Abend zuvor. Es war kaum zu glauben, dass sie dreißig war – diese Information hatte er von seinen Nachbarn –, sie sah wesentlich jünger aus, klein und fragil, wie sie war, mit ihrer sehr weißen Haut und ihrem sehr blonden Haar.

Es wurde ihnen zur Gewohnheit, morgens gemeinsam mit dem Bus zu fahren, und manchmal winkte sie ihm vom Balkon aus zu. Eines Abends trafen sie sich zufällig vor ihrem Büro. Sie trug einen Arm voller Akten, um zu Hause weiterzuarbeiten, und meinte seufzend, wenn sie gewusst hätte, wie schwer sie seien, hätte sie sie bestimmt nicht mitgenommen. Natürlich trug er sie ihr den ganzen Weg bis in ihre Wohnung und blieb dann auf einen Drink. Sie sagte, sie würde jetzt ihr Abendessen kochen, ob er nicht einfach bleiben wolle? Er blieb. Während sie in der Küche war, nahm er sein Glas mit hinaus auf den Balkon. Merkwürdiges Gefühl, sich vorzustellen, wie sie damals im Morgengrauen in ihrer Verzweiflung hier herausgetreten war, sich außen an der Brüstung heruntergelassen hatte, und wie ihr dann plötzlich der Mut abhanden gekommen war angesichts der gähnenden Tiefe, auf deren Grund der Tod lauerte. Als sie ins Zimmer zurückkam, fiel ihm erneut auf, wie zart sie war, wie ungeheuer schutzbedürftig.

Die Wohnung war makellos ordentlich und sauber. Die meisten Mädchen, die er kannte, lebten mehr oder minder in einem Chaos. Unabhängig und emanzipiert, wie sie waren, drängten sie sich in die Männerberufe und verachteten weibliches Können als entwürdigend. Seine Mutter war eine Superhausfrau gewesen, und so liebte er allein schon aus Gewohnheit ein makellos sauberes Zuhause. Lydias Möbel waren wunderbar poliert. Wenn sie ihn je wieder einlüde, beschloss er im Stillen, dann würde er nicht versäumen, ihr Blumen für diese funkelnden Glasvasen mitzubringen.

Nach dem Essen, einer ausgezeichneten, ja exzellenten Mahlzeit, hatten Speis und Trank seine Hemmungen so weit abgebaut, dass er sie unvermittelt fragte:

»Warum haben Sie es getan?«

»Sie meinen, warum ich versucht habe, mich umzubringen?« Sie sprach sanft und mit sachlicher Gelassenheit, so als hätte er sie gefragt, warum sie ihre Stellung gewechselt hätte. »Ich war verlobt, und er hat mich wegen einer anderen verlassen. Es schien so sinnlos, noch weiterzuleben.«

»Und sind Sie jetzt darüber hinweg?«

»O ja. Ich bin glücklich, dass es mir nicht gelungen ist. Oder besser gesagt, dass Sie mich daran gehindert haben.«

»Sie werden das nie wieder versuchen, ja?«

»Nein, warum sollte ich auch? Was für eine Frage!«

Es machte ihn seltsam glücklich, dass sie versprochen hatte, es nicht noch einmal zu versuchen. »Jetzt möchte ich Sie aber auch einmal zum Essen einladen«, sagte er beinahe beim Fortgehen. »Warten Sie … Nicht am Montag, wie wäre es mit …«

»Wir brauchen das doch jetzt nicht zu verabreden, nicht wahr? Wir sehen uns doch morgen früh.«

Sie hatte ein sehr süßes Lächeln. Er mochte die aggressiven, selbstsicheren Frauen nicht. Lydia trug niemals Hosen oder Minikleider, sondern lange, weite Röcke mit Blumenmustern. Als er seine Hand um ihren Ellbogen legte, um sie über die Straße zu führen, griff sie nach seinem Arm und ließ ihn nicht mehr los.

»Wählen Sie für mich«, bat sie, als ihr im Restaurant die Speisekarte vorgelegt wurde.

Sie rauchte nicht und trank nichts Härteres als süßen Weißwein. Sie konnte auch nicht Auto fahren. Manchmal fragte er sich, wie sie es fertig brachte, einen anspruchsvollen Job auszufüllen, ihre Miete aufzubringen und ganz allein zu leben. Sie war so überaus feminin, so anschmiegsam und sanft. Und es schmeichelte ihm, als Tränen in ihren großen, grauen Augen erschienen, weil er sie wegen einer Firmenangelegenheit eines Abends nicht sehen konnte. Es war seit drei Wochen der erste Abend, den sie nicht gemeinsam verbrachten, und er vermisste sie derartig, dass ihm klar wurde, er musste in sie verliebt sein.

Seinen Heiratsantrag, höchst formell dargebracht und von einem riesigen Strauß roter Rosen begleitet, nahm sie ohne Zögern an. »Natürlich will ich dich heiraten. Mein Leben hat dir gehört seit dem Moment, da du es gerettet hast. Ich hatte schon immer das Gefühl, zu dir zu gehören.«

Sie heirateten sehr schnell. Lydia hatte etwas gegen eine große Hochzeit. Überhaupt passten er und sie so ideal zusammen. Ihr Geschmack stimmte in so vielen Dingen überein; ihre gemeinsame Vorliebe für Ruhe und Ordnung zum Beispiel, für eine geradezu altmodische Lebensweise voller Gleichmaß und feststehender Gewohnheiten. Und sie hatten die gleichen Ziele: ein Haus in den nordwestlichen Vororten und zwei Kinder. Aber zunächst einmal würde sie noch weiterarbeiten.

Er war entzückt und voller Bewunderung, wie sie es schaffte, das neue Haus so tadellos in Ordnung zu halten, ihn jeden Morgen mit frischgewaschener Unterwäsche und gebügeltem Oberhemd und jeden Abend mit einem vorzüglichen Essen zu versorgen. So viel Fürsorge war ihm nicht mehr zuteil geworden, seit er das Haus seiner Mutter verlassen hatte. Genauso, fand er, sollte eine Frau sein – unauffällig tüchtig, sanft, aber fachkundig, feminin und süß, aber dennoch gebildet. Der Haushalt lief so reibungslos, als ob zwei unsichtbare Dienstmädchen den ganzen Tag darin am Werk wären.

Um die tägliche Hausarbeit zu schaffen, stand sie jeden Morgen um sechs auf. Er schlug vor, eine Putzfrau einzustellen, sie jedoch wollte keine. Aber sie widersprach nicht etwa voller Trotz, sondern so, dass es ihm schmeichelte.

»Ich könnte es gar nicht ertragen, wenn eine andere Frau für deine Sachen sorgte, Liebling.«

Sie war einfach vollkommen.

Sie gingen gemeinsam zur Arbeit, gemeinsam zum Lunch, sie kamen gemeinsam heim, aßen zusammen, sahen zusammen fern, hörten Musik oder lasen in friedvoll schweigsamer Zweisamkeit. An den Wochenenden verbrachten sie jede Minute zusammen. Sie waren sich einig, dass ihr Haus aufs Perfekteste eingerichtet werden musste mit Wasch- und Spülmaschine, Trockner, Gefrierschrank, Mixern, Staubsauger und Bohnermaschine, mit supermodernem oder richtig antikem Mobiliar, also gingen sie an den Samstagen gemeinsam Einkaufen.

Er war glücklich. So musste eine Ehe sein, fand er. Das war es, was im Gottesdienst gemeint war – ein

Fleisch, und nichts sonst zählte mehr. Er hatte in der Tat fast alles aufgegeben; die Leute etwa, die er früher gekannt hatte. Lydia war keine sehr gesellige Frau und hatte keine Freundinnen. Er fragte sie, warum eigentlich nicht.

»Frauen«, meinte sie, »wollen doch nur andere Frauen kennen lernen, um mit ihnen über ihre Männer zu klatschen. Und ich habe eben über meinen Mann nichts zu klagen, Liebling.«

Seine eigenen Freunde schienen ein wenig eingeschüchtert durch die pompöse Großartigkeit, mit der sie sie bewirtete, durch die Fingerschalen, die Obstmesser und dergleichen. Vielleicht waren sie aber auch durch ihr unmissverständlich langes Schweigen irritiert, durch die gewisse Art, immer wieder verstohlen auf die Uhr zu sehen. Es war ja auch nur natürlich, dass sie es nicht mochte, wenn die Leute die halbe Nacht blieben. Sie wollte eben mit ihm allein sein. Das würden sie doch wohl verstehen und ein Einsehen haben. Nein, seine Klienten und ihre Frauen *konnten* nicht irritiert sein, im Gegenteil, sie mussten sich gefreut haben. Denn wo sonst hätte man ihnen in einem Privathaus ohne Angestellte ein Dinner mit fünf Gängen vorgesetzt, noch dazu ein so exquisit zubereitetes? Natürlich hatte Lydia die ganze Zeit davor in der Küche gestanden, und ebenso natürlich war sie nach dem Essen halt erschöpft gewesen, nun ja, ein wenig bissig vielleicht gegenüber dem Herrn, der Kaffee über ihren neuen Teppich verschüttet hatte, oder gegenüber jenem anderen, einem amüsanten, aber taktlosen Börsenmakler, der ihn partout überreden wollte, übers Wochenende auf einen Herren-Golf-Ausflug mitzukommen.

»Warum haben die eigentlich geheiratet«, fragte sie nicht ganz ohne Grund, »wenn sie immer alles daransetzen, von ihren Frauen wegzukommen?«

Eigentlich hätte er etwa jetzt, im Alter von vierunddreißig Jahren, in seinem Beruf befördert werden müssen. Er arbeitete seit fünf Jahren bei seiner Firma und erwartete, zum Direktor ernannt zu werden. Weder er noch Lydia konnten verstehen, weshalb seine Ernennung so lange auf sich warten ließ.

»Ob das womöglich damit zusammenhängt, dass ich nicht nach Feierabend im Büro herumsitze und mit den anderen trinke?«

»Die werden doch wohl verstehen, dass ein verheirateter Mann mit seiner Frau zusammen sein möchte.«

»Wer weiß. Ich hätte vielleicht doch zu dieser Riverboatparty gehen sollen, bloß, du weißt ja, da waren Frauen nicht mit eingeladen. Ich konnte mir doch denken, wie unglücklich du gewesen wärst, wenn ich allein gegangen wäre.«

Wie auch immer, er hatte sich wahrscheinlich völlig geirrt, was den Grund für die Verzögerung seiner Ernennung betraf, denn gerade als er begann, sich deswegen ernsthafte Gedanken zu machen, bekam er seinen Direktorenposten. Das bedeutete Gehaltserhöhung, ein eigenes Büro und eine eigene Sekretärin. Allerdings war er etwas beunruhigt durch verschiedene andere Konsequenzen der Beförderung, vor allem die Aussicht auf künftige Auslandsreisen. Aber davon brauchte er Lydia ja vorerst noch nichts zu erzählen. Stattdessen erwähnte er die Sekretärin, die er jetzt einstellen musste.

»Das ist ja wunderbar, Liebling.« Sie waren zur Feier des Ereignisses zu zweit essen gegangen. Von seiner

Idee, eine Party zu geben, hatte Lydia nichts gehalten. »Ich habe vierzehntägige Kündigung«, sagte sie, »aber zwei Wochen wirst du doch warten können, ja? Ach, es wird wundervoll, wenn wir den ganzen Tag zusammen sein können!«

»Ich verstehe nicht ganz«, sagte er, obwohl er sehr wohl verstand.

»Liebling, du bist ein bisschen begriffsstutzig heute Abend. Wo könntest du wohl eine bessere Sekretärin finden als mich?«

Sie waren mittlerweile vier Jahre verheiratet.

»Du wirst deine Stellung aufgeben und ein Baby bekommen.«

Sie nahm seine Hand und lächelte ihm ins Gesicht. »Das kann warten. Wir brauchen keine Kinder, die uns einander näher bringen. Du bist mein Mann und mein Kind und mein Freund, alles zugleich, und das ist genug für mich.«

Er musste ihr klar machen, warum es für sie nicht in Frage käme, seine Sekretärin zu werden. Es stimmte zwar alles haargenau, was er ihr über interne Firmenpolitik, über Günstlingswirtschaft und so weiter erzählte und wie heikel es in seiner Position wäre, wenn seine Ehefrau für ihn arbeitete, aber sehr überzeugend brachte er seine Argumente nicht vor.

Sie sagte nur mit ihrer kleinen, sanften Stimme: »Können wir jetzt gehen, bitte? Könntest du um die Rechnung bitten? Ich möchte hier fort.«

Kaum waren sie zu Hause, da begann sie zu weinen. Er versuchte es neuerlich mit Erklärungen. Aber sie weinte nur. Er sagte, sie könne ja andere Leute fragen. Jeder würde es ihr bestätigen. Ein Direktor in einer kleineren Firma wie seiner könne nicht seine Frau für sich arbeiten lassen. Sie könne ja den Vorstand persönlich anrufen, wenn sie ihm nicht glaube.

Sie erhob nicht einmal ihre Stimme; sie wurde ja nie wild oder hysterisch. »Du willst mich nicht«, sagte sie wie ein zurückgewiesenes Kind.

»Ich will dich sehr wohl. Ich liebe dich, aber – begreifst du denn nicht? – hier handelt es sich um meine Arbeit, das ist etwas anderes.« Er wusste schon, bevor er das Folgende sagte, dass er es lieber hätte lassen sollen. »Du mochtest meine Freunde nicht, und ich habe sie aufgegeben. Ich lade meine Klienten nicht mehr hierher ein. Ich bin tagtäglich nur etwa sechs Stunden von dir fort. Ist das alles noch nicht genug für dich?«

Es gab keinen Streit. Sie wiederholte nur immer wieder, er wolle sie nicht. Sie weinte fast die ganze Nacht, und am Morgen war sie zu erschöpft, um zur Arbeit zu gehen. Zweimal rief er sie während des Tages an. Ihre Stimme klang zwar tränenverschleiert, aber ruhig; anscheinend hatte sie resigniert. Das Erste, was ihm auffiel, als er am Abend in die Tür seines Hauses trat, war der Gasgeruch.

Sie lag auf dem Küchenboden. Auf einem Kissen vor dem geöffneten Gasofen ruhte ihr zarter, blonder Kopf. Ihr Gesicht war sanft gerötet.

Er riss das Fenster auf und trug sie hin, hielt ihren Kopf in die frische Luft. Sie war am Leben, sie würde wieder zu sich kommen! Als ihr Puls kräftiger wurde und sie regelmäßiger zu atmen begann, küsste er sie wie von Sinnen, beschwor sie laut, nicht zu sterben, sondern für ihn zu leben. Als er glaubte, es riskieren zu können, sie für einen Augenblick allein zu lassen, alarmierte er über den Notruf einen Krankenwagen.

Sie behielten sie ein paar Tage im Krankenhaus, und

es war von psychotherapeutischen Maßnahmen die Rede. Sie weigerte sich jedoch, sich einer Behandlung zu unterziehen.

»Ich habe es nie getan, außer wenn ich wusste, dass ich nicht geliebt wurde«, sagte sie.

»Was meinst du damit – ›nie‹, Liebling?«

»Als ich siebzehn war, nahm ich eine Überdosis Tabletten, weil ein Junge mich verlassen hatte.«

»Das hast du mir nie erzählt.«

»Ich wollte dich nicht aufregen. Ich wäre lieber gestorben, als dich unglücklich zu machen.«

Angenommen, er hätte sie nicht rechtzeitig gefunden? Er schauderte bei dem Gedanken an diese Möglichkeit. Das Haus war grauenhaft ohne sie. Er vermisste sie schmerzlich, und er nahm sich vor, ihr in Zukunft noch mehr Zeit und Aufmerksamkeit zu widmen.

Sie machte sich nichts daraus, in den Ferien zu verreisen. Und weil sie niemals Urlaub machten, selten Gäste einluden und keine Kinder hatten, war es ihnen möglich, Ersparnisse zu machen. Sie verkauften ihr Haus und erwarben ein größeres, moderneres. Seine Firma forderte ihn auf, für drei Wochen nach Kanada zu reisen. Er zögerte nicht eine Sekunde, er lehnte augenblicklich ab.

Ein aufstrebender jüngerer Kollege bekam den Kanada-Auftrag. Es irritierte ihn, als ihm in der Firma ein Gerücht zu Ohren kam, seine Frau sei irgendwie leidend, und das bloß, weil sie ihre Stellung aufgegeben hatte, seit sie das neue Haus gekauft hatten. Lydia leidend? Sie war glücklicher, als sie es je gewesen war, stattete das Haus mit Neuanschaffungen aus, renovierte eigenhändig Zimmer, ließ den Garten neu anlegen. *Wenn* einer von ihnen kränklich war, dann er. Er schlief in letzter Zeit nicht gut und war Schüben von Depressionen ausgeliefert. Der Arzt verschrieb ihm Tabletten gegen die Schlaflosigkeit und riet ihm zu einer Luftveränderung. Vielleicht arbeitete er zu viel? Ob er es nicht einrichten könne, einen Teil seiner Arbeit zu Hause zu erledigen?

»Ich habe es auf mich genommen«, erklärte Lydia sanft, »den Doktor anzurufen und das vorgeschlagen. Du könntest doch zwei oder drei Tage in der Woche zu Hause bleiben, und ich erledige die Sekretärinnenarbeit für dich.«

Sein Vorgesetzter war einverstanden. Er glaubte zwar, einen Anflug von Befremden im Lächeln des Mannes zu erkennen, aber er erhielt die Erlaubnis, zu Hause zu arbeiten, und manchmal sah er, obwohl er mit seinen Mitarbeitern telefonierte, vier oder fünf Tage hintereinander keinen anderen Menschen als seine Frau. Sie war, wie er feststellen musste, als Sekretärin ebenso perfekt wie als Ehefrau. Ihm blieb kaum etwas zu tun. Sie formulierte seine Presseverlautbarungen und schrieb seine Briefe, ohne dass er sie diktieren musste, erledigte mit Charme und Sachkenntnis Telefongespräche und arrangierte seine Verabredungen. Und wenn die Arbeit getan war, umsorgte sie ihn unermüdlich. Nicht dass sie je etwa einen schnellen Imbiss vom Tablett gegessen hätten – jeder Mittagstisch, jede Abendtafel war raffiniert gedeckt. Und wenn es ihm auch manchmal in den Sinn kam, dass während der letzten zwei Jahre nur sechs andere Menschen von diesen Kristallgläsern, dem Silber, dem ganzen luxuriösen Aufwand Gebrauch gemacht hatten, so sagte er es nicht laut.

Seine Depressionen verschwanden nicht, nicht einmal, nachdem er inzwischen außer Schlaftabletten auch noch Beruhigungsmittel schluckte. Sie sprachen nie mehr über ihre Selbstmordversuche, aber er musste oft daran denken, und er fragte sich, ob er vielleicht irgendwie angesteckt worden sei von ihrer Neigung. Wenn er vor dem Schlafengehen eine Pille aus der Glasflasche in seine Hand fallen ließ, dann war oft die Versuchung groß, sie alle herauskullern zu lassen und sie mit einem Schluck frischen, kalten Wassers hinunterzuspülen. Warum, wusste er selbst nicht, denn er hatte doch alles, was ein Mann sich nur wünschen konnte – eine perfekte Ehe, ein schönes Haus, eine gute Stellung, eine ausgezeichnete körperliche Gesundheit und nichts, was ihn belastete oder einschränkte. Denn wie hatte Lydia es ausgedrückt? »Kinder wären doch eine solche Belastung gewesen, Liebling«, oder, als er vorschlug, sie sollten sich einen Hund anschaffen: »Haustiere sind eine so entsetzliche Belastung, und sie ruinieren einem das ganze Haus.« Jawohl, dieses Zuhause und diese Annehmlichkeiten waren genau das, was er sich immer gewünscht hatte. Und dennoch, als er auf die Vierzig zuging, begann er schlecht zu träumen, und seine Träume handelten von Gefängnissen.

Eines Tages sagte er zu ihr: »Ich kann jetzt verstehen, warum du versucht hast, dich umzubringen. Ich meine, ich kann verstehen, dass jemand es tun möchte.«

»Siehst du, wir verstehen uns eben wirklich in jeder Beziehung«, meinte sie. »Aber lass uns nicht mehr davon reden. Ich werde es nie wieder versuchen.«

»Und ich bin wohl nicht der Selbstmördertyp, oder?«

»Du?« Sie war keineswegs alarmiert, sie nahm ihn

einfach nicht ernst, wie sie ihn ja überhaupt immer nur in der Beziehung zu sich selbst sah, niemals als Einzelperson. Und er machte sich auch augenblicklich im Stillen Vorwürfe. Lydia? Lydia, die ihm ihr ganzes Leben gewidmet hatte, die seine kleinsten Wünsche und Bedürfnisse ihren eigenen überordnete? »Du? Du hättest doch überhaupt keinen Grund dazu«, sagte sie lachend. »Du weißt doch, wie sehr du geliebt wirst. Außerdem würde ich dich rechtzeitig retten, genau wie du mich gerettet hast.«

Seine Firma hatte sich vergrößert, und man hatte den Plan gefasst, eine Filiale in Melbourne zu eröffnen. Nachdem er so energisch bestritten hatte, dass seine Frau leidend sei oder dass etwas mit ihr nicht stimme, bot ihm sein Chef die Chance, für drei Monate nach Australien zu gehen und die Zweigstelle dort in Gang zu bringen. Wiederum zögerte er nicht: Er nahm an. Natürlich würde die Firma für seine Reise aufkommen. Als er nach Hause fuhr, überlegte er, wie teuer Lydias Flug nach Melbourne, ihre Hotelunterkunft und ihr Unterhalt dort sein würden. Alle Selbstmordgedanken waren wie fortgeblasen. Er konnte es schaffen, er würde es glatt schaffen! Drei Monate fort sein, überlegte er, in einem ganz neuen Land, ganz neue Leute kennen lernen, und dann am Ende noch gelobt werden für die geleistete Arbeit, vielleicht auch eine Gehaltserhöhung …

Sie kam ihm in der Diele entgegen und umarmte ihn. Diese Umarmungen beim Abschied und beim Wiedersehen (obwohl diese Gelegenheiten immer seltener wurden) waren noch genauso leidenschaftlich wie in der ersten Zeit ihrer Verlobung. Er musste sich allerdings darauf gefasst machen, dass sie ihr Haus nicht gern verlassen würde, aber das musste durchgestanden werden. Am Ende würde sie, wie sie es so oft beteuert hatte, überallhin mit ihm gehen.

Er trat in die weitläufige Wohnhalle. Sie war makellos wie immer, aber irgendetwas war anders; irgendeine große Veränderung war hier vor sich gegangen. Ihr roter Teppich war durch einen neuen ersetzt worden, zart cremefarben, dick und flauschig. »Gefällt er dir?«, fragte sie lächelnd. »Ich habe ihn heimlich gekauft und verlegen lassen, als Überraschung für dich. O Liebling, gefällt er dir nicht?«

»Doch, doch, er gefällt mir«, erwiderte er. Und dann fragte er: »Wie viel hat er gekostet?«

Das war eine Frage, die er kaum jemals stellte, aber jetzt hatte er seine Gründe. Sie nannte eine Summe, die ziemlich genau den Kosten für ihre Australienreise gleichkam.

»Wir hatten doch gesagt, wir legen es zurück, um Anschaffungen für das Haus zu machen«, sagte sie und legte ihm die Arme um den Hals. »Insofern ist es doch eigentlich keine Extravaganz. Der hält ewig. Und für was sonst sollen wir schließlich Geld ausgeben, wenn nicht für unser Haus?«

Er küsste sie und meinte, es sei schon in Ordnung. Nein, es sei keine Extravaganz, ja, und er würde ewig halten, ewig …

Sie speisten von Kopenhagener Geschirr, von georgianischem Silber und von Waterford-Kristall. Auf dem Tisch war ein Blumenarrangement, das seinen süßen Duft an die schale Atmosphäre drohenden Verrats verschwendete: Er musste nach Australien, und sie konnte nicht mitkommen! Er fürchtete sich, es ihr zu sagen. Eine unsägliche Feigheit lähmte ihn.

Woche um Woche drückte er sich davor, es ihr zu sagen, und er ertappte sich bei dem infamen Gedanken – warum sollte er es ihr überhaupt sagen? Er wollte, er musste fort! Konnte er nicht einfach abhauen, und bei der ersten Zwischenlandung irgendwo aus Europa anrufen und sagen, man hätte ihn ohne Vorankündigung geschickt, in einer dringenden Angelegenheit? Er hätte schon früher versucht, sie anzurufen, aber keine Verbindung bekommen? Sie würde keinen Selbstmordversuch unternehmen, da war er sicher, wenn sie wusste, dass er zu weit weg wäre, um sie zu retten. Und sie würde ihm verzeihen, denn sie liebte ihn ja. Aber dem standen zu viele praktische Hindernisse im Wege, seine Kleidung zum Beispiel, das ganze Gepäck. Es war verrückt, an so etwas auch nur zu denken! Lydia so etwas anzutun! Nicht einmal seinen ärgsten Feind würde er so behandeln, geschweige denn seine geliebte Frau.

Wie sich herausstellte, hätte er auch nicht einmal die Möglichkeit dazu gehabt. Sie war schließlich seine Sekretärin, und kein Mann, wie viel er auch seiner Frau verschweigen mag, kann vor seiner Sekretärin Geheimnisse haben. Die Fluglinie rief wegen einer Rückfrage an, und so erfuhr sie es.

»Wie lange wirst du fortbleiben?«, fragte sie matt.

»Drei Monate.«

Sie wurde blass. Wie unter einem körperlichen Schwächeanfall sank sie zurück.

»Ich werde jeden Tag schreiben – und telefonieren.«

»Drei Monate«, wiederholte sie.

»Ich habe mich einfach nicht getraut, es dir zu sagen. Ich muss fahren, Liebling. Begreifst du nicht, dass ich fahren muss? Es würde eine Unsumme kosten, dich mitzunehmen, und wir haben das Geld einfach nicht.«

»Nein«, sagte sie, »nein, natürlich nicht.«

Sie weinte die folgende Nacht bitterlich, aber am nächsten Morgen erwähnte sie seine bevorstehende Reise nicht wieder. Sie arbeiteten zusammen wie immer, kameradschaftlich und konzentriert, aber ihr Gesicht war weiß wie Papier. Als sie ihre Arbeit beendet hatten, fing sie an, von den Sachen zu reden, die er brauchen würde, und von den Koffern, die angeschafft werden mussten. Mit trauriger, monotoner Stimme erklärte sie, sie werde schon alles erledigen, er solle sich den Kopf nur nicht belasten mit den Vorbereitungen.

»Und du wirst dir auch keine Sorgen um mich machen wegen der Flugreise?«

Die Art, wie sie es lächelnd unter Kopfschütteln verneinte, als sei seine Frage absurd, unrealistisch, sagte es ihm nur allzu deutlich: Die Toten können sich keine Sorgen machen. Sie hatte vor zu sterben. Er begriff, dass es sträflich optimistisch gewesen war, sich einzubilden, sie werde keinen Selbstmordversuch unternehmen, wenn er nur weit genug fort sei.

Die Zeit verstrich. Nur noch ein Tag bis zu seiner Abreise. Aber er würde nicht fahren, er wusste das. Er wusste es schon seit über einer Woche, bloß er scheute sich ebenso davor, seinem Chef zu sagen, dass er nicht fahren würde, wie er sich davor gefürchtet hatte, seiner Frau zu sagen, dass er es tun würde. Wieder träumte er von Gefängniszellen, und beim Erwachen erkannte er, dass sein Leben entweder von Knechtschaft und Furcht oder von Gefangenschaft und Furcht beherrscht wurde.

Aber *einen* Ausweg gab es aus beidem. Es war am

Nachmittag des letzten Tages, als er sich entschloss, ihn einzuschlagen. Er hatte weder seiner Frau noch seinem Chef gesagt, dass er nicht nach Australien fahren würde, deshalb war alles fix und fertig gepackt und sein Gepäck in der Diele zusammengestellt mit einer Präzision, wie nur Lydia sie beherrschte. Sie hatte gesagt, sie ginge eben fort, um seinen leichten Anzug, den er am nächsten Tag tragen sollte, aus der Reinigung zu holen, und er hatte die Haustür ins Schloss fallen hören.

Das war vor einer halben Stunde gewesen. Während ihrer Abwesenheit, so hatte sie ihm tieftraurig und zärtlich eingeschärft, solle er doch nach oben gehen und überprüfen, ob sie beim Packen irgendetwas Lebensnotwendiges vergessen hätte. Schließlich ging er wirklich nach oben, aber aus einem anderen Grund. Nichts Lebensnotwendiges, etwas Sterbensnotwendiges war es, was er wollte – die Flasche mit den Schlaftabletten.

Die Schlafzimmertür war geschlossen. Er öffnete sie und sah sie auf dem Bett liegen. Sie war gar nicht fortgegangen. Seit einer halben Stunde schon lag sie da, die leere Tablettenflasche noch immer in der schlaffen Hand. Er fühlte ihr den Puls, und ein kräftiges, wenn auch unstetes Pochen teilte sich seinen Fingern mit. Sie lebte noch. Eine Viertelstunde etwa, und der Noteinsatzwagen würde sie ins Krankenhaus geschafft haben. Er packte das Telefon und setzte einen zitternden Finger in die Drehscheibe, um den Notruf zu wählen. Sie würde gerettet werden. Gott sei Dank war er wieder einmal gerade noch rechtzeitig gekommen!

Er blickte auf ihr friedvolles, ruhiges Gesicht nieder. Sie sah kein bisschen älter aus als an jenem Tage, als sie zu ihm gekommen war, um ihm für die Rettung ihres Lebens zu danken. Zögernd, fast ohne seinen Willen, löste er den Finger von der Wählscheibe. Ein dumpfer Schluchzer erstickte ihn fast, und er hörte sich wie von ferne in wimmerndes Weinen ausbrechen. Er nahm sie in die Arme, küsste sie leidenschaftlich und rief immer und immer wieder ihren Namen.

Und dann ging er schnell aus dem Zimmer und verließ das Haus. Ein Bus kam: Er stieg ein und löste einen Fahrschein zu einem weit entfernten Außenbezirk. Dort legte er sich in einem Park, den er nie zuvor gesehen hatte, ins Gras und fiel in einen tiefen Schlaf.

Als er aufwachte, war es fast dunkel. Er sah auf seine Uhr und stellte fest, dass mehr als genügend Zeit verstrichen war. Er wischte sich die Augen trocken, denn anscheinend hatte er im Schlaf geweint, erhob sich und ging nach Hause.

Die Essigmutter

Alles dies ist geschehen, als ich elf war.

Mopp Felton ging mit mir zusammen in die Schule und galt als meine Freundin. Ich sage »galt«, denn sie war eine jener »dicken« Freundinnen, die alle kleinen Mädchen zu haben scheinen, ohne sie allzu gern zu mögen. Ich hatte Mopp nie richtig gemocht. Das wusste ich damals schon ebenso wie heute, aber sie war nun mal meine Freundin, weil sie in der nächsten Straße wohnte, weil sie im selben Alter und in derselben Klasse war und weil meine Eltern – obgleich nicht näher bekannt mit den Feltons – es so wollten.

Mopp war ein nervös-überspanntes, dramatisches Geschöpf, in mancher Hinsicht uralt für ihr Alter, in anderer wiederum überaus jung. Rückblickend scheint es mir, als hätte sie überhaupt kein Selbstvertrauen, dafür aber eine umso höhere Selbsteinschätzung gehabt. Sie war ein Einzelkind, das zu lautstarken Wutanfällen oder beleidigtem Schweigen Zuflucht nahm, wenn man es aufzog. Sie war groß, sehr mager und dunkel, und es war nicht allein ihr Haar, dünn und strähnig, das ihr ihren Spitznamen eingetragen hatte. Ihr richtiger war Alicia. Ich weiß nicht, weshalb wir sie Mopp nannten, und wenn ich heute darin eine entfernte Anspielung auf »mopping and mowing« erblicke (eine Shakespearesche Floskel für Grimassenschneiden, die allenfalls zu ihr gepasst hätte) oder wenn der einsilbige Name die Verwandtschaft mit einem Irrwisch, mit etwas Hexenhaftem suggeriert (ebenfalls durchaus passend), dann unterstelle ich uns wahrscheinlich einen intellektuellen Esprit, den wir damals gar nicht besaßen. Wir schwelgten geradezu in Spitznamen. Vielleicht tun das alle Schulmädchen. Wir verfuhren bei ihrer Erfindung weder subtil noch geistreich. Ich, Margaret, wurde zum Beispiel Margarine tituliert. Rhoda Joseph, die einmal bei einer öffentlichen Wordsworth-Rezitation stecken geblieben war und munter drauflosimprovisiert hatte, war seither für alle Zeiten Lucy; und Elizabeth Goodwin hieß Tölpel, seit ihr dieser Beiname einmal auf dem Hockeyplatz von einer höheren Autorität verpasst worden war. Unsere Spitznamen waren auch nicht obligatorisch, sie konnten jederzeit durch unsere richtigen Vornamen ersetzt werden. Wir gebrauchten sie zum Beispiel niemals in Gegenwart unserer Eltern oder Lehrer; und sie ihrerseits hätten sich, wenn sie ihnen zu Ohren gekommen wären, niemals herabgelassen, uns so zu nennen. Umso erstaunlicher war es deshalb, sie aus dem Mund Mr Feltons zu hören, des ältesten und reichsten all unserer Väter.

Wenn er aus dem Geschäft kam und ein Zimmer betrat, in dem Mopp und ich waren, dann sagte er wohl: »Na, wie geht's denn meiner alten Mopsy heute?« Und zu mir gewandt: »Sieh da, die lustige alte Margarine!«

Ich kicherte dann, so wie ich es immer tat, wenn mir etwas einigermaßen Verwirrendes begegnete, das ich nicht recht verstand. Ich war zwar ein aufgewecktes Kind, aber nicht sonderlich sensibel. Überhaupt sind ja Kinder meistens nicht besonders einfühlsam. Ich kann mich nicht erinnern, dass mir Mopp je Leid getan hätte, weil sie einen Vater hatte, der – obwohl schon über fünfzig – sich allzu oft benahm, als seien sie gleichaltrig. Trotzdem war ich's zufrieden, dass mein eigener Vater, wenn Mopp hereinkam, höchstens leicht abwesend von seinem Buch aufblickte und murmelte: »Hallo – äh, Alicia, nicht wahr?«

Die Feltons gehörten einer etwas gehobeneren Gesellschaftsschicht an als wir, eine Tatsache, die ich ohne Fragen und ohne Verdruss hinnahm. Ihr Haus war viel größer als unseres, beide Eltern besaßen einen eigenen Wagen, und sie speisten abends warm. Gewöhnlich gab Mr Felton Mopp dabei ein halbes Glas Sherry zu trinken.

»Du sollst nicht wie eine Ignorantin aufwachsen, was Weine betrifft«, sagte er dann wohl.

Und wenn ich bei ihnen war, dann bekam ich auch Sherry. Ich nehme an, es war Manzanilla, denn er war sehr trocken und blassgelb, von der gleichen Farbe wie der Stein in dem Ring, den Mrs Felton trug und der ihren Ehering vollständig überdeckte.

Sie besaßen ein Ferienhaus auf dem Lande, in das sie übers Wochenende fuhren, oder auch manchmal während der Sommerferien. Einmal nahmen sie mich für einen Tag mit. Und in dem Sommer nach meinem elften Geburtstag sagte Mr Felton:

»Warum nimmst du nicht die alte Margarine mit in die Ferien?«

Heute kommt es mir merkwürdig vor, dass ich überhaupt mitfahren wollte. Ich hatte eine sehr glückliche Kindheit, eine ruhige, unverbrüchliche, von keinerlei Überlegungen belastete Beziehung zu meinen Eltern und meinen Brüdern. Eigentlich mochte ich Rhoda und Elizabeth viel lieber als Mopp, deren Wutanfälle,

Spinnereien und ewige Launen mich anödeten, und Mrs Felton mochte ich von allen Erwachsenen, die ich kannte, am allerwenigsten. Trotzdem wollte ich sehr gerne mitfahren. Die Wahrheit war, dass sich schon damals meine Leidenschaft für Häuser bemerkbar machte, eine Passion, die später dazu führte, dass ich Architektin wurde, und ein einziger Tag bei den Feltons auf dem Lande hatte genügt, um mich in ihr Bauernhaus zu verlieben. Mein ganzes bisheriges Leben hatte sich in einer etwa 1935 erbauten Doppelhaushälfte in einem Londoner Vorort abgespielt. Das Landhaus der Feltons, das den (wenn auch nicht für meine Begriffe) reichlich prätentiösen Namen »Sanctuarium« hatte, war ein vierhundert Jahre altes Fachwerkhaus, der Traum jedes Kalendermachers, das Ideal einer Schokoladenreklame. Ich sehnte mich danach, in diesen uralten Mauern zu schlafen, über Fußböden zu gehen, die schon da gewesen waren, bevor die Armada kam, mein Gesicht gegen Fensterscheiben zu pressen, in denen sich schon die Halskrause oder der gestärkte Kragen eines Puritaners gespiegelt hatten.

Meine Mutter hatte allerlei Einwände. Es gefiel ihr zwar, dass ich mit Mopp bekannt war, vielleicht auch, dass ich in das soziale Ambiente der Feltons einbezogen wurde, aber mir war schon früher aufgefallen, dass sie mich nicht allzu gern der Obhut der Mrs Felton überließ.

»Und Mr Felton wird doch lediglich an den Wochenenden dort sein«, meinte sie unsicher.

»Wenn es Margaret nicht gefällt«, beruhigte mein Vater sie, »dann schreibt sie eben nach Hause, und wir schicken ihr ein Telegramm, in dem steht, dass du dir ein Bein gebrochen hast.«

»Besten Dank«, sagte meine Mutter. »Ich wollte, du brächtest den Kindern nicht solche Täuschungsmanöver bei.«

Aber am Ende willigte sie doch ein. Wenn ich mich unglücklich fühlte, dann sollte ich von einer Telefonzelle des Dorfes aus anrufen, und dann würden sie mir ein Telegramm schicken, dass ich dringend meine Großmutter besuchen müsste. *Das* bedeutete anscheinend nicht, mir Täuschungsmanöver beizubringen.

Ich war denn auch zunächst nicht im Mindesten unglücklich, und es dauerte eine ganze Weile, ehe ich auch nur leise beunruhigt war. Es gab so viel zu tun, denn es war dort ein Obstzuchtgebiet, und wir pflückten für Mr Gould, den Farmer, Früchte. Dafür wurden wir auch bezahlt, was Mrs Felton anscheinend für unter unserer Würde hielt. Sie pflegte keinen Umgang mit Farmern oder Landarbeitern. Ihre engste Freundin war eine gewisse Lady Elsworthy, eine alte Dame, deren Titel sie in meiner Einschätzung in die höchsten Ränge der Aristokratie beförderte. (Später erfuhr ich, dass sie die Witwe eines geadelten Beamten der Zivilverwaltung war.) Ich erstarb jedenfalls vor Schüchternheit, wann immer sie und ihr Sohn im »Sanctuarium« auftauchten. Umso lieber war mir die Gesellschaft unserer nächsten Nachbarin, einer Mrs Potter, die sich ihrerseits vielleicht an meiner jugendlichen Begeisterung für Architektur freute. Jedenfalls gewährte sie mir Zutritt zu »The Hall«, einem William-and-Mary-Herrenhaus, durch dessen weitläufige Gemächer ich an ihrer Hand gehen durfte, eingeschüchtert vor Staunen und vollkommen glücklich.

Das »Sanctuarium« hatte einen kleinen Salon, ein

großes Wohn- und Esszimmer, eine Küche und ein Badezimmer im Parterre und zwei Schlafzimmer im Obergeschoss. Die Zimmerdecken waren schräg und derartig dicht an dicht von Balken abgestützt – von denen manche auch noch geschnitzt waren –, dass sie mir heute trotz aller Echtheit wahrscheinlich geradezu vulgär vorkommen würden. Ebenso bin ich überzeugt, dass ich heute die gesamte Einrichtung der Feltons vulgär finden würde, denn all ihre Wohlhabenheit führte nicht etwa dazu, dass sie echte Antiquitäten sammelten. Sie besaßen vielmehr diese typischen, abgewetzten oder mit künstlicher Patina überzogenen Tische und kleine Schreibpulte, wie sie – höchst geschickt an den richtigen Stellen mit Kratzern und Kerben versehen und mit überzeugend verblichenem, goldgeprägtem Leder in Braun, Oliv oder Bernsteinfarbe ausgelegt – in einer Antiquitätenfabrik in Romfort hergestellt wurden. Ich wusste das, weil Mr Felton, der übers Wochenende kam, es jedem erzählte, der in der Nähe war.

»Und wie alt würden Sie dies hier schätzen, Lady Elsworthy?«, fragte er dann wohl und tappte dabei auf eines der gefälschten Tischchen, auf das er ihr Glas mit zitronengelbem Sherry abstellte. »Hundertfünfzig Jahre? Zweihundert?«

Natürlich wusste sie es nicht oder war vielleicht zu wohlerzogen, es zu sagen.

»*Ein* Jahr ist die richtige Antwort! Fließbandarbeit vom letzten Jahr, und ich behaupte, dass höchstens ein Experte den Unterschied feststellen kann.«

Dann bekam Mopp ihr halbes Glas Sherry, ich bekam meins, und die Erwachsenen beobachteten uns gespannt und warteten geradezu auf die Anzeichen von Betrunkenheit, die sie anscheinend bei den Jungen so amüsant und bei den Alten so abstoßend finden. Anschließend gab es Dinner mit rotem oder weißem Wein, von dem wir allerdings nichts bekamen. Sie tranken immer Wein, sogar dann, wenn die Mahlzeit, was häufig vorkam, nur aus Sandwiches und kalten Beilagen bestand. Mr Felton pflegte ihn sonnabends mitzubringen, manchmal einen ganzen Karton mit zwölf Flaschen. Ob es guter französischer Wein war oder das billige, saure Zeug, das mein Vater Rachenputzer nannte? Was immer ich auch durch Mr Feltons Genuss-Sucht über Sherrysorten gelernt hatte, in puncto Wein blieb ich eine Ignorantin.

Wein aber spielt in dieser Geschichte eine Rolle, und zwar eine wichtige. Denn einmal, als sie an dem dunkelroten Zeug in ihrem Glas nippte – blutschwarz, und wenn ich mich recht erinnere, mit einem noch schwärzeren, flockigen Bodensatz –, sagte Lady Elsworthy:

»Selbst wenn Sie nur eine bescheidene Weintrinkerin sind, meine Liebe, sollten Sie sich – ja wirklich, das sollten Sie unbedingt! – eine Essigmutter zulegen.«

Ich war nicht die einzige unter den Anwesenden, die anfing zu kichern. Es gab Ausrufe wie: »Eine *was*?« und Gelächter, bis Lady Elsworthy zu einer ausführlichen Erklärung ansetzte, was eine Essigmutter sei, nämlich eine Kultur von Essigbakterien, die Wein in Essig verwandelt. Ihr Sohn, den die Erwachsenen Peter nannten, steuerte chemische Details bei, die Potters stellten interessierte Fragen, und von Zeit zu Zeit sagte jemand: »Essigmutter – was für ein Name!« Mich interessierte das alles nicht sonderlich, also trollte ich mich in den Garten, wo sich nach ein paar Minuten

Mopp zu mir gesellte. Sie hatte wie immer ein Buch bei sich, aber anstatt sich hinzusetzen, das Buch aufzuschlagen und so zu tun, als ob ich Luft sei, wie sie es gewöhnlich tat, stand sie an einen Baum gelehnt und starrte in die Ferne, über das Stour Valley und die Weeping Hills hinweg, und ihr Gesicht hatte jenen angespannten Ausdruck, der meistens ihren Wutanfällen vorausging. Ich fragte sie, was los sei.

»Ich habe mich übergeben.«

Ich wusste zwar, das stimmte nicht, trotzdem fragte ich sie, warum.

»Dieses grässliche alte Weib und dieses grässliche Ding, über das sie dauernd redete! Wie ein Stück Leber in einer Flasche, hat sie gesagt.« Ihr Mund zitterte. »Warum nennt sie es bloß Essig*mutter*?«

»Weiß ich doch nicht«, sagte ich. »Vielleicht weil Mütter Kinder machen, und das Ding macht Essig?«

Aber das schien sie nur noch wütender zu machen, und sie stieß mit dem Fuß gegen den Baum.

»Wollen wir zum Teich hinuntergehen, oder willst du lesen?«, fragte ich.

Aber Mopp antwortete mir nicht, deshalb schlenderte ich allein zum See hinunter und beobachtete die Fledermäuse, die über den blassgrünen Himmel zuckten. Mopp war in unser Schlafzimmer hinaufgegangen. Sie lag im Bett und las, als ich zurückkam. Obwohl ich selbst keine Leseratte war, weiß ich noch genau, welche Bücher sie mochte, und ich erinnere mich, dass meine Mutter fand, man solle ihr nicht erlauben, sie zu lesen. An jenem Abend war es Lefanus »Onkel Silas«, in das sie sich vertiefte, nachdem sie Dr. James' »Geistergeschichten eines Antiquars« gerade ausgelesen hatte. Ich glaube nicht, dass ich damals eine Beziehung zwischen ihrem literarischen Geschmack und ihrer Reaktion auf die Essigmutter erkannte, ebenso wenig wie ich Letzteres mit irgendeinem Mangel in ihrem Verhältnis zu ihrer eigenen Mutter in Verbindung brachte. Ich konnte es wohl auch gar nicht, ich war ja viel zu jung. Außerdem hatte mich persönlich die Unterhaltung während des Abendessens nicht im Mindesten angefochten, und ich ging ohne die leiseste Vorahnung dessen, was kommen würde, zu Bett.

Als Mopp und ich am nächsten Morgen aus der Kirche kamen – im Nachhinein glaube ich, dass Mr und Mrs Felton uns weniger aus überzeugter Frömmigkeit hinschickten, als um auf die Nachbarn Eindruck zu machen –, trafen wir im »Sanctuarium« wieder einmal die Elsworthys an. Lady Elsworthy, ihr Sohn und Mrs Felton blickten gespannt in einen bauchigen Glasballon, dessen enger Hals mit einem Stopfen verschlossen war. Darin war eine braune Flüssigkeit, auf der ein lappiges Gerinnsel schwamm, das in der Tat große Ähnlichkeit mit einer Scheibe Leber hatte.

»Es ist lebendig«, sagte Mopp angeekelt, »es ist eine Art Tier.«

Lady Elsworthy sagte unwirsch, sie solle nicht eine solche Zimperliese sein, und Mrs Felton lachte dazu. Ich glaube, meine Mutter wäre ärgerlich geworden, wenn ein Gast in unserem Hause zu mir gesagt hätte, ich solle nicht eine solche Zimperliese sein. Und außerdem sah ich, dass Mopp sich diesmal wirklich übergeben würde.

»Wir müssen es aber nicht behalten, oder?«, fragte sie kläglich.

»Natürlich werden wir es behalten«, erwiderte Mrs Felton. »Was fällt dir überhaupt ein, so zu reden, wo

Lady Elsworthy sie mir freundlicherweise geschenkt hat! Jetzt werden wir nie wieder den ekelhaften Fabrikessig kaufen müssen.«

»Essig kostet doch gar nicht viel«, wandte Mopp flehentlich ein.

»Also das ist mir vielleicht ein Kind! Sie denkt wohl, das Geld wächst auf den Bäumen!«

Nun erging sich Lady Elsworthy in Instruktionen, wie das Ding zu behandeln sei. Es musste in der Wärme stehen. »Nicht etwa da draußen in Ihrer eisigen Küche, meine Liebe!« Und es musste mit Wein gefüttert werden, mit den Resten aus jeder Flasche, die sie tranken. »Aber bitte keinen Weißwein. Erzähle du ihr, warum nicht, Peter, du weißt, ich kenne mich mit dem wissenschaftlichen Kram nicht so aus. Und dann darf sie auf keinen Fall mit einem Messer oder einem Löffel berührt werden.«

»Ja, wenn sie mit Metall in Berührung kommt«, erklärte Peter Elsworthy, »dann schrumpft sie zusammen und stirbt. Sie sehen, in gewisser Hinsicht ein zartes Pflänzchen.«

Mopp war hinausgegangen und hatte die Tür hinter sich zugeknallt. Lady Elsworthy beugte sich hingebungsvoll über ihr Geschenk, hob den Glasballon auf und trug ihn an einen Platz, wo es weder zu hell noch zu kalt war. Aus dem Garten hörte ich das Dröhnen des Rasenmähers, mit dem Mr Felton sich emsig abmühte. Die beiden anderen hatten sich ein wenig von dem Fenster und der breiten Bahn hellen Sonnenlichts entfernt, in dem sie gestanden hatten. Als Peter Elsworthy von dem »zarten Pflänzchen« sprach, sah ich, wie seine und Mrs Feltons Augen sich begegneten und seltsame Blicke austauschten – rätselhaft, unverständlich und meinem Wissen über solche Dinge um Jahre voraus. Sein Gesicht wurde ganz weich und merkwürdig. Fast hätte ich losgekichert, so wie ich manchmal im Kino kicherte, aber ich hütete mich doch lieber, lief in den Garten und prustete dort los. »Hihi, verknallt sind die, total verknallt!« Und dabei stieß ich aufgeregt meinen Fuß gegen einen Stein.

Aber ich war nicht allein. Mr Felton erschien hinter mir. Er schob den Rasenmäher vor sich her, und wie gewöhnlich schwitzte er in der Hitze, sodass sein Gesicht rot und roh aussah wie das Innere eines Beafsteaks, nachdem der kross gebratene Rand abgeschnitten ist. In meinen Augen war er mehr ein Großvater als ein Vater.

»Und wer ist verknallt, meine alte Margarine? Füße weg, oder ich schneide dir die Zehen ab!«

Es war August, und die Jagdsaison hatte begonnen. Deshalb nahm Mr Felton an den Sonntagnachmittagen jetzt immer seine Schrotflinte, die sonst sehr dekorativ in der Küche hing, und ging auf Kaninchenjagd. Ich nehme an, er tat es weniger aus dem Wunsch, Kaninchenfleisch zu essen, als um mit den Elsworthys mithalten zu können, die blindlings auf alles Wehrlose schossen, das da fleuchte und kreuchte. Aber er war ein miserabler Schütze, und ich war jedes Mal erleichtert, wenn er mit leeren Händen heimkam. Am Sonntagabend fuhr er dann jedes Mal wieder nach London zurück.

»Der arme Daddy muss wieder in die Tretmühle«, pflegte er beim Abschied zu sagen. »Pass gut auf dich auf, meine alte Mopp.« Und zu mir gewandt, meinte er verschmitzt: »Und du gib Acht, dass du nicht schmilzst in all dem Sonnenschein, Margarine!«

An jenem Sonntag ließ Mrs Felton ihn versprechen,

am nächsten Wochenende wieder ein Dutzend Flaschen mitzubringen.

»Nachschub für meine Essigmutter.«

»Es ist doch dumm, Wein zu verschwenden, um Essig daraus zu machen«, sagte Mopp. Ich verstand nicht, warum sie während dieser Abschiedsszenen immer so nervös und mit geballten Fäusten um ihre Eltern herumstrich und sie beide nicht aus den Augen ließ. Heute weiß ich, dass sie sich, obwohl sie so rüde gegen sie war und sich nicht viel aus ihnen zu machen schien, verzweifelt danach sehnte, Anzeichen von Zuneigung zwischen den beiden zu sehen, Zärtlichkeiten, die über die apathische Geste, mit der Mrs Felton ihm ihre Wange entgegenhob, und den flüchtigen Kuss, den Mr Felton darauf platzierte, hinausgingen. Aber sie wartete vergebens, und jedes Mal, wenn das Auto verschwunden war, erlag sie prompt einer ihrer anscheinend unerklärlichen Anwandlungen von schlechter Laune oder Gekränktheit.

So begann eine neue Woche, in welcher sich unsere Gewohnheiten, wie sie bis dahin gang und gäbe waren, sehr verändern sollten.

Wie ein ordentlicher professioneller Schriftsteller habe ich der Gestalt der Mrs Felton bisher nur Andeutungen zuteil werden lassen und dadurch, wie ich hoffe, die Neugier des Lesers geweckt. Bisher habe ich es mir versagt, sie genauer zu beschreiben. Aber nachdem nun (wie in jedem guten Theaterstück) ihr Auftritt durch die Münder der anderen Gestalten quasi angekündigt ist, will ich nicht länger zögern. Die Bühne ist frei für sie, und sie wird sie unter Fanfarenklängen und in großer Aufmachung betreten.

Sie war eine große, schlanke Frau, und ihre Haut war braun wie die eines blassen Indianers. Ich fand sie alt und sehr hässlich, und die Bemerkung meiner Mutter, die ich einmal aufgeschnappt hatte, nämlich, sie sei bildschön, wenn man das Zigeunerhafte möge, konnte ich ganz und gar nicht verstehen. Sie war wohl etwa sieben- oder achtunddreißig. Ihr Haar war schwarz und kraus wie ein Büschel vom Feuer versengten Heidekrauts, und es wuchs ihr so weit ins Gesicht, dass es fast bis an ihre gewölbten schwarzen Augenbrauen reichte. Sie hatte einen großen Mund mit dicken, bräunlichen Lippen, die sie niemals anmalte, und riesengroße Augen, deren Weiß wie feuchte Eierschale schimmerte.

Auf dem Land trug sie Hosen und ein Hemd. Manche ihrer Kleider nähte sie selbst, und die waren ziemlich auffallend. Ich erinnere mich an einen langen, weiten Kapuzenmantel aus braunem Rupfen und an ein langes Abendkleid aus besticktem Leinen. Zu jener Zeit trugen die Damen höchst selten lange Mäntel und Kleider, weder abends noch am Tag. Sie war Kettenraucherin, und ihre Finger waren gelb vom Nikotin.

Mich ignorierte sie fast vollständig. Ich wurde durchgefüttert, wurde angehalten, mich ordentlich zu waschen und meine Kleidung zu wechseln, und es wurde mir verboten, nach Dunkelwerden draußen zu sein. Aber abgesehen davon sprach sie kaum mit mir. Ich glaube, sie hatte eine tief eingewurzelte Abneigung gegen Kinder, denn Mopp erging es kaum besser als mir. Mrs Felton gehörte zu der Sorte Frauen, die ihre Kinder nur anreden, um sie auszuschimpfen. Wie adrett und wohlanständig Mopp sich auch herrichtete und wie sehr sie sich gelegentlich auch um tadelloses Benehmen mühte – und ich glaube, sie strengte sich wirklich an –, nie brachte Mrs Felton es über sich, sie zu loben. Oder wenn sie es wirklich einmal tat, so ließ sie prompt zu guter Letzt noch einen giftigen Stich folgen, ein »Na ja, aber sieh dir mal deine Nägel an!«, oder »Das ist ja sehr nett, aber muss es ausgerechnet in diesem Augenblick sein?« Und Mopps Name schrillte auf ihrer Zunge, als sei er eigens deshalb ausgewählt worden, eine kleine grüne Schlange, die heimtückisch aus ihrer Höhle schlüpfte, eine Schleimspur hinter sich lassend, ein bösartiges Zischen: »Alicia!«

Aber zu Beginn jener dritten Woche vollzog sich mit ihr eine leichte Veränderung. Nicht dass sie netter und freundlicher geworden wäre, nein, eher abwesender, auf nervöse Weise in sich gekehrt. Mopps Unarten blieben unbeachtet, und auch ich erntete keine giftigen Blicke, wenn ich zu spät zu Tisch kam. Es war am Abend des Dienstags, als die erste Flasche Wein auf dem Abendbrottisch erschien.

Wir nahmen dieses Abendbrot – kalt, wie gewöhnlich, aber doch mehr als eine Teemahlzeit – meistens gegen halb acht oder acht Uhr ein, und danach wurden wir ins Bett geschickt. Und noch nie waren wir aufgefordert worden, zum Essen Wein zu trinken. Selbst an den Wochenenden bekamen wir ja niemals Wein, abgesehen von den winzigen Gläsern Sherry aus Erziehungsgründen. Aber an diesem Abend stellte Mrs Felton zur Zeit des Sonnenuntergangs – ich weiß noch, das Zimmer war ganz orange und warm und still – statt der Teekanne eine Flasche Rotwein und drei Gläser auf den Tisch.

»Ich mag keinen Wein«, sagte Mopp.

»O ja, du magst ihn sehr wohl. Du magst doch Sherry.«

»Ich mag dies dunkle, rote Zeug nicht. Das schmeckt bitter. Daddy würde auch nicht erlauben, dass ich Wein trinke.«

»Dann werden wir es Daddy eben nicht erzählen. Und wenn es bitter schmeckt, kannst du dir Zucker hineintun. Mein Gott, jedes andere Kind würde sich vorkommen wie im Himmel, wenn es Wein zum Essen bekäme. Du weißt eben gar nicht, wie gut du es hast, nie hast du das gewusst. Du bist durch und durch undankbar.«

»Du willst ja bloß, dass wir es trinken, damit du die Reste für dein grässliches Essig-Dingsda nehmen kannst«, giftete Mopp.

»Das ist nicht grässlich. Untersteh dich, so mit mir zu sprechen!«, versetzte Mrs Felton, und doch war so etwas wie Erleichterung in ihrer Stimme. Ob ich mich wirklich daran erinnere? Kann ich das damals tatsächlich bemerkt haben? Nein. Ich weiß es wohl erst heute, nachdem all die Zeit vergangen ist und ich mit jedem Jahr die Zusammenhänge deutlicher begriff. Also gut, ich hörte keine Erleichterung, sah kein untergründiges Motiv in Mrs Feltons Beharrlichkeit. Ich nahm es kritiklos hin, obwohl es absurd war und die Dinge geradezu auf den Kopf zu stellen schien, dass wir eine teure Substanz trinken sollten, damit die übrig bleibenden Reste in eine billige Substanz verwandelt werden konnten. Aber die Kindheit ist nun mal ein Wunderland, in dem es oftmals gilt, schon vor dem ersten Hahnenschrei ein halbes Dutzend Unwahrscheinlichkeiten gläubig hinzunehmen.

Ich trank also meinen Wein, und Mopp trank widerwillig sogar zwei Gläser, nachdem sie Zucker hineingerührt hatte. Das meiste Übrige trank Mrs Felton, die sodann den Rest als Nahrung für die Essigmutter in den Glasbehälter goss. Ich glaube nicht, dass ich je zuvor Wein getrunken oder auch nur probiert hatte. Er stieg mir zu Kopf, und kaum lag ich gegen neun Uhr im Bett, als ich auch schon in einen schweren Schlaf fiel.

Mopp war sogar noch vor mir eingeschlafen. Ohne sich zu waschen, war sie ins Bett getaumelt, und schon während ich mein Nachthemd anzog, hörte ich ihre schweren Atemzüge. Das war ungewöhnlich. Nicht dass sie an krankhafter Schlaflosigkeit litt, aber für ein Kind war sie doch ein schlechter Schläfer. Wenn ich abends langsam in die sanften Wolken des Schlafs eintauchte, in den köstlichen Dämmerzustand, der jeden Augenblick in völlige Bewusstlosigkeit übergehen konnte, hörte ich sie meistens sich in ihrem Bett hin und her wälzen oder sogar aufstehen und im Zimmer herumwirtschaften. Ich wusste auch, dass sie manchmal nach unten ging, um ein Glas Wasser zu holen, oder auch nur, um ein wenig bei ihrer Mutter zu sein, denn jedes Mal nach solcher nächtlichen Exkursion nahm Mrs Felton sie sich beim Frühstück gehörig vor, indem sie irgendwelchen unsichtbaren Zuhörern vorjammerte, wieso sie denn bloß mit einem derartig ruhelosen, nervösen Kind geschlagen sei, das nicht einmal als Baby je eine Nacht friedlich durchgeschlafen hätte.

An diesem Dienstagabend hatte sie jedenfalls keine Schwierigkeiten mit dem Einschlafen. Erst viel später, tief in der Nacht, wie sie mir am nächsten Morgen erklärte, sei sie aufgewacht und habe dann stundenlang schlaflos gelegen. Sie hatte die Kirchturmuhr zwei und drei schlagen hören; ihr Kopf hatte geschmerzt, und sie hatte ein merkwürdiges Zittern in den Gliedmaßen gespürt. Aber soweit ich weiß, erzählte sie nichts davon ihrer Mutter, und ihr Kopfweh muss wohl im Laufe des Vormittags vergangen sein, denn als ich um zehn das Haus verließ, um mit Mrs Potter zu einer Auktion zu gehen, die in einem der benachbarten Herrenhäuser abgehalten wurde, da lag sie auf einer Decke auf dem vorderen Rasen und las das Buch, das Mr Felton ihr am Wochenende mitgebracht hatte – »Fünfzig verwunschene Häuser«. Und als ich zurückkam, las sie immer noch, war vertieft in den »Kupferstich« oder sonst eine Schauergeschichte des Blackwood-Verlags.

Etwa an diesem Tag begann auch das, was ich heute ihre Besessenheit in Bezug auf die Essigmutter nennen würde. Des Öfteren, mindestens drei- oder viermal, fand ich sie, wenn ich ins Esszimmer trat, vor der Romfort-Fabrik-Antiquität von Tisch, auf welchem Lady Elsworthys Geschenk stand, und sie starrte mit atemloser, angewiderter Faszination auf die Bakterienkultur in dem Glas, als handle es sich um ein in Alkohol konserviertes Reptil. Für mich war dieses Ding in keiner Weise widerlich oder unheimlich, es war im Grunde noch nicht einmal eine Neuigkeit. Ich hatte einmal in Großmutters Speisekammer einen vergessenen Teller Kompott gesehen, der vollständig gegoren und verschimmelt war, und abgesehen davon, dass der Pilzschwamm auf dem Kompott grünlich gewesen war, bestand kaum ein Unterschied zu diesem Bakteriengewächs. Mopps Gesichtsausdruck, abgestoßen und gebannt zugleich, ließ mich kichern. Und das war ein Fehler, denn sie fuhr herum und holte mit ihrem dünnen, drahtigen Arm aus.

»Halt dein Maul, du! Ich hasse dich!«

Aber bis zum Abendessen hatte sie sich beruhigt und sprach auch wieder mit mir. Wir saßen auf der Mauer über der Straße und sahen zu, wie Mr Goulds Herefordkühe von der Weide den Weg entlang zur Farm zurückgetrieben wurden. Schwalben saßen auf den Telefondrähten aufgereiht wie weiße und schwarze Perlen an einer Kette. Der Himmel war gelbgrün, und große Vögel zogen heimwärts darüber hin.

»Am liebsten würde ich einen Teelöffel reinstecken«, sagte Mopp unvermittelt, »und dann zugucken, wie sie zusammenschrumpft und stirbt.«

»Sie würde es merken«, sagte ich.

»Wer – sie?«

»Na, deine Mutter natürlich.« Ich wunderte mich über die Frage, wo die Antwort doch auf der Hand lag. »Wer denn sonst?«

»Was weiß ich.«

»Das ist doch bloß ein Pilz«, meinte ich, »der tut dir doch nichts.«

»Alicia! Aliiicia!« Ein schriller, schleimiger Schrei, eine Geisterstimme, die Assoziationen von Wein und Essig heraufbeschwor.

»Los, komm, Margarine«, sagte Mopp. »Das Abendbrot ist fertig.«

An diesem Abend bekamen wir keinen Wein, aber am nächsten erschien wiederum eine Flasche mit drei Gläsern. Auch das Essen war reichhaltiger als sonst, Fleischpastete mit Kartoffeln und Salat. Vielleicht war der Wein diesmal süßer oder von besserer Qualität, denn er schmeckte mir gut, und ich trank zwei Gläser. Es kam mir nie in den Sinn, mich zu fragen, was meine Eltern – außerordentlich mäßig und nahezu abstinent – von dieser Verderbnis ihrer Tochter wohl denken würden. Aber wie sollte ich auch. Für ein Kind sind nun mal Erwachsene allwissend. So wenig ich Mrs Felton mochte, ich hätte ihr nie unterstellt, dass sie mir Böses zufügen oder auch nur zulassen würde, dass mir Böses geschah.

Auch Mopp trank folgsam. Diesmal gab es keinen Widerspruch von ihrer Seite. Vielleicht versuchte sie wieder einmal, sich bei ihrer Mutter einzuschmeicheln. Wir gingen um neun zu Bett, und ich glaube, Mopp schlief noch vor mir ein. Ich schlief tief und bleiern wie gewöhnlich, und doch war ich mir während der Nacht einer Störung bewusst, so als hätte mich jemand aufgeweckt und mit mir gesprochen. Daran erinnerte ich mich zunächst undeutlich, als ich am nächsten Morgen erwachte. Es war gegen sieben, ein perlmuttschimmernder Morgen voller Vogelgezwitscher. Mopp saß im Nachthemd auf der Fensterbank.

Sie sah jammervoll aus, so als ob sie sich gerade übergeben hätte oder als ob eine böse Erkältung im Anzug sei.

»Ich hab heute Nacht versucht, dich aufzuwecken«, sagte sie.

»Ja, mir war auch so … Hast du schlecht geträumt?«

Sie schüttelte den Kopf. »Ich bin aufgewacht und hörte die Uhr eins schlagen, und dann habe ich Schritte gehört – hier unten auf dem Weg.«

»Du meinst, hier im Garten?«, fragte ich verblüfft. »Kamen sie oder gingen sie?«

»Weiß ich nicht«, sagte sie merkwürdig verkniffen. »Sie müssen wohl gekommen sein.«

»Ein Einbrecher? Wir sollten mal runtergehen und nachsehen, ob was gestohlen worden ist.«

»Es war *kein* Einbrecher.« Sie war richtig böse auf mich, und ihr Gesicht sah ganz fleckig aus. »Ich bin ja unten gewesen. Erst lag ich eine Weile wach und hörte nichts mehr, aber ich konnte nicht mehr einschlafen und hatte Durst auf einen Schluck Wasser. Da bin ich runtergegangen.«

»Na und? Weiter!«, drängte ich.

Aber Mopp konnte nicht weitersprechen. Und selbst ich, unsensibel und gleichgültig ihr gegenüber, wie ich nun einmal war, merkte, dass irgendetwas sie zutiefst verstört hatte. Und auf einmal wusste ich wieder, was mich in der Nacht für kurze Augenblicke aufgeweckt hatte, ich erinnerte mich plötzlich genau, was geschehen war. Jemand hatte halb erstickt geschrien, wie unter einem Albtraum. Mopp war durch ihre eigenen Angstschreie aufgewacht, und die Worte, die sie gestammelt hatte, waren: »Die Essigmutter! Die Essigmutter!«

»Du hattest eben einen Albtraum«, sagte ich tröstend.

»Oh, halt bloß den Mund«, stöhnte Mopp. »Du kapierst aber auch nie was. Ich werde dir nie wieder was erzählen.«

Aber später am Tag erzählte sie es mir dann doch. Ich glaube, sie sah inzwischen die Ereignisse der Nacht etwas klarer, obwohl sie immer noch sehr verstört wirkte, als sie zum Höhepunkt dessen kam, was nach ihrer beharrlichen Meinung auf keinen Fall ein Traum gewesen war. Sie sei, so erzählte sie, etwa eine halbe Stunde nachdem sie die Schritte im Garten gehört hatte, hinuntergegangen. Licht hatte sie nicht angemacht, denn der Mond schien sehr hell. Die Tür zum Esszimmer stand ein wenig offen, und als sie hineinblickte, sah sie in einem Sessel am Fenster eine Gestalt kauern, deren Kopf von einer Kapuze verhüllt war. Die Gestalt sei ganz in Braun gekleidet gewesen. Und dann sei die Kapuze heruntergeglitten und habe das Gesicht freigegeben. Und da hätte sie losschreien müssen, wegen dieses Gesichts, das gar kein Gesicht gewesen sei, sondern ein großes, lappiges Stück blutiger Leber.

»Du hast geträumt«, beruhigte ich sie. »Das *musst* du geträumt haben. Du warst nämlich im Bett, als du geschrien hast, also hast du es geträumt.«

»Ich *bin* aber runtergegangen«, versteifte sich Mopp.

»Kann ja sein«, räumte ich bereitwillig ein, »aber das andere war bestimmt ein Traum. Denn deine Mutter wäre doch bestimmt gekommen, wenn sie dich unten hätte schreien hören.«

Mit keinem Wort wurde der Traum, oder was immer es gewesen war, noch erwähnt. Am folgenden Sonnabend kam Mr Felton und nahm uns mit zur Young Farmers Show in Marks Tey. Er brachte mir Grüße meiner Eltern und die Nachricht, dass mein ältester Bruder sein Examen bestanden und sieben Einsen bekommen habe. Darüber war ich sehr glücklich. Am Sonntagnachmittag ging er mit Peter Elsworthy auf die Jagd, und als sie wiederkamen, erklärte Peter, er werde mit Mopp und mir und Mrs Felton am nächsten Dienstag an die See fahren.

Dieser Dienstag war ein wundervoller Tag, vielleicht der schönste der ganzen Ferien im »Sanctuarium«, und nachdem ich am Morgen nach Mopps bösem Traum schon überlegt hatte, ob ich vom Dorf aus den verabredeten, verlogenen Telefonanruf tätigen sollte, fand ich nun erleichtert, dass ich sehr gern noch bis zum Ferienende bleiben würde.

Mittags gab es ein Picknick, und wir badeten begeistert im seichten Wasser der flach anlaufenden See. Mrs Felton trug ein ordentliches, blauweißes Baumwollkleid, in dem ihre braune Haut wie Bronze wirkte, hatte ihr Haar zu einer glatten Frisur gebändigt, lächelte, war freundlich und nannte Mopp sogar einmal »Liebes«. Auf einmal mochte ich sogar Peter Elsworthy. Wahrscheinlich war es eine jener plötzlichen blinden Schwärmereien, wie sie bei kleinen Mädchen nur allzu leicht ausgelöst werden – durch ein Lächeln, durch einen einzigen Satz, gesprochen wie zu einem Gleichaltrigen, durch eine zufällige Berührung mit der Hand ... Dort auf dem sonnigen Strand jedenfalls fühlte ich mich durch unerklärliche Gefühle zu ihm hingezogen, in eine Leidenschaft getrieben, die sein Anblick vorher nie bei mir ausgelöst hatte und die ebenso schnell wieder erstarb, wie sie aufgelodert war. Als die Sonne unterging und wir den Strand verlassen hatten, da war er wieder weiter nichts als Mrs Feltons Freund vorn auf dem Fahrersitz des Wagens.

Ich war ihm den ganzen Tag über wie ein kleiner Hund gefolgt, und vielleicht war diese unverhohlene Ergebenheit schuld daran, dass er uns an unserer Gartentür absetzte und sich weigerte, mit hineinzukommen, um das Gedeihen der Essigmutter zu bewundern. Seine Entschuldigung war, er müsse seine Mutter zu einer Dinnereinladung seiner Tante begleiten. Mrs Felton schnappte wütend ein, als er weg war, und wir bekamen ein Abendessen aus geronnenem Rührei und Zitronenlimonade vorgesetzt.

Am nächsten Abend erschien eine Flasche Claret auf dem Tisch. Während des Essens klingelte das Telefon, und weil Mrs Felton durch das Gespräch draußen beschäftigt war, nahm ich mir die Kühnheit heraus, mein Glas Wein in den Bottich mit der Essigmutter zu gießen.

»Das sag ich ihr«, zischte Mopp mir zu.

»Ist mir egal«, sagte ich, »ich kann das einfach nicht trinken, dies eklige, saure Zeug.«

»Was fällt dir ein, Daddys Wein eklig zu nennen, wo du hier zu Gast bist!«, empörte sie sich. Aber sie sagte Mrs Felton nichts. Ich glaube, eigentlich hätte sie ihren eigenen Wein gern hinterhergegossen, aber vielleicht fürchtete sie, der Pegel in dem Krug würde zu stark ansteigen. Oder war sie damals schon so weit, dass keine zehn Pferde sie mehr in die Nähe der Essigkultur gebracht hätten?

Ich hatte keinen Wein nötig, um schläfrig zu werden, aber wenn ich ihn getrunken hätte, wäre mein Schlaf vielleicht noch schwerer und tiefer gewesen. Dünnes Mondlicht lag über unserem Zimmer, als ich nachts aufwachte. Mopps Bett war leer. Sie stand an der Tür, hielt sie halb offen und zitterte am ganzen Körper. Es war ein bisschen gespenstisch, wie ihr langer Schatten so über die Fachwerkbalken der Wände waberte. Aber ich konnte nicht das Geringste hören.

»Was ist denn los?«, fragte ich.

»Da unten ist jemand.«

»Woher weißt du? Brennt dort Licht?«

»Ich habe Glas gehört«, wisperte sie.

Wie kann man Glas hören? Aber ich wusste schon, was sie meinte, und es behagte mir gar nicht. Ich stand ebenfalls auf, ging zur Tür hinüber und blickte die Treppe hinunter. Ein schwacher Lichtschein fiel unter der Tür des Esszimmers hindurch, ein weißlicher Schimmer, der vom Mondlicht herrühren konnte, oder auch von der Öllampe, die sie manchmal benutzten. Und dann hörte auch ich Glas – das Klirren von Glas gegen Glas und ein feines, tröpfelndes Geräusch.

Schwer atmend und mit hysterischer Stimme flüsterte Mopp: »Und wenn sie nun nachts umgeht, in jedes Haus, wo sie eine haben? Sie geht um und wacht über sie, und dann – dann passiert es! Da, jetzt ist sie unten, und jetzt macht sie es. Horch!«

Glas gegen Glas ...

»Das ist doch verrückt«, sagte ich energisch, »das kommt bloß von den Büchern, die du immer liest.«

Sie antwortete nicht. Wir machten die Tür zu, legten uns wieder ins Bett und ließen die Bettlampe an. Das Licht war beruhigend. Wir hörten die Uhr zwölf schlagen. Da sagte ich: »Können wir jetzt wieder schlafen?« Und als Mopp nickte, machte ich das Licht aus.

Der Mond war verschwunden, vielleicht durch die Wolken verdeckt. Durch die schwarze Stille ertönte ein seltsamer, lang gezogener Schrei. Ich wusste nicht, was das war, aber kein Kind von elf Jahren konnte das schließlich wissen. Mir war nur klar, dass der Schrei nichts mit Kummer, mit Schmerzen oder Schrecken zu tun hatte, sondern mit Triumph, mit etwas endlich Erreichtem; dennoch war er zugleich unwirklich, weit außerhalb menschlicher Selbstbeherrschung.

Mopp begann zu schreien.

Ich hatte das Licht angemacht, hüpfte auf meinem Bett auf und nieder und brüllte sie an, sie solle still sein. Da flog die Tür auf, und Mrs Felton kam hereingestürzt, mit wilder Haarmähne, den dunklen, blutfarbenen Seidenmantel hastig um den Körper gezerrt und in der Taille verknotet. Ich war auf Wut und Empörung gefasst, aber Mrs Felton sagte nichts. Sie tat etwas, was ich bei ihr noch nie gesehen hatte, etwas, das ich bei ihr nie für möglich gehalten hatte. Sie riss Mopp in ihre Arme, streichelte sie, wiegte sie hin und her. Beide weinten sie – wiegten sich auf dem Bett hin und her und weinten. Und ich hörte Schritte auf dem Gartenweg. Leise und gleichmäßig entfernten sie sich und verhallten schließlich.

Mopp verlor über alles das am nächsten Tag kein einziges Wort. Sie zog sich in ihre Bücher und ihre Launen zurück. Heute glaube ich, dass die unerwartete Demonstration der Zuneigung, die sie in jener Nacht von ihrer Mutter erfahren hatte, sie zu der Hoffnung verleitete, es möchten weitere folgen. Stattdessen verfiel Mrs Felton in eine seltsame Abwesenheit, in eine Art permanenter Trance. Mit kichernder Verlegenheit beobachtete ich, wie sie Mopp einfach übersah, Mopp, die um sie herumstrich, ihr ins Gesicht blickte und versuchte, ihre Aufmerksamkeit zu erregen. Als Mopp es schließlich aufgab und sich mit Dr. James und seinen Dämonen in den Garten zurückzog, lag Mrs Felton auf dem Esszimmersofa, rauchte und starrte an die Decke. Einmal ging ich hinein, um meine Strickjacke zu holen, denn Mrs Potter wollte mich am Nachmittag in die mittelalterliche Stadt Lavenham mitnehmen; da lag sie immer noch dort, lächelte höchst seltsam in sich hinein, und ihre langen braunen Hände spielten mit den rotbraunen Perlen ihrer Halskette.

Am Freitagnachmittag brach sie zu einem einsamen Spaziergang auf und blieb Stunden fort. Es war sehr heiß, zu heiß, um sich in einem Garten aufzuhalten, in dem es nur den mageren Schatten eines Apfelbaums gab. Deshalb saß ich am Esstisch und arbeitete an meinem Skizzenbuch mit Landhausentwürfen, zu denen Mrs Potter mich angeregt hatte, und Mopp las, als das Telefon klingelte. Mopp ging hinüber und nahm ab, und selbst bis ins Esszimmer, über den Flur hinweg, konnte ich Mr Feltons Trompetenstimme hören.

»Wie geht's, wie steht's, meine alte Mopp?«

Ich konnte alles mit anhören, nämlich, dass er schon heute Abend kommen würde statt morgen früh. So gegen Mitternacht würde er da sein, und sie sollte es bitte der Mutter ausrichten. Aber die sollte nicht auf ihn warten, er hätte ja einen Schlüssel. Und seine schönsten Grüße bitte an die gute alte Margarine, wenn sie nicht inzwischen bereits zu einem kleinen Pfützchen zerschmolzen wäre!

Mrs Felton kam um fünf zurück – in Peter Elsworthys Wagen. In ihrem Haar waren Blätter und hinten an ihrem Rock kleine Grashalme. Sie steckten die Köpfe über der Essigmutter zusammen, brachten sie in einen schattigen, kühlen Winkel und begeisterten sich an der Farbe der Flüssigkeit unterhalb des schwimmenden Leberlappens.

»Ein zartes Pflänzchen, das nicht überhitzt werden darf«, meinte Peter Elsworthy, zupfte ein Blatt aus Mrs Feltons Haar und lachte dabei. Ich fragte mich, wieso ich ihn jemals auch nur hatte nett finden können.

Mopp und ich bekamen zum Abendbrot Rosé aus einer gedrungenen, flachen Flasche, auf deren Etikett der Kreuzgang eines Klosters abgebildet war. Inzwischen hatte Mrs Felton wohl begriffen, dass ich keinen Wein nötig hatte, um müde zu werden, darum erließ sie es mir, mehr als ein Glas zu trinken. Der Glasbottich mit der Essigmutter war drei Viertel voll. Ich war schon im Bett und Mopp schon fast ausgezogen, als mir einfiel, was ihr Vater ihr aufgetragen hatte.

»Ach, ich hab ganz vergessen, es ihr zu sagen«, gähnte Mopp, der die Augen fast zufielen.

»Du kannst doch runtergehen und es ihr jetzt noch sagen.«

»Da wäre sie höchstens sauer. Und außerdem hat er ja einen Schlüssel.«

»Du magst bloß nicht allein im Dunkeln runtergehen«, sagte ich. Mopp erwiderte nichts. Sie ging zu Bett und zog sich die Decke über den Kopf.

Wir haben nie wieder miteinander gesprochen.

Sie kam nach den Ferien nicht wieder in die Schule, und nach einem halben Jahr sagte mir meine Mutter, sie würde überhaupt nicht wiederkommen. Ich erfuhr nie, was mit ihr geschehen war. Das Einzige – oder fast das Einzige –, an was ich mich von ihr erinnere, war ihr mageres, bleiches Gesicht, das in letzter Zeit immer so verstört ausgesehen hatte, mit tiefen, dunklen Rändern um die Greisinnenaugen. Und ich erinnere mich noch an die Bücher auf ihrem Nachttisch. »Fünfzig Geisterhäuser«, »Die Werke des Sheridan Lefanu«, »Das Beste von Montague Rhodes James«. Und dann an das bleiche Mondlicht in unserem Zimmer mit all seinen Balken und der schrägen Decke. Die nächtliche Stille der gespenstischen alten Landschaft. Der Weindunst in meiner Kehle, die Benommenheit, die in schweren Schlaf überging …

Aus diesem schweren Schlaf war ich durch zwei scharfe Explosionen gerissen worden, durch das Geräusch splitternden Glases. Mopp war schon aus dem Zimmer, bevor ich aus dem Bett torkelte, mit meinem vernebelten Kopf kaum wissend, wo ich war. Irgendwo unten schrie Mopp wie von Sinnen. Ich ging hinunter. Das ganze Haus, dieses Haus mit dem Namen »Sanctuarium«, war hell erleuchtet. Ich machte die Tür zum Esszimmer auf.

Mr Felton lehnte gegen den Tisch, die Schrotflinte noch immer in der Hand. Ich glaube, er weinte. An viel Blut kann ich mich nicht erinnern, bloß an die bräunliche Nacktheit der Mrs Felton und über sie geneigt Peter Elsworthy, der sich seinen verwundeten Arm hielt. Und dann an den Geruch von Schießpulver wie bei einem Feuerwerk und an den ätzenden Essiggestank überall, von dem einem übel wurde. Und zwischen Glasscherben die gellend schreiende Mopp mit einem Messer, mit dem sie unablässig auf die dicke, schleimige Lebermasse einstach, die auf dem Teppich lag.

Das Fallen der Münze

Die Hotelwirtin führte sie zwei Treppen hinauf zu ihrem Zimmer. Einen Lift gab es nicht. Es gab auch keine Zentralheizung, und es war – obzwar bereits April – sehr kalt.

»Bisschen klein, wie?«, meinte Nina Armadale.

»Es ist aber ein Doppelzimmer. Tut mir Leid, etwas anderes haben wir nicht mehr.«

»Ich nehme an, ich muss dankbar sein, dass es nicht auch noch ein Doppelbett hat«, sagte Nina.

Ihr Mann zuckte bei diesen Worten zusammen, das tat ihr richtig wohl. Sie trat ans Fenster und blickte in eine schmale Gasse hinunter, die von einer Backsteinmauer begrenzt war. Die Uhr der Kathedrale schlug fünf. Nina konnte sich vorstellen, wie das werden würde mit diesen stündlichen Glockenschlägen die ganze Nacht hindurch, womöglich sogar jede Viertelstunde. Nur gut, dass sie ihre Schlaftabletten bei sich hatte.

Die Hotelwirtin versuchte immer noch, sich für den Mangel an Bequemlichkeit zu entschuldigen. »Sehen Sie, morgen findet in der Kathedrale eine große Hochzeit statt. Sir William Tarrants Tochter. Es kommen an die fünfhundert Gäste, und die meisten von ihnen übernachten hier in der Stadt.«

»Wir gehen auch hin«, erklärte James Armadale. »Deshalb sind wir ja gekommen.«

»Dann werden Sie das Problem sicherlich verstehen. Also, das Badezimmer ist gleich da hinten im Flur, rechts herum und dann die dritte Tür links. Abendessen um halb acht und Frühstück zwischen acht und neun. Oh, und ich zeige Mrs Armadale wohl besser noch, wie man den Gasofen anstellt.«

»Ersparen Sie sich die Mühe«, fauchte Nina, »ich weiß, wie man einen Gasofen anstellt.« Sie plagte sich gerade mit der Schranktür ab, die anfangs partout nicht aufgehen wollte, und als sie endlich offen war, sich nicht wieder schließen ließ.

Die Hoteliere sah ihr schweigend zu und hielt es wohl für sinnlos, helfend einzugreifen. Sie wandte sich an James: »Ich meine auch, wie die Gasuhr hier zu bedienen ist. Es ist ein Münzapparat mit einem Einwurfschlitz, in den passen Fünf-Pence-Stücke. Wir finden, damit können unsere Gäste am einfachsten zurechtkommen.«

James hockte sich neben sie auf den Boden und nahm den grauen Metallkasten in Augenschein. Es war eine altmodische Gasuhr mit Messingverzierungen, wie er sie seit seiner Studentenzeit in einem möblierten Zimmer nicht mehr gesehen hatte. Eine Skala mit einem roten Zeiger gab die Gasmenge an, für die man bezahlt hatte. Im Augenblick stand der Zeiger auf Null.

»Sie müssen den Hebel nach links drehen, dann stecken Sie die Münze in den Schlitz, und dann drehen Sie nach rechts …«

James bemerkte mit Erleichterung, dass Nina nicht mehr zuhörte. Wenn nämlich der unvermeidliche Streit losginge – und der *würde* ausbrechen, sobald die Frau gegangen wäre –, dann drehte er sich vielleicht mehr um die Lästigkeit, überhaupt an dieser Hochzeit teilzunehmen, für die er nun wirklich nichts konnte, als um die verspätete Hotelbuchung, für die er sehr wohl etwas konnte.

»... dann drehen Sie ihn nach rechts und warten, bis Sie die Münze fallen hören. Ist das klar?« James beteuerte, das sei völlig klar, vielen Dank auch – und kaum hatte die Wirtin das Zimmer verlassen, da legte Nina los:

»Kannst du mir vielleicht *einen* vernünftigen Grund nennen, weshalb wir nicht hätten morgen herkommen können?«

»Ich könnte dir sogar mehrere nennen«, antwortete James ergeben, »aber der wichtigste ist der, dass ich keine Lust hatte, hundertachtzig Kilometer in Gehrock und Zylinder mit dem Auto zu fahren.«

»Du meinst wohl, du hattest keine Lust, mit deinem üblichen Samstagmorgen-Sülzkopf zu fahren.«

»Lass uns keinen Streit anfangen, Nina. Lass uns wenigstens für diesen Abend ein bisschen Frieden halten. Sir William ist der Vorsitzende meiner Firma. Ich muss es mir also als Ehre anrechnen, dass wir zu dieser Hochzeit eingeladen worden sind, und wenn wir dafür einen ungemütlichen Abend und eine unbequeme Nacht in Kauf nehmen müssen, dann lässt sich das eben nicht ändern. Das gehört nun mal zum Geschäft.«

»Sag mal, großkotziger geht's wohl nicht, wie?«, fragte sie auf eine Art, die man bei einer weniger attraktiven Frau giftig genannt hätte. »Ich möchte mal wissen, was dein dämlicher Sir William Tarrant sagen würde, wenn er seinen Verkaufsdirektor zu Gesicht kriegte, nachdem der eine Flasche Whisky intus hat.«

»Er sieht mich eben nicht«, sagte James kühl und zündete sich eine Zigarette an. Und weil sein Kampfgeist noch nicht erlahmt war, fügte er hinzu: »Das ist *dein* Privileg.«

»Privileg!« Nina, die bisher wütend ihren Koffer ausgepackt und ihre Sachen wahllos auf eins der beiden Betten geworfen hatte, hörte jetzt abrupt damit auf, denn dabei vergeudete sie Teile der Energie, die sie zum Streiten brauchte. Sie setzte sich aufs Bett und zischte: »Gib mir 'ne Zigarette. Manieren hast du wohl gar keine, was? Weißt du eigentlich, wie ungebildet du bist? Diese Bude hier passt haargenau zu dir, das ist genau dein Milieu, mit Münzgasuhr, und das Klo hundertfünfzig Meter weit entfernt. Dir macht das nichts aus, solange bloß eine Bar in Reichweite ist. Aber ich – ich habe dabei das Privileg, mein Schlafzimmer mit einem widerlichen Säufer zu teilen!« Sie holte tief Luft wie ein Schwimmer und tauchte erneut in ihr Element ein: »Ist dir klar, dass wir seit zwei Jahren nicht mehr in einem Zimmer geschlafen haben? Daran hast du wohl nicht gedacht, was, als du mit der Hotelreservierung bis zur letzten Minute gewartet hast! Oder vielleicht – ja, natürlich, o mein Gott! –, vielleicht *hast* du sogar daran gedacht. Oh, ich kenne dich so gut, James Armadale! Du hast dir gedacht, hier so mit mir in einem Zimmer, und wenn wir uns dann gemeinsam ausziehen, das würde Wunder wirken, wie? Da würde ich weich werden. Da würde ich – wie nennt man das doch gleich – die ehelichen Beziehungen wieder aufnehmen. Du hast absichtlich dafür gesorgt, dass sie uns dieses – dieses Kabuff geben! Du Schwein hast es extra so eingefädelt!«

»Nein«, sagte James. Er sagte es ruhig und kaum

hörbar, denn der innere Abscheu, der ihn erfasst hatte, machte ihm das Sprechen fast unmöglich.

»Du verdammter Lügner! Glaubst du, ich hätte vergessen, was für einen Aufstand du gemacht hast, als ich dich in das Extraschlafzimmer ausquartiert habe? Und glaubst du, ich habe das mit dem Weibsbild vergessen, mit dieser Frances? Ich werde das niemals vergessen, und ich werde dir niemals verzeihen. Also glaube bloß nicht, ich würde Vergangenes vergangen sein lassen, wenn du versuchst mich zu befummeln, nachdem die Bar heute Nacht schließt.«

»Das werde ich nicht tun«, sagte James, und flüchtig dachte er daran, dass die Bar in einer Viertelstunde aufmachte. »Ich werde nie mehr versuchen, dich – wie du es so reizend nennst – zu befummeln.«

»Nein, weil du weißt, dass du damit bei mir nicht landen kannst. Du weißt, dass du dir damit eine Ohrfeige einhandeln würdest, die du nicht so bald vergisst.«

»Nina«, sagte er, »lass uns mit dieser Unterhaltung aufhören. Das ist doch hypothetisch, es wird ja gar nicht passieren. Wenn wir auch weiterhin zusammenleben – und ich denke, das werden wir tun, obgleich Gott allein weiß, weshalb –, könnten wir dann nicht versuchen, in Frieden zu leben?«

Sie wurde rot und sagte: »Daran hättest du denken müssen, bevor du mich mit dieser Frau betrogen hast.«

»Das ist jetzt drei Jahre her«, erwiderte er seufzend, »drei Jahre. Ich will dich nicht provozieren, und wir haben es ja auch schon sattsam besprochen, aber du weißt schließlich sehr gut, warum ich dich betrogen habe. Ich bin erst fünfunddreißig, ich bin noch ziemlich jung. Ich habe es nicht verkraftet, dass man mir

›eheliche Beziehungen‹ wie ein Almosen gewährte oder, wenn du das lieber hörst, dass ich dich sechsmal im Jahr befummeln durfte. Müssen wir das denn noch erörtern?«

»Wenn es nach mir geht, nicht. In meinen Augen ist es völlig gleichgültig, welche Entschuldigungen du vorbringst.« Der Zigarettenqualm in dem winzigen Zimmer ließ sie husten. Sie öffnete das Fenster und sog die feuchtkalte Luft ein. »Du fragst mich«, fuhr sie fort und wandte sich zu ihm um, »weshalb wir auch weiterhin zusammenleben müssen. Ich werde dir sagen, warum. Weil du mich geheiratet hast. Ich habe ein Recht auf dich, und ich lasse mich niemals scheiden. Mich hast du sicher, bis dass der Tod uns scheidet. Bis zum Tode, James, klar?«

Er antwortete nicht. Ein eisiger Hauch war ins Zimmer gefahren, als sie das Fenster geöffnet hatte, und er griff in seine Tasche. »Wenn du bis zum Abendessen hier drinnen bleiben willst«, meinte er, »dann machen wir wohl lieber den Gasofen an. Hast du vielleicht ein Fünf-Pence-Stück? Ich habe nämlich keines, ich muss erst wechseln.«

»Oh, du wirst es schon schaffen, das Wechseln. In der Bar nämlich. Nur zu deiner Information: Ich habe überhaupt kein Geld mitgenommen. Das ist *dein* Privileg.«

Als er sie allein gelassen hatte, saß sie minutenlang in dem kalten Zimmer und blickte reglos auf die Backsteinmauer der Kirche. Bis dass der Tod uns scheidet, hatte sie zu ihm gesagt. Und sie meinte es ernst damit. Sie würde ihn nie verlassen, und nie und nimmer würde sie zulassen, dass er sie verließ, aber sie hoffte, er würde sterben. Es war nicht ihre Schuld, dass sie frigide war. Sie hatte immer geglaubt, er fasste es auch so auf. Sie hatte geglaubt, ihre Schönheit, ihre Fähigkeiten als Hausfrau und Gastgeberin würden jenen gewissen Ekel, den sie nicht ändern konnte, kompensieren. Dieser Ekel richtete sich ja auch nicht gegen ihn persönlich, sondern gegen alle Männer. Er schien sich damit abgefunden zu haben und trotzdem mit ihr glücklich zu sein. Auf ihre geschlechtslose Weise hatte sie ihn ja auch geliebt. Und gerade als er ihr glücklicher und gelöster erschienen war als je zuvor während ihrer Ehe, als er endlich aufgehört hatte, jenes peinvolle Ansinnen an sie zu stellen, und trotzdem so liebevoll zu ihr war, ja, sie mit Geschenken geradezu überschüttete, da hatte er es ihr plötzlich und ohne jede Scham gebeichtet. Es würde ihr nichts ausmachen, hatte er gesagt, das wisse er genau. Sie würde es ihm nicht verübeln, wenn er anderswo fände, was sie ihm offensichtlich so widerstrebend gäbe. Und da er für sie sorge und fast alle seine Freizeit mit ihr verbringe und sie als seine Frau respektiere, müsse sie doch – da sie Sex nun einmal verabscheute – erleichtert sein, dass er jemand anderen gefunden habe.

Er hatte behauptet, ihre durch die sexuelle Verdrängung aufgestauten Aggressionen seien schuld gewesen, dass sie wie eine Furie auf ihn losgefahren sei und mit den Fäusten auf ihn eingeschlagen habe, dass sie Worte geschrien habe, von denen er nicht mal geahnt hätte, dass sie sie kannte. Bis zu ihrem Todestag würde sie seine Entgeisterung nicht vergessen. Er hatte allen Ernstes gedacht, es würde ihr nichts ausmachen! Es hatte wochenlanger Sticheleien, Szenen und Drohungen bedurft, um ihn so weit zu bringen, Frances aufzugeben. Sie hatte ihn aus ihrem Schlafzimmer verbannt und sich in einen bitteren, erbarmungslosen Rachedurst eingesponnen, der anhalten würde, bis dass der Tod sie schied. Er hatte bis heute nicht begriffen, wie tödlich er sie verletzt hatte. Andere Frauen hatte es seither nicht mehr gegeben, aber er hatte zu trinken begonnen. Auch jetzt trank er natürlich, überlegte sie, und gegen neun würde er dann stockbetrunken auf dem Bett dort liegen, das nur knapp einen halben Meter von ihrem entfernt stand. Das Zimmer war zu kalt, um noch länger darin herumzusitzen. Sie versuchte, den Gasofen anzumachen, stellte den Schalter der Düsen auf EIN, aber nichts passierte, als sie ein Streichholz daranhielt. Also ging sie entschlossen nach unten in den Aufenthaltsraum, in dem ein Kaminfeuer brannte und wo die Leute vor dem Fernseher saßen.

Beim Dinner trafen sie wieder zusammen.

James Armadale hatte seinen ersten Viertelliter Whisky bereits intus, und jetzt bestellte er zu der braunen Windsorsuppe und dem aufgewärmten Lammbraten eine Flasche Burgunder.

»Eine Frage aus purer Neugier, James«, meinte Nina ironisch, »warum trinkst du so viel?«

»Um meine Sorgen zu ersäufen«, erwiderte James. »Der klassische Grund, und in meinem Fall stimmt er sogar. Willst du auch ein bisschen Wein?«

»Ja, ich trinke wohl besser ein Glas mit, was? Denn sonst trinkst du die ganze Flasche leer.«

Der Speisesaal war voll. Die meisten anderen Gäste waren mittleren Alters oder schon älter. Viele von ihnen waren wahrscheinlich Hochzeitsgäste, genau wie sie. Er hatte bemerkt, dass ihr Erscheinen einige Aufmerksamkeit erregt hatte und dass man an den Nachbartischen wohlwollende Kommentare über sie austauschte. Es bereitete ihm ein bitter-schales Vergnügen, dass man sie wahrscheinlich als ein gut aussehendes, wohl situiertes und vielleicht sogar glückliches Paar einschätzte.

»Nina«, fing er an, »wir können so nicht weitermachen. Das ist nicht fair, gegenüber keinem von uns beiden. Wir machen nicht nur uns selbst kaputt, sondern den anderen auch. Wir müssen uns darüber unterhalten, was wir tun können.«

»Gut gewählt, der Zeitpunkt, was? Ich denke nicht daran, mich darüber in aller Öffentlichkeit zu unterhalten.«

Sie hatte mit leiser, verhaltener Stimme gesprochen, weit entfernt von dem aggressiven Tonfall vorhin im Schlafzimmer, und sie warf flinke, nervöse Blicke auf die Nachbartische ringsum.

»Eben weil dies sozusagen ein öffentlicher Platz ist, meine ich, haben wir bessere Chancen, vernünftig darüber zu reden. Wenn wir allein sind, wirst du sofort hysterisch, und dann kann keiner von uns ruhig und vernünftig bleiben. Wenn wir hier und jetzt darüber sprechen, dann glaube ich dich gut genug zu kennen, dass du mich nicht anschreien wirst.«

»Ich könnte aber einfach rausgehen, nicht wahr? Außerdem bist du betrunken.«

»Ich bin nicht betrunken. Offen gestanden werde ich's in einer Stunde wahrscheinlich sein – ein Grund mehr, weshalb wir uns hier und jetzt unterhalten sollten. Sieh mal, Nina, du liebst mich doch nicht, das hast du mir oft genug gesagt, und entgegen deiner verrückten Einbildung, ich hätte irgendwelche Absichten auf dich – ich liebe dich auch nicht. Die Gründe für alles das haben wir so oft erörtert, dass ich jetzt nicht noch einmal darauf zurückkommen muss, aber können wir denn nicht wirklich zu einer Art freundschaftlichem Arrangement kommen und uns trennen?«

»Damit du dann alle Weiber kriegen kannst, die du willst? Damit du dann diese Hure in mein Haus bringen kannst?«

»Nein«, sagte er, »das Haus kannst du haben. Das Gericht würde dir wahrscheinlich ein Drittel meines Einkommens zugestehen, aber ich gebe dir mehr, wenn du willst. Ich würde dir die Hälfte geben.« Fast hätte er hinzugesetzt: »Bloß, um dich loszuwerden«, aber das verkniff er sich, es hätte zu provokativ gewirkt. Seine Sprache wurde bereits zähflüssig und undeutlich.

Obwohl er es beabsichtigt hatte, reizte es seinen Zorn, wie unter dem äußeren Zwang der Situation ihre Stimme sanft und ihr Gesicht kontrolliert blieb. Die Worte, die sie benutzte, waren allerdings die gleichen wie sonst. Er hatte sie schon tausend Mal gehört. »Wenn du mich verlässt, dann folge ich dir. Ich gehe in die Firma und erzähle denen dort alles. Ich setze mich vor deine Tür. Ich will nicht allein gelassen werden. Lieber würde ich sterben. Ich will keine geschiedene Frau sein, bloß, weil du mich satt hast.«

»Wenn du so weitermachst«, sagte er mit dicker Zunge, »dann wirst du dich als Witwe wiederfinden. Gefällt dir das besser?«

Wären sie allein gewesen, sie hätte ihm ihr Ja ins Gesicht gebrüllt. Aber sie waren nicht allein, also wandte sie ihm ihr dünnes, scharfes Lächeln zu, ein Lächeln, das ein unbeteiligter Beobachter als Amusement über ein internes, eheliches Späßchen werten konnte. »Ja«, sagte sie, »ich möchte gerne Witwe sein, *deine* Witwe. Trink dich nur zu Tode, warum auch nicht? Es ist das Einzige, was du tun kannst, wenn du mich loswerden willst.«

Die Kellnerin kam an ihren Tisch. James bestellte einen doppelten Cognac und »einen Kaffee für meine Frau«. Er wusste, er würde sie nie loswerden. Er gehörte eben nicht zu den Männern, die einen öffentlichen Bankrott ihres Lebens verkraften. Szenen im Geschäft, Belästigungen, Einmischung von Freunden und Vorgesetzten. Er war sich darüber kar – entweder eine gütliche Trennung oder gar keine. Und da sie sich nie dazu bereit finden und ihn auch weder verstehen noch ihm verzeihen würde, musste er es eben weiterhin durchstehen. Mit dieser Hilfe, dachte er, als der Cognac eine nebelhafte Euphorie in seinem Gehirn auszubreiten begann. Er leerte sein Glas auf einen Zug, murmelte ihr wegen der Zuhörer ein »Entschuldige mich« zu und verließ den Speiseraum.

Nina verzog sich wieder in das Fernsehzimmer. Es lief ein Film über ein Ehezerwürfnis, das dem ihren nicht unähnlich war. Die alten Damen mit ihrem Strickzeug und die alten Herren mit ihrer Verdauungszigarre ließen es lustlos über sich ergehen. Sie beschloss, sich ins Auto zu setzen und irgendwohin zu fahren. Es war egal wohin, alles war ihr recht, wenn es nur weit genug entfernt war von diesem Hotel und James und der Kirchturmuhr, deren Schlagwerk die Stunden mit lang gezogenen, metallischen Klängen in Viertelstundensegmente zerschnitt. Es musste doch irgendwo in der Stadt ein ruhiges Plätzchen geben, wo man eine Tasse Kaffee bekommen konnte, oder vielleicht ein Kino, in dem nicht gerade ein Film über Eheprobleme lief oder über das, dachte sie schaudernd, was die Leute sexuelle Beziehungen nannten. Sie ging nach oben, um sich die Wagenschlüssel und ein bisschen Geld zu holen.

James schlief fest. Er hatte die Krawatte abgenommen und die Schuhe ausgezogen, sonst war er völlig angezogen. Er lag auf dem Rücken und schnarchte. Dumm von ihm, nicht unter die Decke zu kriechen. Er würde frieren. Vielleicht starb er an Unterkühlung? Nun, sie würde ihn jedenfalls nicht zudecken. Lediglich das Fenster würde sie zumachen, damit es nicht zu eisig wäre, wenn sie heimkam. Die Autoschlüssel waren in seiner Jackentasche, vermischt mit einer Hand voll Kleingeld. Sie schüttelte sich, als sie die Wärme seines Körpers durch den Stoff fühlte. Sein Atem roch nach Alkohol, und er schwitzte trotz der Kälte. Unter dem Kleingeld waren zwei Fünf-Pence-Stücke. Eins davon würde sie aufheben, um es am Morgen in die Gasuhr zu werfen. Grässlicher Gedanke, sich für die Hochzeit anzuziehen bei einer Zimmertemperatur um den Nullpunkt! Eigentlich konnte sie die Münze auch gleich einwerfen, dann brauchte sie den Gasofen morgen früh nur noch anzustellen, oder auch, wenn sie gegen Mitternacht nach Hause kam, um sich etwas aufzuwärmen.

Das Zimmer war schwach erhellt vom gelblichen Licht der Straßenlaterne draußen in der Gasse. Sie kauerte sich vor den Gasofen und stellte fest, dass sie den Schalter nach ihrem vergeblichen Versuch, die Flammen zu entzünden, nicht wieder ausgeschaltet hatte. Es war nicht ratsam, die Münze einzuwerfen, während der Schalter auf EIN stand, und für fünf Pence Gas ins Zimmer strömen zu lassen, noch dazu bei fest verschlossenem Fenster und einer schweren, alten Tür, an deren Rändern es nicht die kleinste Ritze gab. Langsam streckte sie die Hand aus, um den Hebel auf AUS zu drehen.

Ihre Finger berührten ihn. Dann verharrte ihre Hand regungslos. Sie hörte in der Stille das heftiger werdende Pochen ihres Herzens, während die Idee mit ihrer ganzen brillanten Infamie von ihr Besitz ergriff. Nicht ratsam …? War sie verrückt? Es wäre nicht ratsam, die Münze einzuwerfen, während die Düsen geöffnet waren? Was wäre denn wohl ratsamer, wirkungsvoller, endgültiger? Sie zog die Hand zurück und umschloss sie mit der anderen, weil sie zitterte. Sie richtete sich auf und betrachtete ihren schlafenden Mann. Schweißperlen standen ihm auf der blassen Stirn. Sein Schnarchen war genauso schwer und rhythmisch wie das Schlagen ihres Herzens. Witwe, dachte sie, allein und frei in einem Hause, das sie mit niemandem zu teilen brauchte. Nicht geschieden, verachtet, enteignet und verlacht von Richtern und Rechtsanwälten wegen des Makels ihrer Frigidität, nicht verspottet von dieser Frances und ihren Nachfolgerinnen, sondern eine Witwe, der alle Welt Mitleid und Respekt entgegenbringen würde. Und wohl situiert außerdem, vielleicht sogar reich mit den Einkünften aus James' Lebensversicherung und höchstwahrscheinlich einer Pension von Sir William Tarrant.

James würde nicht vor Mitternacht aufwachen. Nein, das war falsch – er *wäre* vor Mitternacht nicht aufgewacht. Was sie meinte, war, er würde überhaupt nicht mehr aufwachen.

Die Düsen für die Gasflammen waren noch immer aufgedreht, voll aufgedreht. Sie nahm das Fünf-Pence-

Stück und ging leise wieder zur Gasuhr. Es gab zwar nichts, das ihn jetzt aufwecken konnte, dennoch schlich sie auf Zehenspitzen. Das Fenster war fest geschlossen, und dahinter nichts als die schmale Gasse, die schimmernde Laterne und die hohe Mauer der Kathedrale. Sie kniete sich hin und sah sich das Zählwerk genauer an. Es war das erste Mal in ihrem behüteten, verwöhnten Luxusleben, dass sie sich genötigt sah, eine Münzgasuhr mit einem Geldstück zu versehen. Aber wenn Dummköpfe wie Hotelangestellte und die Art von Gästen, die in solchen Absteigen zu wohnen pflegte, damit fertig wurden, dann konnte sie es wohl auch. Es war sicherlich kein Malheur, dass sie den Instruktionen der Inhaberin nicht aufmerksam zugehört hatte. Was hatte sie doch gesagt? Den Hebel nach links drehen, die Münze einstecken, nach rechts drehen. Nina zögerte einen Moment, gerade lange genug, um Erinnerungsfetzen an sich vorüberziehen zu lassen. James, als sie frisch verheiratet waren, James, geduldig, lieb und voller Selbstverleugnung während ihrer Flitterwochen, James, der versicherte, ihre Gefühlskälte sei nicht weiter schlimm, Zeit und Liebe würden schon ... James' verschämt lächelndes Geständnis, bei dem er ihr Frances' Namen an den Kopf warf, James, der auf eine dreitägige Sauftour verschwand, weil sie nun einmal nicht vorgeben konnte, dass die Wunde, die er ihr verpasst hatte, nur ein oberflächlicher Kratzer gewesen wäre, und dann James, Abend für Abend für Abend betrunken ... Sie verlor keine Zeit. Sie nahm ihren Mantel, schob die Wagenschlüssel in ihre Handtasche, dann kniete sie sich nochmals hin, legte den Hebel nach links, schob das Fünf-Pence-Stück in den Schlitz, drehte den Hebel nach rechts, ging eilig, ohne sich noch einmal umzuschauen, aus dem Zimmer und schloss die Tür hinter sich.

Die Kirchturmuhr schlug Viertel vor neun.

Als die Bar um halb zwölf Uhr schloss, kam ein Schwarm von Gästen die Treppe herauf, und ihr lautstarkes Geschwätz hätte auch den gesündesten Schläfer aufgeweckt. Sie weckten auch James auf. Eine ganze Weile lag er mit offenen Augen und bewegte sich nicht, bis er die Kirchturmuhr Mitternacht schlagen hörte. Als der letzte Glockenton verhallt war, tastete er nach der Lampe und knipste sie an. Wie ein Messer fuhr ihm das grelle Licht in den Schädel, und er stöhnte. Aber so fühlte er sich ja fast immer gegen Mitternacht, kein Grund also, deswegen Aufhebens zu machen. Wen würde es auch kümmern, wer würde es auch nur hören, wenn er es täte? Nina war anscheinend noch immer unten im Aufenthaltsraum. Die Hoffnung, sie werde aus Angst, mit ihm allein zu sein, die ganze Nacht dort unten bleiben, war wohl zu hoch gespannt. Nein, wenn jetzt das Fernsehprogramm zu Ende war, dann würde sie heraufkommen und wieder loszetern wegen seiner Betrunkenheit, wegen seiner Untreue – nicht dass es nach Frances noch weitere gegeben hätte –, und sie würden hier liegen, miteinander keifen und sticheln, bis sich ein grauer Schimmer in das gelbe Laternenlicht mischen und die Kirchturmuhr ihnen verkünden würde, dass der Tag angebrochen wäre.

Und dabei war sie einmal so süß gewesen, so untröstlich und verzweifelt wegen ihres traurigen Versagens. Es wäre ihm nie eingefallen, ihr deswegen Vorwürfe zu machen, obwohl sein Körper litt. Und der

Ausweg, den er dann fand und den er so treuherzig beichtete, hätte für sie alle drei eine Lösung sein können, wenn Nina vernünftig gewesen wäre. Und wohl zum tausendsten Mal fragte er sich, warum er so blöde gewesen war, es ihr zu beichten. Durch diesen kleinen Betrug hätte er jetzt glücklicher sein können als je zuvor während seiner Ehe. Aber er war nicht in der richtigen Verfassung zum Nachdenken. Was hatte die Frau gesagt, wo das Badezimmer sei? Rechts den Flur entlang und dann die dritte Tür links. Er blieb liegen, bis die Uhr Viertel nach zwölf schlug, dann sah er ein, dass er es nicht länger aushalten konnte und sich auf den Weg machen musste.

Die kalte Luft im Korridor – mein Gott, das war ja eher wie Januar als wie April! – brachte ihn ein wenig zu sich. Umso stärker spürte er den pochenden Kopfschmerz. Es war ein Wahnsinn, so weiterzumachen. Was, zum Teufel, tat er da eigentlich, wollte er partout mit fünfunddreißig Jahren zum Alkoholiker werden? Er brauchte sich gar nichts vorzumachen, er war bereits Alkoholiker, ein Säufer. Und wenn er mit Nina zusammenblieb, dann würde er mit vierzig ein totaler Alkoholiker sein. Aber wie sollte man eine Frau verlassen, die einen nicht loslassen wollte? Seinen Posten aufgeben, abhauen, bis ans Ende der Welt ... solche wilden Gedanken kamen ihm häufig um Mitternacht, aber wenn dann der Morgen kam, das wusste er, dann würde er doch wieder genauso weitermachen.

Etwa zehn Minuten lang blieb er im Badezimmer. Als er durch den Korridor zurückging, hörte er Schritte auf der Treppe, und weil er wusste, dass er grässlich aussah und ebenso grässlich nach Alkohol roch, verbarg er sich hinter der offenen Tür einer Besenkammer. Aber es war nur seine eigene Frau. Sie verlangsamte ihre Schritte, während sie auf ihr Zimmer zuging, als müsse sie sich wappnen für irgendetwas – für meinen Anblick wahrscheinlich, dachte er. Hatte sie wirklich so starke Aversionen gegen ihn, dass sie tief durchatmen und die Fäuste ballen musste, ehe sie ihm gegenübertreten konnte? Sie war sehr blass, ja, sie sah geradezu krank aus, völlig verstört, und als sie die Tür aufgemacht und eingetreten war, da schnappte sie hörbar nach Luft; fast war es ein erstickter Aufschrei.

Er trat hinter ihr ins Zimmer. Sie fuhr herum, erblickte ihn – und er glaubte, sie würde in Ohnmacht fallen. Schon vorher hatte sie blass ausgesehen, aber jetzt wurde sie weiß wie Papier. Früher, als er sie noch geliebt, als er noch gehofft hatte, er könnte sie lehren, ihn zu lieben, wäre er zutiefst beunruhigt gewesen. Jetzt bekümmerte es ihn wenig, er fragte bloß: »Hast wohl was Schlimmes im Fernsehen gesehen?«

Sie antwortete ihm nicht, sondern setzte sich auf ihr Bett und vergrub den Kopf in den Händen. James zog sich aus und kroch ins Bett. Bald darauf stand auch Nina auf und begann, sich langsam und mechanisch auszukleiden. Wie immer, wenn er aus einem Alkoholexzess auftauchte, wurde sein Körper von einem Zucken befallen, und sein Kopf war hellwach. Er würde stundenlang nicht wieder einschlafen können. Neugierig und leidenschaftslos beobachtete er sie. Er hatte längst aufgehört, Vergnügen oder gar Erregung zu empfinden, wenn er ihr beim Ausziehen zusah. Es belustigte ihn höchstens, dass sie auch jetzt – obwohl sie sich anscheinend in einer Art Schock befand, denn ihre Hände zitterten – nicht auf ihre typischen, prüden Schutzmaßnahmen verzichtete, auf die Art, ihm den

Rücken zuzukehren, wenn sie aus ihrem Kleid stieg, oder sich das Nachthemd über den Kopf zu ziehen, bevor sie ihre Unterwäsche ablegte.

Sie zog ihren Morgenmantel an und ging ins Badezimmer. Als sie zurückkam, glänzte ihr Gesicht, das sie vom Make-up gereinigt hatte, fettig, und sie schlotterte am ganzen Körper.

»Nimm lieber 'ne Schlaftablette«, meinte er.

»Ich hab schon im Badezimmer eine genommen. Ich wollte ein Bad nehmen, aber es gab kein warmes Wasser.« Und während sie ins Bett stieg, schimpfte sie in ihrer üblichen, schrillen Tonlage: »Nichts funktioniert in diesem verdammten Hotel. Nichts, aber auch gar nichts klappt!«

»Mach das Licht aus und schlaf. Man könnte ja denken, du müsstest den Rest deines Lebens hier verbringen und nicht bloß eine Nacht.«

Sie erwiderte nichts. Sie sagten einander nie gute Nacht. Als sie die Lampe gelöscht hatte, war es nicht sonderlich dunkel im Zimmer, denn die Laterne draußen auf der Gasse brannte noch. Selten hatte er Schlaflosigkeit als so quälend empfunden. Außerdem beschlich ihn jetzt ein Gefühl, auf das er nicht gefasst gewesen war: Er mochte nicht das Schlafzimmer mit ihr teilen.

Ihre kalte Sittsamkeit, die ihn früher so erregt hatte, stieß ihn jetzt ab. Er stützte sich auf einen Ellbogen und betrachtete sie verstohlen. In der defensiven Stellung einer Frau, die Gewalttätigkeit fürchtet, lag sie flach auf dem Bauch, die Arme unter dem Kopf gefaltet. Obwohl die Schlaftablette bereits ihre Wirkung getan hatte und sie fest schlief, wirkte ihr Körper steif und gespannt, als könne er durch die leiseste Berührung in wilde Gegenwehr versetzt werden. Sie roch kalt, ja, sie verströmte einen säuerlichen Salzgeruch, als hätte sie Seewasser in den Adern statt Blut. Er musste an Frauen mit richtigem, warmem Blut denken, an Frauen, die aus dem Schlaf erwachten, wenn sich das Gesicht ihres Mannes ihnen näherte, Frauen, die sich nicht abwehrend in sich zurückzogen, sondern lächelnd die Arme ausstreckten ... Für alle Zeit würde sie ihn von solchen Frauen fern halten – bis der Alkohol oder die Zeit ihn genauso erstarren ließ, wie sie es war.

Plötzlich war ihm klar, dass er in diesem Zimmer nicht bleiben konnte. Er war im Stande, irgendetwas Entsetzliches zu tun, sie zusammenzuschlagen vielleicht, oder sogar sie umzubringen. Aber so sehr er sich auch wünschte, sie los zu sein, weder Zeit noch Geld mehr an sie zu verschwenden, der Gedanke, sie umzubringen, war ebenso absurd wie grotesk, das war einfach undenkbar. Trotzdem, bleiben konnte er hier nicht.

Er stand auf und schlüpfte in seinen Morgenrock. Er würde in den Aufenthaltsraum hinuntergehen, wo sie ferngesehen hatte, würde sich eine Wolldecke nehmen und den Rest der Nacht dort verbringen. Sie würde vor neun Uhr sowieso nicht aufwachen, und um die Zeit wäre er dann zurück, um sich für diese leidige Hochzeit anzuziehen. Wirklich komisch, dass sie ausgerechnet zu einer Hochzeit gingen, dass sie Zeuge sein würden, wie ein anderer in dasselbe Boot stieg. Allerdings war es wohl nicht ganz dasselbe Boot, denn wenn man dem Firmenklatsch trauen durfte, hatte Sir Williams Tochter ihre warmen Arme schon vielen Männern geöffnet ...

Die Kirchturmuhr schlug eins. Bis neun würde das Zimmer eisig sein, und sie würden den Gasofen anmachen müssen. Eigentlich konnte er gleich ein Fünf-Pence-Stück in den Zähler einwerfen, dann wäre der Ofen gebrauchsfertig.

Die Vorderseite des Geräts lag im Schatten, aber die Zähluhr war deutlich zu sehen im Schimmer der Straßenlaterne. James kniete sich hin und dachte an die Anweisungen der Inhaberin. Besser, er probierte zunächst einmal so, bevor er sein Fünf-Pence-Stück – sein einziges – einwarf. Merkwürdig übrigens, er hätte schwören können, dass er zwei davon gehabt hatte, als er sich vorhin ins Bett gelegt hatte. Also – was hatte sie gesagt? Hebel nach links drehen, Münze einwerfen, Hebel nach rechts drehen, bis das Fallen der Münze zu hören ist. Er behielt also seine Münze in der Hand – schließlich wollte er sie nicht riskieren, falls es stimmte, was Nina behauptete, dass nämlich in diesem Hotel nichts funktionierte. Er drehte den Hebel nach links und dann nach rechts, so weit es ging.

Eine Münze fiel mit dumpfem, metallischem Klicken, und der rote Zeiger bewegte sich auf der Skala und zeigte die Einzahlung an. Gut. Er war froh, dass er sein Geld nicht vergeudet hatte. Ein Gast vor ihnen musste die Münze eingeworfen und den Hebel nicht weit genug nach rechts gedreht haben.

James vergewisserte sich noch einmal, dass das Fenster geschlossen war, damit die Kälte nicht eindringen konnte, warf einen letzten Blick auf die schlafende Frau, dann verließ er das Zimmer und schloss die Tür hinter sich.

Beinahe menschlich

Der Chef lag dösend auf dem Sofa. Monty saß ihm gegenüber hoch aufgerichtet auf seinem Sessel. Keiner von beiden rührte sich, als Dick sich Gin und Soda eingoss. Die beiden hielten nichts von harten Getränken, der Chef hatte allein schon gegen den Geruch etwas, aber es war nicht seine Art, seine Gefühle zu zeigen. Monty trank gelegentlich Bier, wenn er mit Dick in der *George Tavern* war. Er wiederum konnte Zigarettenrauch nicht ausstehen, und als ihm jetzt der Qualm von Dicks Capstan in die Nase stieg, nieste er.

»Gesundheit!«, sagte Dick. Es war wohl besser, er rauchte sie in der Küche zu Ende, während er ihnen ihre Abendmahlzeit zurechtmachte. Es war nicht fair Monty gegenüber, ihn in seinem Alter zum Husten zu bringen. Womöglich kriegte er davon wieder Bronchitis. Es gab nichts, was Dick nicht für Montys Wohlergehen getan hätte, aber als er das Steak aus dem Kühlschrank genommen hatte und noch einmal ins Wohnzimmer zurückging, um sein Glas zu holen, da war es doch der Chef, an den er sich wandte. Monty, das war sein Freund, der beste Gefährte der Welt, den Chef dagegen konnte man nicht in solchem Licht sehen; er war eben mehr der Boss, den man respektieren und dem man sich unterordnen musste.

»Hungrig, Chef?«, fragte er.

Der Chef verließ seinen Sofaplatz und ging in die

Küche. Dick folgte ihm. Es war schon fast dunkel draußen, aber doch noch hell genug, um Dick auf Montys Mantel, den alten, karierten, aufmerksam zu machen, der immer noch auf der Wäscheleine hing. Besser, er holte ihn herein, falls es in der Nacht Regen geben würde. Dick ging also auf den Hof und hoffte wider besseres Wissen, dass der alte Tom, sein Nachbar von nebenan, das Licht in der Küche nicht bemerkte und sofort ankam. Aber diese Hoffnung war ja immer vergebens. Er hatte kaum die erste Wäscheklammer abgenommen, da hörte er bereits das Knarren der Tür und dann die brüchige, greinende Stimme:

»Wird wohl wieder kalt heute Nacht.«

»Hm«, meinte Dick.

»Würde mich nicht wundern, wenn es Frost gibt.«

Na wenn schon! Dick sah die wuchtige Gestalt des Chefs, die ihren Schatten in das hell erleuchtete Rechteck der Tür warf. Sehr gut, dachte er, dadurch werde ich ihn los. Hoch aufgerichtet, wie er jetzt am Zaun stand, war der Chef einen guten Kopf größer als der alte Tom, der nervös grinsend zurückwich.

»Genau wie die Kinder, was?«, krächzte der Alte. »Beinahe menschlich, das ist richtig unheimlich. Sieh mal, er versteht jedes Wort, das man sagt.«

Dick antwortete nicht. Er folgte dem Chef in die Küche und knallte die Tür hinter sich zu. Nichts ärgerte ihn mehr, als wenn die Leute glaubten, sie machten einem Tier Komplimente, indem sie es mit Menschen verglichen. Als ob nicht der Chef und Monty in jeder Hinsicht – geistig, körperlich und moralisch – hundert Mal besser waren als alle menschlichen Wesen, denen er je begegnet war! Genau wie die Kinder – was für ein hirnverbrannter Quatsch! Kinder, die auf ihr Abendbrot warteten, würden heulen, einem auf die Nerven gehen und einem dauernd im Weg stehen. Seine Hunde dagegen, geduldig, stoisch und zielstrebig, wie sie waren, saßen ruhig und schweigend da und sahen zu, wie er ihre Steingutschüsseln mit Steak, Schrot und Vitaminzusätzen füllte. Und wenn dann die Schüsseln Seite an Seite auf dem Fußboden standen, dann schritten sie mit gelassener Würde darauf zu.

Dick sah ihnen beim Fressen zu. Monty mit seinen vierzehn Jahren hatte einen Appetit wie eh und je, bloß brauchte er länger als der Chef. Seine Zähne waren eben nicht mehr das, was sie einmal gewesen waren. Als der alte Hund seine Schüssel sauber geleckt hatte, tat er, was er immer getan hatte, seit er ein Welpe gewesen war. Er kam auf Dick zu und legte seine Schnauze in dessen Hand. Dick kraulte ihm die Ohren.

»Guter alter Hund«, sagte er. Er hasste die gängige Gewohnheit, zu einem Hund »alter Junge« zu sagen. Das waren keine Jungens. Jungens waren dreckig, laut, unbeherrscht, und sie stanken. »Ja, du bist ein Prachtstück. Guter Hund, feiner Hund!«

Ganz anders der Chef. Solche Demonstrationen von Zuneigung und Dankbarkeit wären unter seiner Würde gewesen, unvereinbar mit seinem Stammbaum und seinem Selbstverständnis. Dick und Monty kannten denn auch ihren Platz und traten zur Seite, damit der Chef in majestätischer Haltung durch die Tür schreiten und seinen Platz auf dem Sofa wieder einnehmen konnte. Dick schob Montys Sessel näher an die Heizung. Halb sieben Uhr. Er trank seinen Gin aus.

»Ich muss noch mal weggehen«, erklärte er. »Aber spätestens um zehn bin ich wieder da, und dann machen wir einen tüchtigen Spaziergang. Okay?«

Monty kam mit ihm bis an die Haustür. Das hatte er immer so gehalten, und das würde er auch weiterhin tun, obgleich seine Hinterbeine steif waren vom Rheumatismus. Wir werden alle alt, dachte Dick; ich muss mich darauf gefasst machen, dass ich ihn verliere, dieses Jahr, nächstes Jahr ... Er ließ sich auf die Knie nieder und tat etwas, was er mit keinem Mann, keiner Frau und keinem Kind je getan hätte, er vollführte jene abstoßende Geste, die ihn immer fast krank machte, wenn er sah, wie sie zwischen zwei Menschen ausgetauscht wurde: Er nahm Montys Kopf in beide Hände und presste seine Lippen auf die runzlige Stirn. Monty wedelte mit dem Schwanz und gab kleine, grunzende Glückslaute von sich. Dick schloss die Tür und holte seinen Wagen aus der Garage.

Er fuhr etwa hundert Meter die Straße entlang bis zur Telefonzelle. Für geschäftliche Angelegenheiten benutzte er nie sein privates Telefon, sondern immer eine der öffentlichen Telefonzellen zwischen seinem Haus und der *George Tavern.* Noch fünf Minuten, dann würde der Apparat drinnen anfangen zu klingeln. Außer natürlich, es ginge wieder mal etwas schief und die Sache liefe wieder mal nicht so, wie sie es geplant hatte. Diese dämliche ... ja, was? Dick hasste die verbreitete Gewohnheit, die Bezeichnungen für weibliche Tiere – Ziege, Kuh, Stute – als Schimpfnamen für Frauen zu verwenden. Wenn er seine Verachtung für das andere Geschlecht zum Ausdruck bringen wollte, dann griff er auf einschlägige Bezeichnungen aus dem Straßenjargon zurück, oder auch einfach nur auf die verächtlichste, simpelste, prägnanteste und übelste, die er sich denken konnte, nämlich »Weib«! Auch jetzt sagte er es leise vor sich hin und zog die Lippen angeekelt in die Breite. Dämliches, habgieriges, beschissenes Weib!

Als seine Uhr knapp Viertel vor sieben zeigte, betrat er das Telefonhäuschen. Er brauchte nur genau sechzig Sekunden zu warten. Punkt Viertel vor begann die Glocke zu schrillen. Dick hob den Hörer ab und sagte das Losungswort, damit sie wusste, dass er selbst am Apparat war und nicht irgendein Wichtigtuer, der sich einen Spaß erlaubte.

Er hatte ihre Stimme noch nie gehört. Sie war nervös, klang nach höherer Bildung, meilenweit entfernt jedenfalls von allen Welten, in denen er sich je bewegen würde. »Heute abend passt es«, sagte sie.

»Wird ja auch Zeit.« All ihre bisherigen Vereinbarungen waren durch seinen Gewährsmann zu Stande gekommen, und jedes Mal war die Planung durch Verzögerungen von ihrer Seite geplatzt. Es war jetzt sechs Wochen her, seit er auf das Ding angesetzt worden war und sogar schon die erste Rate erhalten hatte. »Bringen wir es also endlich hinter uns.«

Sie räusperte sich. »Hören Sie mal, ich möchte nicht, dass Sie irgendwas Näheres über uns erfahren – ich meine, wer wir sind oder so. Klar?«

Als ob es ihn interessierte, wer »sie« waren oder welche dreckige Leidenschaft sie an dieses Telefon, in diese Komplicenschaft getrieben hatte! Trotzdem sagte er sehr von oben herab:

»Es wird ja wohl in der Zeitung stehen, was?«

Nackte Angst machte ihre Stimme dünn. »Sie könnten mich erpressen!«

»Und Sie könnten *mich* erpressen, wenn Sie das meinen. Das Risiko gehen wir beide ein. Also los, machen Sie weiter.«

»Na gut. Also, es ist ihm nicht gut gegangen, aber jetzt ist er wieder in Ordnung, und er hat seine üblichen Spaziergänge wieder aufgenommen. Er wird um halb neun hier von zu Haus fortgehen und den West Heath Path in Richtung Finchley Road entlangspazieren. Weshalb er ausgeht und wohin er geht, das brauchen Sie ja nicht zu wissen, das geht Sie nichts an.«

»Ich wüsste auch nicht, was mich weniger interessierte«, knurrte Dick.

»Am besten, Sie warten an einer möglichst einsamen Stelle des Weges und so weit von den Häusern entfernt wie irgend möglich.«

»Das überlassen Sie mal mir. Ich kenne mich dort aus. Woran kann ich erkennen, dass er es ist?«

»Er ist fünfzig, kräftig, mittelgroß, silberweißes Haar, kleiner Schnurrbart. Er trägt keinen Hut, hat einen schwarzen Mantel mit schwarzem Pelzkragen an, darunter einen grauen Tweedanzug. Er müsste gegen zehn vor neun in der Mitte des West Heath Path angelangt sein.« Ihre Stimme wankte ein wenig. »Es wird doch nicht zu – grausam, ich meine, zu blutig zugehen, ja? Wie werden Sie es machen?«

»Erwarten Sie von mir, dass ich Ihnen das am Telefon erzähle?«

»Nein, nein, vielleicht nicht. – Die ersten tausend haben Sie doch bekommen?«

»Ja, vor sechs Wochen«, versetzte Dick.

»Ich konnte nichts für die Verzögerung. Sie werden den Rest innerhalb einer Woche bekommen. Auf die gleiche Weise wie die erste Rate ...«

»Also gut, auf dem gleichen Weg. Ist das jetzt alles? Ist das alles, was ich wissen muss?«

»Ich denke schon«, sagte sie. »Da wäre noch etwas –

aber nein, das ist unwichtig.« Sie zögerte. »Sie lassen mich doch nicht im Stich, nicht wahr? Heute Abend ist die letzte Chance. Wenn es nicht heute Abend passiert, dann verliert die ganze Sache ihren Sinn. Morgen ist die Situation eine völlig andere, und ich kann nicht ...«

»Wiederhören«, sagte Dick und knallte den Hörer auf die Gabel, um diese hysterisch werdende Stimme abzuwürgen. Er wollte wirklich nichts über die näheren Umstände wissen und in ihre kranken Emotionen hineingezogen werden. Verdammtes ... *Weib*! Nicht dass er irgendwelche Skrupel gehabt hätte. Für das, was sie ihm zahlte, hätte er hundert Männer ermordet statt einen einzigen. Ihn interessierte daran einzig und allein das Geld. Was kümmerte es ihn, wer er war oder wer sie war, oder warum sie ihn aus dem Wege haben wollte? Mochte sie nun seine Frau sein oder seine Geliebte, was hieß das schon. Derartige Beziehungen waren Dick sowieso gänzlich fremd, und allein bei dem Gedanken an das, was es bedeutete, wurde ihm übel. Küsse, Umarmungen, der ekelhafte Akt, den sie vollzogen wie ... nein, eben nicht wie Tiere, bei Tieren war das dezent, fast würdevoll, nein, wie *Menschen*! Er spuckte in die Ecke der Telefonzelle und trat hinaus in die kalte Abendluft.

Während er nach Hampstead hinausfuhr, dachte er über das Geld nach. Durch diesen Betrag würden seine zusammengekratzten Ersparnisse genau an seine Wunschvorstellungen heranreichen. Seit Jahren schon, seit er Monty aus der Tierhandlung geholt hatte, arbeitete er verbissen auf dieses Ziel hin. Schwindleraffären, ein paar Morde aus Rache, brutale Schlägereien, das Ausbaldowern von Raubüberfällen, alles das war sehr lukrativ gewesen, und durch seine bescheidene Lebensweise – das Hundefutter war dabei immer die größte Geldausgabe gewesen – hatte er nun endlich genug beisammen, um das Haus kaufen zu können, das ihm vorschwebte. Es würde in Schottland stehen, an der Nordwestküste, kilometerweit von jedem Dorf entfernt, eine felsige Klitsche mit genügend Grund und Boden drum herum, dass Monty und der Chef den ganzen Tag frei herumlaufen konnten. Nur zu gerne malte er sich aus, wie sie dreinblicken würden, wenn sie ihr eigenes Stückchen Moorland vor sich sähen und ihre eigenen Kaninchen zum Jagen! Er würde noch genügend Ersparnisse übrig behalten, um für den Rest seines Lebens nicht mehr arbeiten zu müssen. Vielleicht würde er sich noch mehr Tiere anschaffen, ein Pferd vielleicht und ein paar Ziegen. Aber keine weiteren Hunde, solange Monty noch am Leben war. Das wäre nicht fair, und es war schon verwerflich genug, ja, geradezu Verrat, jetzt bereits Pläne zu machen für die Zeit nach Montys Tod …

Was es bestimmt nicht geben würde in der Umgebung seines neuen Heimes, das waren Menschen. Mit ein wenig Glück würde er wochenlang keines Menschen Stimme hören. Die menschliche Rasse mit ihrem hässlichen Gesicht würde für immer aus seinem Leben ausgeschlossen sein. Dort oben im Hochland mit Monty und dem Chef würde er endlich vergessen, wie sie vierzig Jahre lang mit ihm umgesprungen waren, mit ihrer Grausamkeit und ihrer Niedrigkeit, sein brutaler, betrunkener Vater, seine Mutter, die immer nur auf Männer und auf ihr Vergnügen aus gewesen war. Später dann das Pflegeheim, die Reformschule, die Fabrikmädchen mit ihrem Gekicher über seine Unbeholfenheit und sein pickeliges Gesicht, die Arbeitgeber, die ihn nicht nehmen wollten, weil er ein Vorstrafenregister statt einer Ausbildung hatte. Jetzt endlich würde er seinen Frieden haben.

Er musste also einen Mann töten, um es zu schaffen. Es war ja nicht das erste Mal. Er würde ihn ohne Leidenschaft und innere Anteilnahme umbringen, genauso leichthin, wie ein Fleischer ein Lamm tötet, ohne alles Mitleid. Zuerst ein kurzer Schlag auf den Kopf, um ihn außer Gefecht zu setzen – Dick fürchtete sich nicht etwa, seinem Opfer Schmerz zuzufügen, sondern Blut auf seine Kleider zu bekommen –, und dann der entscheidende Druck hier oben, genau auf das Zungenbein ...

Dick befühlte seinen eigenen Hals, um den gewissen Punkt zu ertasten. Dann parkte er den Wagen und ging in eine Kneipe. Er ließ sich ein Sandwich und noch einen Gin mit Wasser geben. Die Katze des Pächters kam und sprang ihm auf den Schoß. Er zog wie ein Magnet Tiere an. Sie wussten eben, wer ihr Freund war. Zu schade, dass der Chef Katzen so sehr hasste, sonst würde er seine schottische Menagerie um ein oder zwei bereichern. Halb acht. Dick nahm sich immer sehr viel Zeit, wenn er einen Job ausführte. Immer mit der Ruhe – das war wichtig. Sanft setzte er die Katze auf den Boden.

Gegen acht hatte er Hampstead Village hinter sich gelassen, fuhr den Branch Hill hinunter, am Whitestone Pond vorüber und hielt in der West Heath Road an. Es war eine schöne, sternklare und frostige Nacht, genau wie der alte Depp von nebenan es prophezeit hatte. Minutenlang blieb er im Wagen sitzen und überlegte, ob er irgendwie mit der Frau, mit der er gesprochen hatte, in Verbindung gebracht werden konnte.

Nein, da gab es nichts. Sein Gewährsmann war so verlässlich und vertrauenswürdig, wie ein menschliches Wesen überhaupt sein konnte, und auch die Methode des Geldtransfers war narrensicher. Und was eine mögliche Spur zwischen ihm und dem Mann betraf, den er jetzt umbringen würde, so wusste Dick sehr wohl – der sicherste Mord ist der Mord durch einen völlig Fremden. Und zu seinem eigenen und seiner Auftraggeberin Glück *war* er ein Fremdling in der Welt der Menschen.

Jetzt hieß es, Posten zu beziehen und den Weg zu beobachten. Er brachte den Wagen in der Templewood Avenue möglichst dicht an den Punkt heran, wo der Fußweg abzweigte und sich über die West Heath schlängelte. Er wollte auf Nummer Sicher gehen. Es gab zwar kein eigentliches Risiko, aber es war doch immer gut, einen schnellen Rückzug sicherzustellen. Er schlenderte den Weg entlang, der zwischen Gartenzäunen bergan führte, ein steiler Pfad, anderthalb Meter breit, mit Stufen hier und da, wo das Gefälle zu steil wurde. Oben stand eine Laterne, und eine zweite etwa fünfzig Meter weiter, dort wo der Weg von Steinmauern eingegrenzt war. Zwischen den beiden Laternen gab es eine Stelle mit lockerem Sandboden, von Bäumen und Buschwerk bewachsen. Hier, ja, hier würde er es machen, beschloss Dick. Er würde sich zwischen die Bäume stellen, bis der Mann den ummauerten Teil des Wegs herunterkäme, und er würde warten, bis er die erste Lichtzone hinter sich, die zweite aber noch nicht erreicht hatte. Hier, an der dunkelsten Stelle, würde er ihn packen. Keinerlei Dächer waren zu sehen, nur die Rückseiten weitläufiger Gärten, schwarz und verwildert. Die Sterne glitzerten zwar hell, aber der Mond war nur eine dünne weiße Sichel und gab wenig Licht.

Ein Glück, dass die bittere Kälte die meisten Leute im Hause hielt. Kaum war ihm der Gedanke durch den Kopf gegangen, da hörte er Schritte in der Ferne, und seine Hand schloss sich fester um den Metallbolzen in seiner Tasche. Wie bitte? Doch wohl jetzt noch nicht? Jetzt, um fünfundzwanzig Minuten nach acht? Oder hatte das dämliche Weibsbild schon wieder einen Fehler gemacht? Nein, hier kam ein Mädchen. Das Klicken ihrer Absätze verriet es bereits von ferne, und dann erschien sie selbst im Schein der Laterne. Mit einer Art perverser Neugier betrachtete er sie, wie sie näher kam, ein großes, schlankes Mädchen, aber dennoch mit diesen widerwärtigen Wölbungen unter dem Mantel. Rasch und nervös ging sie durch diese gottverlassene Gegend, blickte ruckweise, wie ein verängstigter Vogel, nach rechts und links, und ihr Körper wirkte geradezu deformiert durch die abstoßend enge Kleidung und den steifen Gang auf den hohen Absätzen. Nichts von der Anmut und der Würde eines Tiers! Brennend gern hätte Dick ihr einen Schrecken eingejagt. Er hätte sich auf sie stürzen und sie schütteln mögen, bis ihre Zähne aufeinander schlügen, oder sie die Stufen hinunterjagen. Aber die Vorstellung, ohne zwingende Notwendigkeit mit menschlichem Fleisch in Berührung zu kommen, entsetzte ihn. Außerdem hätte sie sein Gesicht sehen und ihn womöglich wiedererkennen können, wenn man später die Leiche entdecken und Zeter und Mordio schreien würde. Was sollte denn aus Monty und dem Chef werden, wenn sie ihn erwischten und einlochten? Der Gedanke machte ihn frösteln.

Er ließ das Mädchen vorübergehen und wartete geduldig weiter. Dünne Wolkenfetzen verdeckten die Sterne. Umso besser, wenn es ein bisschen dunkler würde ... Zwanzig vor neun. Jetzt musste er losgegangen sein und zum Whitestone Pond hinaufspazieren.

Dick hätte gern eine Zigarette geraucht, aber er sagte sich, das Risiko lohne sich nicht. Der Geruch konnte den Mann stutzig machen. Wieder fasste er nach dem umwickelten Metallbolzen und der locker aufgewickelten, dünnen Bilderschnur in seiner Tasche. Mit einigem Glück würde in einer Viertelstunde alles vorüber sein. Dann nichts wie zurück nach Hause zu seinem Abendspaziergang mit Monty und dem Chef, und gleich morgen würde er den Häusermakler aufsuchen, dessen Annoncen er in der Sonntagszeitung gesehen hatte. Vollkommen einsam, würde er sagen; es musste vollkommen einsam gelegen sein, mit viel Land drum herum, vielleicht nahe an der Küste? Dem Chef würde das Schwimmen bestimmt Spaß machen, auch wenn er das wohl noch nie getan hatte in seinem Leben, das er ausschließlich in der schmutzigen Seitengasse eines Großstadtviertels zugebracht hatte. Aber alle Hunde konnten schwimmen, allein durch die Weisheit der Natur, ganz anders als die Menschen, denen man es erst beibringen musste – wie sie ja überhaupt alles und jedes, was sie unternahmen, erst mühsam lernen mussten ...

Schritte. Ja, es war jetzt Zeit. Zehn vor neun; anscheinend war er also an Pünktlichkeit gewöhnt. Umso schlimmer für ihn. Dick verhielt sich vollkommen still, starrte auf den dunklen Zwischenraum zwischen den Mauern, bis der vage Umriss seines Opfers am Ende des Hohlwegs erschien. Während der Mann sich dem Bereich der Laterne näherte, straffte sich Dick, umschloss den Bolzen mit der Hand. Ihre Beschreibung war übrigens sehr präzise gewesen. Es war eine untersetzte Gestalt, die sich da im diffusen Licht abzeichnete; schimmernd lag es auf dem schweren, silbernen Haar und dem dichten, schwarzen Pelzkragen. Hätte Dick überhaupt jemals moralische Zweifel gehabt gegenüber dem, was er vorhatte – dieser Anblick spätestens hätte sie zerstreut. Verschwendete dieser Abschaum der Menschheit eigentlich je einen Gedanken an die Leiden der heimtückisch in Fallen gefangenen Tiere, die man ihren Todesqualen überließ, bloß damit ihre Felle auf den Mantelkragen reicher Bastarde landeten? Dick sammelte Spucke im Mund und spie leise, aber voller Hass ins Gebüsch.

Der Mann schlenderte gelöst und arglos heran, und die dunkle Schattenzone nahm ihn auf. Da trat Dick zwischen den Büschen hervor, hob den Arm und schlug zu. Der Mann gab ein Ächzen von sich, kaum lauter als ein Schluckauf, und fiel schwer in sich zusammen. Es gab kein Blut, keinen einzigen Tropfen. Dick musste seinen Ekel vor der widerwärtigen Berührung mit dem schweren, fleischigen Körper niederkämpfen. Er griff mit beiden Händen unter die in sich zusammensackenden Schultern und schleifte den Mann unter die Laterne. Er war bewusstlos und würde es fünf Minuten lang bleiben – es sei denn, er wäre in fünf Minuten oder auch schon vorher tot.

Dick verschwendete keine Zeit damit, sein Gesicht zu betrachten. Er schob seinen Totschläger in die Tasche zurück und holte die Schnur heraus. Ein Knoten, eine Schlinge, das Ganze um den Hals gelegt, ein ruckartiger Druck gegen das Zungenbein …

Ein feiner Laut ließ ihn innehalten, als die Schnur noch schlaff in seiner Hand lag. Es waren keine Schritte, nur ein leichtes Tapsen. Er fuhr herum. Den Hohlweg herunter kam, den Schwanz steil aufgereckt, die Nase am Boden, ein Jagdhund, ein schwarz, braun und weiß gefleckter Basset. Es war einer der schönsten Hunde, die Dick je gesehen hatte – nur, ausgerechnet jetzt lag ihm nichts daran. Himmel und Hölle, dachte er, der wird auf mich zukommen, das taten sie doch immer!

Und tatsächlich, der Hund verhielt am Rande der Dunkelzone und lief dann in den Tümpel von Licht, in dem Dick hockte. Das Tier hob den Kopf und ging schwanzwedelnd auf ihn zu. Dick verfluchte das Schicksal, nicht den Hund, und streckte die Hand aus.

»Feiner Hund«, flüsterte er. »Ja, du bist ein Ass. Ein feiner Hund bist du. Aber jetzt hau ab, ja, los, geh nach Haus!«

Der Hund entzog sich seiner Hand mit reservierter Höflichkeit, schritt an ihm vorbei und stupste seine Nase gegen das Gesicht des bewusstlosen Mannes. Das gefiel Dick ganz und gar nicht. Der Bursche konnte schließlich davon aufwachen.

»Nun mach schon!«, sagte er ungeduldig und legte seine Hände schwer auf das schimmernde, dreifarbige Fell. »Dies hier ist nichts für dich. Los, hau ab, Kleiner, troll dich!«

Aber der Basset wollte nicht. Sein Schwanz zitterte, und er fing an zu winseln. Abwechselnd sah er Dick und den Mann an und gab jenes leise Fiepen von sich, das halbwegs zwischen Wimmern und Pfeifen angesiedelt ist. Da löste Dick seine Hand aus dem dicken, warmen Fell, denn eine entsetzliche Ahnung hatte ihn beschlichen. Angst, vermischt mit Übelkeit, stieg in ihm auf. Er griff in die Tasche des Mantels mit dem schwarzen Pelzkragen und brachte zum Vorschein, was er befürchtet hatte – eine geflochtene, lederne Hundeleine.

Dieses gottverdammte Weibsbild! War es das gewesen, was sie noch hatte sagen wollen, dann aber für unwichtig hielt? Dass dieser Mann nämlich hier vorüberkommen würde, weil er seinen Hund spazieren führte? Unwichtig – Himmel Herrgott! Unwichtig, ob die arme, kleine Kreatur zusehen musste, wie sein Herr ermordet wurde, um dann ganz allein über eine der befahrensten Hauptverkehrsstraßen Londons hinweg seinen Weg nach Haus finden zu müssen! Oder hatte sie vielleicht gedacht, er würde den Hund auch gleich umbringen? Die bodenlose Unmenschlichkeit dieser Vorstellung ließ sein Blut kochen. Am liebsten hätte er dem Kerl, so wie er dalag, den Fuß ins Gesicht gestoßen, aber er tat es nicht. Er brachte es irgendwie nicht fertig, solange der Hund zuschaute.

Aber er würde sich nicht unterkriegen lassen. Sein Haus in Schottland wartete auf ihn! Er war es dem Chef und Monty schuldig, dieses Haus anzuschaffen. Er würde nicht das ganze Geld sausen lassen, bloß weil dieses Weib wieder mal alles verkehrt gemacht hatte. Es musste sich ein Ausweg finden lassen. Zum Beispiel, den Hund an die Leine zu nehmen und ihn beim Whitestone Pond über die Straße zu bringen; dann wäre er in Sicherheit. Und sein Herr bis dahin übrigens auch, denn der fing schon jetzt an, sich stöhnend zu regen. Oder er konnte den Hund ins Auto bringen. Zutraulich genug war er, weiß der Himmel – vollkommen ohne Argwohn, ohne Witterung für das, was Dick getan hatte, was er noch tun würde … Und dann? Den

Mann ermorden und den Hund des Toten mit nach Hause nehmen? Sich öffentlich sehen lassen mit dem Hund in seinem Wagen? Das war doch wohl ein Witz! Ihn am Laternenpfahl festbinden? Noch nie in seinem Leben hatte er einen Hund angebunden, und er würde auch jetzt nicht damit anfangen.

Nackte Verzweiflung packte ihn. Nicht dass er gegen den Hund Groll hegte oder auch nur den leisesten Ärger; er fühlte nichts als die hilflose Resignation eines Vaters, dessen Kind ins Zimmer kommt und seinen Beischlaf stört. Das Kind geht nun einmal vor, da gibt es nichts.

Widerstrebend entfernte er die Schnur. Unsanft hob er dabei den silberhaarigen Kopf, und der Mann stöhnte. In der Tasche, wo die Hundeleine gesteckt hatte, war ein harter, metallener Gegenstand gewesen, ein flaches Cognacfläschchen. Dick schraubte es auf und goss dem Mann ein wenig davon in den Mund. Der Hund beobachtete ihn und schlug mit dem Schwanz auf den Boden.

»Wo – wo bin ich? Was ist passiert?«

Dick machte sich nicht die Mühe zu antworten.

»Ich habe ein – einen Schlag auf den Kopf bekommen. Mein Gott, brummt mir der Schädel! Ich war weg, was?« Er griff in seine Tasche und fummelte an seiner Brieftasche herum. »Nichts angerührt, Gott sei Dank. Ich werde – ich werde mal versuchen, mich hinzusetzen. O ja, das ist besser. Wo ist Bruce? Oh, da ist er. Guter Junge, Bruce! Bin ich froh, dass ihm nichts passiert ist!«

»Das ist ein feiner Hund«, sagte Dick abwesend. »Kommen Sie, Sie stützen sich wohl besser auf mich. Ich hab meinen Wagen da.«

»Sie sind zu gütig, wirklich, zu gütig. Welch ein Glück für mich, dass Sie gerade vorbeigekommen sind.«

Dick erwiderte nichts. Er musste sich fast übergeben, als der Mann sich an seinen Arm klammerte und sich gegen ihn lehnte. Mit Bruce an der Leine gingen sie die Stufen hinunter und machten sich auf den Weg zum Auto. Es war eine wahre Erlösung, diese ekelhafte Berührung wieder los zu sein, dieses Schwergewicht, das nach Angstschweiß roch. Dick verfrachtete Bruce auf den Rücksitz, streichelte ihn und murmelte beruhigende Worte.

Das Haus, zu dem man ihn dirigierte, war sehr groß, fast eine Art Herrenhaus, an der East Heath. Alle Fenster waren hell erleuchtet. Dick hievte den Mann aus dem Wagen und schob ihn vor sich her zur Haustür. Bruce lief hinter ihnen her. Er läutete, und ein Mädchen mit Schürze und Häubchen öffnete. Hinter ihr in der Diele stand eine hoch gewachsene junge Frau im Abendkleid.

Sie sagte nur ein Wort: »Vater!«, und ihre Stimme war krank vor Bestürzung. Aber es war die gleiche Stimme. Er erkannte sie ebenso, wie sie die seine erkannte, als er sich abwandte von dieser Kulisse des Wohlstands und sagte: »Ich gehe dann jetzt.«

Ihre Blicke begegneten sich. Ihr Gesicht war kalkweiß und hässlich geworden durch die enttäuschte Hoffnung. Sie reichte ihrem Vater den Arm, dann fragte sie schroff: »Was ist denn passiert?«

»Ich bin überfallen worden, Liebling, aber ich bin wieder ganz in Ordnung. Dieser Herr hier ist gerade im richtigen Augenblick vorbeigekommen. Ich habe mich noch gar nicht richtig bei ihm bedankt.« Er streckte die Hand nach Dick aus. »Sie müssen hereinkommen.

Sie müssen uns Ihren Namen sagen. Nein, ich bestehe darauf. Sie haben mir wahrscheinlich das Leben gerettet. Ich hätte da draußen an Unterkühlung sterben können.«

»Aber nein«, sagte Dick, »doch nicht mit dem Prachthund, den Sie da haben.«

»Na, der war nicht gerade eine große Hilfe! Ein Bodyguard bist du nicht gerade, was, Bruce?«

Dick beugte sich nieder und tätschelte den Hund. Er schüttelte die Hand ab, die ihn zurückhalten wollte, wandte sich zum Gehen und sagte: »Sie werden nie kapieren, was für eine Hilfe der war!«

Ohne sich umzusehen stieg er in seinen Wagen. Als er davonfuhr, sah er im Rückspiegel, wie die Frau ins Haus zurückging, während der Vater leicht benommen auf der Auffahrt stehen blieb und seinem Retter hilflose Gesten des Dankes nachwinkte.

Um Viertel vor zehn war Dick wieder zu Hause. Monty wartete im Flur auf ihn, der Chef dagegen lag noch immer im Wohnzimmer auf dem Sofa. Dick nahm die Leinen, hüllte Monty in seine beste Hundedecke und machte die Haustür auf.

»Zeit für ein Bierchen, noch schnell, ehe die Kneipe schließt, Monty«, sagte er. »Hinterher machen wir dann unsere Runde.« Er und die Hunde atmeten die dieselschwangere Luft ein, und Monty musste niesen. »Gesundheit«, sagte Dick. »Beschissene Gegend hier, was? Es ist ja eine verdammte Schande, aber es hilft nichts, ihr müsst noch ein bisschen länger warten auf unser Haus in Schottland.«

Und langsam, weil Monty nicht mehr so schnell konnte, gingen die drei zur *George Tavern* hinunter.

Kein Herz und keine Seele

Es war Mutter, die Marjorie von Paulines Freund erzählte, nicht Pauline selbst. Pauline sagte ja nie viel. Sie war schon immer ein mürrisch-verschlossenes Mädchen gewesen; mittlerweile allerdings kaum noch ein Mädchen, musste Marjorie denken. Mutter wartete, bis sie aus dem Zimmer gegangen war, um den Tee zu holen, dann beugte sie sich in ihrem Stuhl nach vorn, legte beide Hände um den Griff ihres Stockes und flüsterte:

»Pauline hat einen Freund, einen Herrn!«

»Woher weißt du das?«, fragte Marjorie. Dumme Frage – natürlich wusste Mutter es, schließlich sorgte sie ja mit allen Mitteln dafür, dass sie und Pauline ständig zusammen waren.

»Er war gestern Abend hier. Erst nachdem ich ins Bett gegangen bin, ist er gekommen, aber ich konnte sie unten reden hören. Er ist nicht sehr lange geblieben, und als er ging, hörte ich ihn sagen: ›Ich als Arzt muss dir sagen, Pauline …‹ Ich nehme also an, sie hat ihn damals kennen gelernt, während – während ihrer Abwesenheit.«

Marjorie liebte es gar nicht, wenn von Paulines »Abwesenheit« gesprochen wurde. Es war vielleicht töricht – engstirnig, sagte George sogar –, aber Irrenanstalt ist und bleibt nun mal Irrenanstalt, auch wenn man sie heutzutage Nervensanatorium nannte, und ihr persönlich behagte der Gedanke, dass ihre Schwester dort gewesen war, nun einmal nicht. Akute Psychose – hätte der Facharzt es nicht auch Nervenzusammenbruch nennen können? –, so was in der Familie zu haben war doch beschämend.

»Vielleicht ist er aus – nun, aus beruflichen Gründen gekommen? Hast du sie gefragt?«

»Nein, das mochte ich nicht, Liebling. Du weißt ja, wie Pauline ist.«

Und ob Marjorie das wusste! Und jetzt mussten sie aufhören zu reden, weil Pauline mit dem Teetablett kam. Sie bestrich ein Kuchenbrötchen mit Butter, schnitt es in kleine Häppchen, band Mutter eine Serviette um den Hals, und all das verrichtete sie vollkommen schweigend.

»Warum nimmst du denn das gute Geschirr?«, fragte Mutter.

»Was meinst du, Mama?«, wandte Marjorie ein. »Das ist doch das alte blaue Geschirr, das ihr immer benutzt.«

»Nein, das ist es nicht.«

Marjorie versuchte nochmals zu protestieren, aber Pauline unterbrach sie. »Lass das. Sie kann es ja nicht sehen. Du weißt doch, wie schlecht ihre Augen sind.« Sie bedachte Mutter mit einem routinierten Krankenschwesterlächeln. »Na schön, dann benutzen wir eben das gute Geschirr«, meinte sie, und dabei wischte sie ihr die Mundwinkel mit einem Papiertuch trocken.

Bald nachdem sie fertig waren, ging Marjorie fort. George und die Kinder, das war ihre ständige, unanfechtbare Entschuldigung. Es war ihr eben nicht möglich, lange zu bleiben. Mutter verstand das auch. Immerhin hatte sie das Geschirr abgewaschen, bevor sie ging, unter Paulines stummen Blicken, diesem entsetzlichen Schweigen, das schwerer zu ertragen war als jedes Geräusch. Am Sonnabendnachmittag war sie wieder da, um bloß mal eben hereinzuschauen, wie sie sagte, bevor sie ihre Besorgungen machte.

»Gestern abend war er wieder da«, wisperte Mutter.

»Wer war da?«

»Der Doktor, der Freund von Pauline. Und er ist so lange geblieben! Ich habe schließlich nach Pauline geklingelt, weil ich auf die Toilette wollte. Es war schon elf Uhr durch, und als ich wieder im Bett war, konnte ich ihn immer noch reden hören.« Pauline war im Garten gewesen, um die frisch gewaschene Wäsche von der Leine zu nehmen, Betttücher, Überschlaglaken, Handtücher, Servietten und Mutters Nachthemden. Als sie ins Zimmer zurückkam, betrachtete Marjorie sie voller Unbehagen. Ihre Schwester sah erschöpft aus. Sie war eine große, hagere, dunkelhäutige Frau, und jetzt war sie so dünn geworden, dass die alte, formlose Hose ihr lose von den Hüften hing. Schwarze Schatten umgaben ihre Augen, deren verschleierter Blick vielleicht auf die Medikamente zurückzuführen war, die sie ständig nahm, seit sie aus jener »Abwesenheit« zurück war.

»Hab ich irgendwo einen Fleck?«, fragte Pauline schroff. »Oder bin ich so entzückend, dass du deine Augen nicht abwenden kannst?«

»Entschuldigung, ich war bloß in Gedanken.« Marjorie sagte, sie müsse jetzt aber gehen, ehe die Geschäfte zumachten, und Mutter dankte ihr, dass sie gekommen sei, bloß »um nach mir alter, lästiger Person zu sehen«. Marjorie traute sich nicht, Pauline noch einmal anzublicken. Sie erledigte ihre Einkäufe und kam in ziemlich schlechter Gemütsverfassung nach Hause. Aber sie wartete doch lieber, bis die Kinder verschwunden waren, ehe sie ihrem Mann das Herz ausschüttete. Der siebzehnjährige Brian und die sechzehnjährige Susan nämlich waren, wenn von ihrer Großmutter die Rede war, im Stande, mit der Leichtfertigkeit der Jugend zu beteuern, die Nanna sei »ein liebes, altes Goldstück« und sie hätten nichts dagegen, wenn sie zu ihnen zöge, und dass es doch »ein echter Stress« für Tante Paulinchen sei, niemals weg zu können.

»Pauline hat einen Freund, George.«

»Du machst Witze.«

»Nein, wirklich nicht. Er ist Arzt, und sie hat ihn kennen gelernt, als sie da draußen in Hightrees war. Und er ist schon zweimal abends vorbeigekommen und jedes Mal bis spät geblieben. Mutter hat es mir erzählt.«

»Soso, die gute alte Pauline«, schmunzelte George. »Sie ist vierzig, wenn mich nicht alles täuscht, was?«

»Sie ist zweiundvierzig«, entgegnete Marjorie knapp. »Du weißt sehr gut, dass sie sieben Jahre jünger ist als ich.«

»Dabei sieht sie gar nicht danach aus, was? Die Leute halten dich immer für die Jüngere.« George lächelte seine Frau liebevoll an und griff nach der Abendzeitung.

»Du musst mir jetzt zuhören, George. Bitte lies jetzt nicht. Ich bin noch nicht fertig. George, nimm mal an – ich meine, stell dir mal vor, sie würde heiraten?« Sie stieß die Worte atemlos, fast hysterisch hervor. »Angenommen, sie heiratet diesen Arzt?«

»Was, die gute Pauline?«

»Na ja, warum nicht? Ich weiß, sie ist nicht mehr jung und auch nicht gerade eine Augenweide, aber wenn man sich die Frauen so ansieht, die dann doch noch heiraten … Ich meine, auf das Aussehen scheint es dabei nicht so sehr anzukommen. Ich gebe nichts auf das, was die jungen Leute heutzutage reden – schließlich möchten alle Frauen heiraten, weshalb also nicht auch Pauline?«

»Aber erst mal muss ein Mann sie heiraten *wollen.*«

»Ja, schon, aber betrachte es mal von dieser Seite: Er ist Arzt, und Pauline wollte doch immer Ärztin werden, bloß Mutter ließ es nicht zu, und sie musste sich damit begnügen, Krankenschwester zu werden. Und dann hat sie einen männlichen Verstand. Wenn sie will, ist sie mir haushoch überlegen beim Reden. Vielleicht haben die beiden eine Menge gemeinsam?«

»Na, dann viel Glück, kann ich nur sagen. Die ganze Zeit, seit ich sie kenne, ist sie noch nicht mal mit einem Mann ausgegangen, und wenn sie jetzt einen ergattern und sich verheiraten kann, ja, wie ich schon sagte – dann viel Glück!«

»Aber George, verstehst du denn nicht? Was wird dann aus Mutter? Ein Arzt hat doch bestimmt eine Praxis, ist ewig überarbeitet und was so alles dazugehört. Er wird Mutter nicht haben wollen. Du weißt nicht, wie entsetzlich Mutter ist. Sie scheucht Pauline fünf-, sechsmal während der Nacht auf. Wegen jeder Kleinigkeit läutet sie die Glocke, die sie am Bett hat. Und wenn sie tagsüber auf ist, dann hält sie Pauline pausenlos in Trab, sie verlangt ihre Brille oder ihr Strickzeug oder ihre Pillen. Pauline beklagt sich ja nie, aber manchmal glaube ich, sie würde alles tun, um bloß wegzukommen. Ich weiß, ich sollte das nicht sagen, aber ich frage mich manchmal, ob sie diesen ganzen Zusammenbruch nicht simuliert hat damals, als Mutter ihren ersten Schlaganfall hatte, in der Hoffnung, dass sie dann nie mehr zurück müsste und ...«

»Machst du nicht vielleicht aus einer Mücke einen Elefanten?«, meinte George besänftigend. »Soweit ich weiß, ist der Bursche ja bisher nur zweimal da gewesen, und vielleicht kommt er doch gar nicht mehr wieder.«

Aber dies war nun einmal die größte Sorge in Marjories Leben: dass eines Tages ihre Mutter bei ihnen leben müsste. Sie begriff ja selbst kaum, wie sie es so lange geschafft hatte, das zu verhindern. Seit dem Beginn von Mutters Krankheit nämlich wäre *sie* eigentlich die gegebene Person gewesen, für sie zu sorgen. Zum einen war sie immer Mutters Lieblingstochter gewesen. Denn Pauline hatte eigentlich ein Junge werden sollen. Noch heute konnte Marjorie sich erinnern, wie sie als Siebenjährige die Mutter zu ihren Freundinnen sagen hörte: »Ich trage nach vorn, also wird es diesmal ein Junge.« Paul – der Name stand fest, die blauen Babysachen waren fertig. Mutter war nie richtig darüber hinweggekommen, eine zweite Tochter zu haben. Marjorie erinnerte sich gut, es hatte Zurücksetzungen gegeben bis an den Rand der Grausamkeit. Vernichtende Worte, als Pauline Medizin studieren wollte, verletzende Bemerkungen, dass sie nie geheiratet hatte. Marjorie hatte ein großes Haus, groß genug, um für Mutter ein eigenes Wohn-Schlafzimmer einzurichten. Sie hatte keinen Beruf, ihre Kinder waren schon weitgehend auf sich gestellt. Welch ein Glück für sie, dass Pauline nicht Paul geworden war, denn kein Mann hätte seinen Beruf, seine Wohnung, seine ganze gewohnte Lebensführung aufgegeben, um eine ungeliebte und lieblose Mutter zu pflegen …

Solange Mutter lebte, war es jedoch nie zu spät für eine Veränderung. Und Marjorie wusste, dass sie bei George und den Kindern nicht auf Unterstützung rechnen konnte. Ja, selbst George würde sich stillschweigend der Invasion einer Schwiegermutter fügen. Schließlich wäre es ja auch nicht *er*, den Mutter nachts hochjagen oder dem sie die Ohren voll quengeln würde über Zugluft, Rheumatismus, Augentropfen oder heiße Milch. Von *ihm* wurde ja auch nicht erwartet, sich dauernd Geschichten anzuhören, wie viel besser alles im Jahre 1910 gewesen sei, oder sich tagtäglich in grämlichem Ton fragen zu lassen:

»Meinst du, ich überstehe noch einen Winter, Liebes?«

Obwohl sie die Ältere war, hatte sie immer ein wenig Angst vor Pauline gehabt. Als Kind war ihre Schwester ein überaus verschlossenes Geschöpf gewesen, das sich oft stundenlang in ihrem Zimmer einschloss. Sie hatte damals einen selbst erfundenen Freund gehabt, eine gar nicht ungewöhnliche Kindheitserscheinung, wie sie auch Marjories Tochter Susan durchgemacht hatte. Aber Paulines »Pablo« hatte sie hartnäckig noch bis in ihre Backfischzeit hinein begleitet und war immer das Sprachrohr für ihre eigenen Gefühle gewesen. »Pablo sagt, er will nicht gehen«, hieß es, wenn irgendein Unternehmen vorgeschlagen wurde, zu dem Pauline selbst keine Lust hatte. »Pablo hasst dich«, wenn es darum ging, Paulines eigenen Hass zum Ausdruck zu bringen. Pablo – aus »Pablo, der Fischer«, einem populären Song jener Zeit, vermutete Marjorie – war erst während Paulines Pubertät verschwunden, und Marjorie konnte sich nicht erinnern, dass ihre Schwester seither jemals wieder ihre Gefühle gezeigt hätte. Nein, weder als Vater starb, noch als Marjories erstes Baby tot zur Welt kam. Und als man ihr sagte, dass die einzige Alternative zu Mutters Unterbringung in einem Pflegeheim mit einem Wochensatz von sechzig Pfund darin bestünde, dass sie ihren Beruf und ihre Wohnung aufgäbe, da hatte sie lediglich mit ausdruckslosem Gesicht gesagt:

»Ich nehme an, mir bleibt gar keine andere Wahl.«

Niemals hatte sie auf Marjorie als Alternative verwiesen. Aber als Marjorie zum ersten Mal in dem neuen Haushalt der beiden zu Besuch gekommen war, da hatte Pauline ihrer bisherigen Gewohnheit, sich zur Begrüßung und beim Abschied zu küssen, sehr ruhig, aber unmissverständlich ein Ende gemacht, indem sie es diesmal nicht tat. Seitdem hatten sie nie mehr einen Kuss ausgetauscht. Auch nicht als Mutter ihren zweiten Schlaganfall erlitt, auch nicht als Mutter vorübergehend im Hospital war und Marjorie Pauline in Hightrees besuchte. Kein Wort der Klage über die ihr auferlegten Härten kam je über Paulines dünne, zusammengepresste Lippen, und niemals auch setzte sie sich gegen Mutter persönlich zur Wehr, so unerträglich sie sich auch benahm. Höchstens zählte sie manchmal mit kalter, monotoner Stimme die Arbeiten auf, die sie seit dem vergangenen Abend verrichtet hatte:

»Mutter hat mich um Mitternacht geweckt, und dann wieder um vier und um fünf. Aber trotzdem war ihr Bett nass. Bis acht hatte ich alles wieder gewaschen, und dann habe ich das Wohnzimmer sauber gemacht. Dann bin ich Einkaufen gegangen, aber ich hatte Mutters Rezept vergessen, also musste ich noch einmal zurückkommen und es holen.«

Marjorie wand sich jedes Mal vor Scham und Schuldgefühlen bei diesen Monologen und fing regelrecht an zu zittern, wenn Pauline am Ende ihre großen verschleierten Augen auf sie richtete, auf deren Grund ein Funke bitterer Ironie zu glimmen schien. Diese Augen sagten, was die Lippen nie gesagt hätten: »Denn wer da hat, dem wird gegeben werden, wer aber nicht hat, dem wird auch, was er hat, genommen werden.« Marjorie hätte es besser ertragen und wäre weniger verstört gewesen, wenn es zu einer richtigen Auseinandersetzung zwischen ihnen gekommen wäre. Aber das war bei Pauline unmöglich. Entschuldigte sie sich bei Pauline für einen ausgelassenen Besuch, so sagte sie nur: »Ist schon gut. Mach, wie es dir passt.« Wollte sie ihr Mut zusprechen, so hieß es nur: »Mir fehlt nichts. Lass mich in Ruhe.« Äußerte sie ihr Mitgefühl – begleitet natürlich von der Entschuldigung, dass sie selbst eben eine eigene Familie hätte, um die sie sich kümmern müsse –, dann kriegte sie überhaupt keine Antwort, wenn sie nicht einen Blick voll tiefster Verachtung als Antwort werten wollte. Deshalb scheute sich Marjorie vorerst, bei Pauline wegen des Arztfreundes auf den Busch zu klopfen.

Eine Woche später jedoch sah sie sich genötigt, es doch zu tun. Schon als sie ins Zimmer trat, merkte sie, dass irgendetwas geschehen war, das Mutter aufgeregt hatte. Ihre Mundwinkel zeigten steil nach unten, und sie warf Pauline unentwegt beleidigte, streitsüchtige Blicke zu. Pauline ihrerseits saß eisern da, entschlossen, Mutter und Marjorie nicht eine Sekunde allein zu lassen, obwohl ihr nicht entgangen sein konnte, dass

Mutter darauf brannte, Marjorie für sich allein zu haben. Aber um drei klingelte der Mann von der Wäscherei, und zu Mutters Glück schien es Schwierigkeiten zu geben wegen eines fehlenden Kopfkissenbezugs, die Pauline fast fünf Minuten lang an der Haustür festhielten.

»Der Mann war gestern Abend wieder hier, Marjorie«, erzählte Mutter hastig. »Und er ist in mein Zimmer gekommen und hat mit mir gesprochen. Geschimpft hat er mit mir, Marjorie, entsetzliche Sachen hat er zu mir gesagt.«

»Um Himmels willen, was meinst du damit, Mutter?«

»O Liebling, ich hoffe, sie kommt nicht gleich wieder. Ich hab ihn also gestern Abend unten reden hören. So gegen zehn war es. Ich hatte mein Glas Wasser ausgetrunken, und Pauline hat mir ein neues gebracht, aber ich konnte nicht schlafen, mir war so heiß. Deshalb hab ich wieder nach Pauline geläutet, damit sie mir das Daunenkissen wegnimmt. Ich musste klingeln und klingeln, bis sie endlich kam, und natürlich konnte ich nicht anders – na ja, mir war eben ein bisschen weinerlich zu Mute, Marjorie.« Mutter schnüffelte und schluckte. »Das Nächste, was ich dann mitkriegte, war, dass dieser Mann, dieser Doktor, einfach in mein Zimmer hereingeplatzt war und anfing, mich zu beschimpfen.«

»Aber was hat er denn gesagt?«

»Er war sehr frech, richtig unverschämt, Marjorie. Ich wollte, du wärst hier gewesen, um mich zu beschützen. Pauline war jedenfalls nicht da, bloß er. Und wie er mich angeschrien hat!«

Marjorie war außer sich. »Aber *was* hat er gesagt?«

»Bloß, weil er Arzt ist … Ärzte haben doch nicht das Recht zu sagen, was ihnen passt, wenn man nicht ihr Patient ist, oder?«

»Mutter, jetzt erzähl es mir bitte, bevor Pauline zurückkommt.«

»Er hat gesagt, ich hätte verdammtes Glück, und das müsste ich mir mal klarmachen, und ich sei selbstsüchtig und anspruchsvoll, und ich hätte meine Tochter in den Zusammenbruch getrieben, und wenn ich nicht aufhörte, sie nachts aufzuscheuchen, dann würde sie wieder einen kriegen, und … O Marjorie, es war so entsetzlich! Er redete und redete immer weiter, mit solcher tiefen, befehlsgewohnten Stimme. Ich fing an zu weinen, und ich dachte schon, er wollte mich packen und mich schütteln. Er stand da so an der Tür gegen das Licht, und er drohte mir mit der Hand und – und er schimpfte die ganze Zeit mit mir und …«

»O mein Gott«, sagte Marjorie. Jetzt *musste* sie mit Pauline sprechen. Sie seufzte jämmerlich. Warum musste ausgerechnet *das* passieren? Nicht dass es sie sonderlich berührte, was jemand zu ihrer Mutter sagte – es geschah ihr ganz recht, und schließlich war das alles nur zu wahr –, aber dass dieser Jemand Pauline gegenüber Zusammenhänge erwähnte, die sie selbst wahrscheinlich nie durchschaut hätte! Wenn das so weiterging, dann … Sie ging in die Diele hinaus, wo Pauline gerade den Wäschemann abgefertigt hatte.

»Mutter redet schon den ganzen Tag über von nichts anderem. Gleich heute Morgen ging es los«, kam Pauline ihr zuvor.

»Na ja, kein Wunder. Du weißt, ich kritisiere dich nicht gern, aber du solltest wirklich nicht zulassen, dass irgendwelche Leute – ich meine Fremde – Mutter so aufregen.«

Pauline setzte den schweren Wäschekorb auf dem Küchentisch ab. Sie sah noch müder aus als sonst. Ihre Haut war welk und mitgenommen. Der Mangel an Schlaf, Ruhe und Erholung hatte seine Spuren hineingegraben. Sie zuckte nur die Schultern.

»Und du glaubst ihr? Du nimmst all das Geschwätz für bare Münze?«

»Soll das heißen, du hast gar keinen Freund, der Arzt ist? Und er war gestern Abend gar nicht in Mutters Zimmer und hat sie beschimpft? Das ist alles Einbildung?«

»Stimmt«, sagte Pauline lakonisch und füllte den Kessel. »Das war reine Fantasie. Sie wird eben senil.«

»Aber Mutter hat doch noch nie Fantasie gehabt. Sie hat ihn wirklich gehört. Sie hat ihn gesehen.«

»Sie kann gar nicht sehen«, sagte Pauline, »jedenfalls nicht viel. Es war ein Traum.«

Einen Augenblick lang war Marjorie überzeugt, dass Pauline log, aber bei ihr konnte man das ja nie wissen. Und was war schließlich das Wahrscheinlichere? Dass Pauline, die durch einen Freund doch nur an Achtung und Interesse gewinnen konnte, dessen Existenz ableugnete oder dass Mutter, die achtzig Jahre alt, halb blind und obendrein vielleicht senil war, wie Pauline behauptete, einen Angsttraum zur Realität aufbauschte? War es vielleicht möglich, dass sich hier Mutters Gewissen äußerte? Gewiss, das war sehr weit hergeholt – abwegig, würde ihr Sohn oder ihre Tochter es nennen –, aber sie wollte, es wäre wahr! Denn die andere Möglichkeit war ja wirklich ganz unerträglich! Es war George, der die Dinge beim Namen nannte. »Pauline war immer so ein stilles Wasser. Ich begreife schon, welches Spiel sie da treibt. Sie hält ihn so lange im Hintergrund, bis er mit seinem Antrag herausrückt.«

»O George, nein! Aber sie sah so merkwürdig aus, als ich von ihm sprach. Und George, das Schlimmste ist doch, wenn er Pauline heiratet, dann wird er auf keinen Fall wollen, dass Mutter bei ihnen lebt, wenn er so über sie denkt – niemals!«

Das Problem verursachte ihr solche Kopfschmerzen, dass sie, als der nächste Pflichtbesuch fällig war, anrief, um zu sagen, dass sie nicht kommen könne. Eine Männerstimme antwortete.

»Hallo?«

»Tut mir Leid, ich glaube, ich habe eine falsche Nummer gewählt. Ich wollte Miss Needham sprechen.«

»Miss Needham hat sich gerade hingelegt – zu einer wohlverdienten Ruhepause.«

Die Stimme war tief, kultiviert und autoritativ. »Ist das vielleicht zufällig Mrs Crossley?«

Nach Luft japsend sagte Marjorie, ja, das sei sie. Sie war viel zu verdattert, um zu fragen, ob es ihrer Mutter gut ginge, und wer er überhaupt sei. Die Antwort auf die erste Frage wäre ihr sowieso egal gewesen, und die Antwort auf die zweite wusste sie ja auch so. Außerdem schnitt er ihr sofort das Wort ab und setzte zu einer äußerst anmaßenden Gardinenpredigt an.

»Mrs Crossley, ich als Arzt überschreite wohl nicht die Grenzen des Zulässigen, wenn ich Ihnen sage, dass Sie persönlich gegenüber der Situation hier im Hause eine unverantwortliche Haltung einnehmen. Ich hoffe schon lange auf eine Gelegenheit, Ihnen das zu sagen. Nach allem, was Ihre Schwester mir erzählt hat, scheint es nicht den leisesten Grund zu geben, weshalb Sie nicht, was die Pflege von Mrs Needham betrifft, auch einen Teil der Lasten übernehmen könnten.«

»Ich verstehe nicht, ich ...«, stammelte Marjorie wie vom Donner gerührt.

»Nein, Sie verstehen nicht, was? Vielleicht haben Sie es nur nicht für nötig gehalten, mal ein wenig genauer darüber nachzudenken. Ihre Mutter ist eine sehr anspruchsvolle, eine sehr eigensüchtige Frau. Ich habe selbst mit ihr gesprochen, obwohl ich aus Erfahrung weiß, dass es sinnlos ist, jemandem in ihrem Alter und in ihrer Verfassung derartige Binsenwahrheiten zu sagen.«

Es war also doch wahr. Flammende Wut auf Pauline stieg in Marjorie auf. »Ich denke, das wäre doch wohl Sache von Mutters behandelndem Arzt«, sagte sie empört. »Ich weiß wirklich nicht, was ein Außenseiter ...«

»Ein Außenseiter?« Als ob sie ihm damit die unglaublichste Beleidigung angetan hätte. »Ich bin ein naher Freund Ihrer Schwester, Mrs Crossley, vielleicht der einzige wahre Freund, den sie hat. Also sprechen Sie bitte nicht von einem Außenseiter. Wenn Sie auch nur das geringste Verständnis für Ihre Schwester haben, dann glaube ich, werden Sie wohl einsehen ...«

»Ich möchte darüber nicht sprechen!« Marjorie schrie es fast. Ihr Kopf drohte zu zerspringen. »Das ist nicht Ihre Angelegenheit, und ich wünsche keine Unterhaltung darüber!«

Sie erzählte es George.

»Er hat gesagt, er sei ein enger Freund, ihr einziger wahrer Freund. George, die beiden brüten das gemeinsam aus! Er hat vor, sie zu heiraten, aber vorher will er Mutter aus dem Wege haben. Er will *mir* Mutter aufhalsen, und dann werden sie heiraten, und ... o George, was soll ich bloß tun?«

Auf jeden Fall zunächst weder Mutter noch Pauline besuchen. Marjorie dehnte ihre Kopfschmerzen über die beiden nächsten Besuchstermine hinaus, und danach wurde sie von einer halb erfundenen, halb erlittenen Virusinfektion heimgesucht. Natürlich musste sie wiederum anrufen, um es zu erklären, und sie wählte die Nummer mit zitternden Fingern, weil womöglich wieder dieser entsetzliche Mann an den Apparat käme. Aber er kam nicht. Pauline war noch verkniffener als sonst. Marjorie erwähnte den Arztfreund lieber nicht, aber als sie eben den Hörer auflegen wollte, glaubte sie im Hintergrund das an Mutter gewandte Murmeln seiner Stimme zu hören.

Schließlich waren es George und Brian, die Mutter einen Besuch abstatteten. Als sie zurückkamen, lag Marjorie im Bett und versuchte, die Quecksilbersäule in ihrem Thermometer über siebenunddreißig zu treiben, indem sie es in ihr Heizkissen vergrub.

Sie hätten zwar Paulines Freund nicht gesehen, berichteten sie, aber die Nanna sei ganz erfüllt gewesen von ihm, anscheinend ein charmanter Mann, der sie gänzlich für sich eingenommen habe. Pauline habe die ganze Zeit, während sie erzählte, mit verschlossenem Gesicht dabeigesessen und ihr nur ab und zu einen verärgerten Blick zugeworfen.

»Er hat irgendeinen russischen Namen«, berichtete George, obwohl er sich nicht mehr genau darauf besinnen konnte, und Brian redete irgendwelchen Unsinn über Hunde und Reaktionen und anderes Zeug, dem

Marjorie nicht folgen konnte. »Er wohnt in Kensington und hat eine große Praxis. Eins von diesen großen Häusern am Campden Hill, du weißt doch, wo ich meine. Pauline hat vor Jahren in einem dieser Häuser eine Privatpflege gemacht. So ein Zufall, was?«

Aber Marjorie war jetzt nicht an solchen Zufällen interessiert.

»Wird er sie heiraten?«

»Ich denke schon«, sagte Brian, »nach allem, was Nanna berichtet, was er alles so gesagt hat.«

»Was willst du damit sagen?«

»Na ja, Tante Paulinchen ging raus, um für uns Kaffee zu machen, und während sie draußen war, beteuerte Nanna, er sagte ihr immer wieder, wie reizend ihre Tochter doch sei und welch scharfen Verstand sie hätte und wie sie hier so einfach verschlissen würde und so weiter.«

»Nanna muss sich völlig geändert haben. Sonst hat sie nie ein gutes Wort für Pauline übrig gehabt.«

»Sie *hat* sich geändert«, bestätigte George. »Sie ist jetzt ganz und gar dafür, dass Pauline geht und ihr eigenes Leben lebt, und auch dafür, dass sie zu uns kommt und hier bei uns lebt. Dr. Sowieso hat ihr gesagt, das wäre doch eine gute Idee, verstehst du? Und ich muss sagen, Marjorie, aufs Ganze gesehen ist es denn wohl auch das Beste. Wenn Nanna ihr Haus verkauft und uns ein wenig von dem Geld abgibt, und wir machen einen Anbau …«

»Ich gehe doch sowieso im Herbst auf die Universität«, warf Brian ein.

»Ich habe es nie so ganz fair gefunden«, fuhr George fort, »der guten Pauline die ganze Bürde mit Nanna allein aufzuerlegen. Es sieht ja auch nicht so aus, als wären die beiden je besonders gut miteinander ausgekommen, und ...«

»Dabei ist Nanna so lieb mit Leuten, mit denen sie auskommt«, meldete sich wieder Brian.

»Ich *will* es nicht! Ich *kann* es nicht!«, schrie Marjorie. »Und niemand kann mich dazu zwingen!«

Für eine kleine Weile versuchte das auch niemand. Marjorie verlängerte ihre Krankheit, reicherte sie an durch Rückenschmerzen und vage Klimakteriumsbeschwerden, so lange sie konnte. Mutter benutzte das Telefon nie, und Marjorie konnte an den Fingern einer Hand die Gelegenheiten abzählen, bei denen Pauline sie während der letzten zwei Jahre angerufen hatte. Jetzt hatte also die Verbindung zwischen ihnen ganz aufgehört. Marjorie begann wieder auszugehen, vermied es aber geflissentlich, in die Nähe von Mutters Haus zu kommen. Und ihre Familie – George, Brian und Susan – vermied geflissentlich das Thema Großmutter, wohl um einen neuerlichen hysterischen Ausbruch zu verhindern. Bis George eines Tages sagte:

»Ich hatte einen Anruf von diesem Arzt, von Paulines Freund.«

»Ich möchte darüber nichts wissen, George«, sagte Marjorie aufgeschreckt. »Das ist nicht seine Angelegenheit. Ich habe dir gesagt, ich will Mutter nicht hier haben, und damit basta.«

»Genau genommen«, fuhr George vorsichtig fort, »hat er mich schon ein paar Mal angerufen, bloß, ich habe es dir nicht erzählt, weil ich weiß, wie sehr es dich aufbringt.«

»Natürlich bringt es mich auf. Ich bin schließlich krank.«

»Nein, das bist du nicht«, erwiderte George mit unerwarteter Festigkeit. »Du bist gesund wie ein Fisch im Wasser. Eine kranke Frau könnte nicht eine solche Mahlzeit zu sich nehmen, wie du sie soeben gegessen hast. In Wirklichkeit ist es Pauline, die krank ist, Marjorie. Sie bricht einfach zusammen. Das hat er mir so schonend wie möglich beigebracht. Er ist wirklich ein rücksichtsvoller Bursche. Aber wir müssen da irgendetwas unternehmen.«

»Jeder andere Mann wäre dankbar«, schluchzte Marjorie, »wenn seine Frau verhindern würde, dass ihre Mutter zu ihnen zöge.«

»Gut, ich bin eben nicht jeder andere Mann. Mir machen der ganze Aufwand und die Extrakosten eben nichts aus. Wir werden alle unser Scherflein beitragen, Brian und Susan auch. Begreifst du denn nicht – jetzt sind wir dran, Marjorie! Pauline hat es jetzt zwei Jahre lang gemacht. Der Doktor sagt, sie kriegt einen neuen Zusammenbruch, wenn wir nicht eingreifen, und weiß Gott, was dabei herauskommen kann.«

»Ihr seid alle gegen mich«, jammerte Marjorie unter Tränen. Und weil er ihr Ehemann war und es ihr nicht weiter darauf ankam, was sie in seiner Gegenwart sagte, fuhr sie fort: »Pauline hat doch noch Tabletten aus ihrer Krankenschwesterzeit, Morphium und ich weiß nicht was noch. Es müsste doch so was wie – wie nennt man es doch? –, wie Euthanasie möglich sein. Es müsste doch einen Weg geben, Leute wie Mutter aus ihrer Misere zu erlösen.«

Er sah sie an, und seine Augen wurden schmal. »Es gibt *keinen,* Marjorie. Möglich, dass Hunde glücklicher dran sind als Menschen. Und es gibt auch keine geriatrische Klinik, die Mutter aufnimmt. Es gibt niemanden als uns, Marjorie. Du tätest also gut daran, deine Wasserspiele abzustellen und dich damit abzufinden.«

Oh, sie wusste, wie es sein würde. Monate würde es dauern, bis Mutter ihr Haus verkauft hätte und das Geld für eine Erweiterung ihres eigenen Hauses zur Verfügung stände, und ein volles Jahr würde wahrscheinlich vergehen, bevor dieser Anbau fertig war. Und wenn er dann fertig und Mutter installiert wäre, würde alles noch schlimm genug werden. Aber *vorher* …! Ihr Esszimmer in ein Schlafzimmer umgewandelt, jeder Abend verdorben durch den Aufwand, Mutter ins Bett zu bringen, Nächte, die noch schlimmer sein würden als zu Brians und Susans Babyzeit. Und sie war schließlich nicht mehr dreißig. Der Fernseher zu einem Flüstern gedrosselt, nachdem Mutter im Bett war, ihre Einkaufsbummel beschnitten, ihre kleinen Kinobesuche am Nachmittag ein für alle Mal vorbei … Marjorie überlegte, ob sie wohl den Mut aufbrächte, sich die Treppe hinabzustürzen und sich ein Bein zu brechen, sodass die anderen einsehen mussten, dass es nicht in Frage kam, Mutter aufzunehmen. Aber sie konnte sich ja auch das Genick brechen …

Und während *ihr* alles dies geschah, würde Pauline im Glanze von Campden Hill leben, mit einem exotischen, russischen Namen, mit einem frisch angetrauten Ehemann, einem gebildeten, reichen Mann. Sie würde Partys geben, berühmte Chirurgen, Professoren und sonst wen bei sich zu Gast haben, würde Auslandsreisen machen – es war einfach unerträglich! Vielleicht fehlte ihr der Mut, sich die Treppe hinabzustürzen, aber sie würde sehr wohl den Mut aufbringen, Pauline gegenüberzutreten und ihr klipp und klar zu sagen: Nein! Nein, ich will es nicht! Du hast damit angefangen, nun musst du es auch bis zum Ende durchstehen. Drehe von mir aus durch, brich zusammen, werde verrückt, stirb ... jawohl, stirb von mir aus, bevor ich mir deinetwegen mein Leben ruiniere!

Natürlich würde sie es nicht so ausdrücken. Sie würde fest und freundlich auftreten. Sie würde sogar anbieten, manchmal bei Mutter zu bleiben, damit Pauline ausgehen konnte, alles, alles, bloß nicht die hautnahe Dauerbelastung, die sie genauso knebeln würde, wie sie Pauline jetzt knebelte.

Die Dinge sind nie so, wie wir sie uns vorstellen. Keine Situation entwickelt sich jemals so, wie wir es erwartet haben. Als Marjorie sich endlich zu einem neuerlichen Besuch durchgerungen hatte, da machte sie sich auf eine zornige, vorwurfsvolle Pauline gefasst, vielleicht auch auf eine Pauline, die mit Hochzeitsplänen beschäftigt war, und auf eine Mutter, die verstört vor der bevorstehenden Veränderung ihres Lebens zurückschreckte. Sie war überzeugt, die beiden wären ihr böse, weil sie so lange nicht gekommen war. Aber Mutter war wie immer. Sie freute sich, Marjorie zu sehen, und sie lechzte danach, sie für sich allein zu haben, zu eifrig getuschelten Vertraulichkeiten, aber mehr noch, um sie besorgt zu fragen, ob es ihr wieder besser ginge? Ihre halb blinden Augen suchten Marjories Gesicht nach Anzeichen von Hinfälligkeit ab, sie griff nach ihrer Hand und ermahnte sie, sich warm anzuziehen.

Es gab wohl niemanden, der weniger nach einer potenziellen Braut aussah als Pauline, fand Marjorie. Sie wirkte noch hagerer als früher, und das dunkel verfärbte, fleckige Gesicht mit den tiefen Schatten und der welken, runzligen Haut erinnerte sie an Bilder von indischen Bettlern. Als Pauline in die Küche verschwand, um Tee zu machen, ging Marjorie ihr nach und nahm all ihren Mut zusammen. »Wie bist du zurechtgekommen, Pauline?«

»Na ja. Immer dasselbe.« Und obgleich sie nicht danach gefragt worden war, fuhr sie fort: »Mutter hat mich vier Mal geweckt letzte Nacht. Im Korridor ist sie hingefallen, und ich musste sie ins Bett zurückschleppen. Und die Wäscherei ist nicht gekommen, also habe ich die Bettwäsche selbst gewaschen. Schwieriges Unternehmen, sie trocken zu bekommen, wenn es so regnet wie heute.«

»Ich habe mir überlegt, ich könnte ja an zwei Abenden in der Woche herkommen und bei Mutter bleiben, damit du ausgehen kannst. Und schließlich könnte ich auch einen Teil der Wäsche zu Hause in meiner Maschine waschen. Genau genommen könnte ich auch alles waschen. Jede Woche.«

Pauline zuckte mit den Schultern. »Wie du willst.«

»Wie ich will – das sagst du immer so«, erwiderte Marjorie und verlieh ihrer Stimme die nötige Gereiztheit. »Aber wenn du dich dauernd beklagst wie eben, was soll ich denn sonst noch sagen?«

»Ich beklage mich nicht.«

»Du vielleicht nicht. Aber sonst tut es ja jeder. Du weißt sehr genau, wen ich meine. Ich kann diese fremde Einmischung nicht hinnehmen und dann so tun, als gäbe es sie nicht.«

»Ich würde bei einem Ehemann nicht von fremder Einmischung sprechen.«

Einen Moment lang dachte Marjorie, sie bezöge das auf George. Dann begriff sie blitzartig, was Pauline wirklich meinte, und das verlieh ihr den Impetus, den sie brauchte. »Ich kann dir ebenso gut gleich klipp und klar sagen, Pauline, dass ich Mutter nicht bei uns haben will, und dabei bleibt es! Ich will sonst alles tun, was in meiner Macht steht, aber das nicht. Dazu bringt mich kein Mensch. Ich tue es nicht!«

Pauline antwortete nicht. Sie nahmen ihren Tee in nahezu völligem Schweigen ein. Marjorie konnte sich nicht erinnern, sich jemals in ihrem Leben so entsetzlich gefühlt zu haben. Ehe sie fortging, sagte sie an der Haustür: »Lass mich wissen, an welchen Abenden du mich hier haben willst, und du kannst Bescheid geben, wann George mit dem Wagen kommen soll, um die Wäsche abzuholen.«

»Mir ist das egal«, sagte Pauline, »ich bin immer hier.«

Natürlich rief sie nicht an. Marjorie wusste, dass sie es nicht tun würde. Und was hatte es eigentlich für einen Zweck, abends hinzugehen, wenn Pauline gar nicht ausgehen wollte, wenn sie lieber tête-à-tête mit ihrem Doktor zu Hause blieb?

»Mutter wird nicht zu uns ziehen«, berichtete sie George, »das ist definitiv. Ich habe das alles mit Pauline geklärt. Sie ist durchaus im Stande weiterzumachen, wenn ich ein bisschen helfe.«

»Mir hat man aber ganz was anderes gesagt.«

»Und ich sage dir eben dies. Punkt!« Marjorie verabscheute die Art, wie er sie in letzter Zeit immer anblickte, mit stummem, befremdetem Vorwurf. »Diese Woche hat sie die Wäsche selbst gewaschen, und nächste Woche kommen die Laken und die großen Stücke in die Wäscherei. Ich dachte, wir könnten am Freitag vorbeifahren und ihre kleine Wäsche holen; die stecke ich dann in meine Maschine.«

Also rief Marjorie am Donnerstag an. Sie wählte dazu den Vormittag, damit nicht der Mann an den Apparat käme. Schließlich haben Ärzte wohl morgens keine Zeit für private Telefongespräche. Pauline war am Apparat.

»Gut, morgen, wenn du willst.«

»Es ist doch wohl, was *du* willst, Pauline«, erwiderte Marjorie. Sie fand, ihre Schwester hätte wenigstens danke sagen können.

Sie setzte noch hinzu, dass sie um sieben Uhr dort sein würden. Aber dann war George um sieben noch nicht nach Hause gekommen, also wählte Marjorie wiederum Mutters Nummer. Was machte es schon, wenn er an den Apparat käme. Sie zeigte doch nur, dass sie nicht die gleichgültige Person war, für die er sie hielt. Er meldete sich wirklich. Und er war sehr höflich. Mr und Mrs Crossley könnten nicht vor halb neun Uhr kommen? Aber das machte doch nichts. Er würde dann noch da sein, und er freue sich, sie nun endlich kennen zu lernen.

»Jetzt werden wir ihn also endlich zu Gesicht bekommen«, meinte Marjorie zu George, als er nach Hause kam. »Und dass du's mir nicht vergisst – wenn es womöglich wieder um diesen Unsinn geht, dass wir Mutter nehmen sollen und so, dann erwarte ich von dir, dass du mich unterstützt, dass wir es gemeinsam abblocken, wie ein Herz und eine Seele.«

Mutters Haus lag im Dunkeln, und auch das Licht im Korridor ging nicht an, nachdem Marjorie geläutet hatte. Sie läutete nochmals, und dann läutete George.

»Hast du einen Schlüssel?«, fragte George.

»In meiner Tasche. O George, du glaubst doch nicht …? Ich meine …?«

»Wie soll ich das wissen? Los, lass uns die Tür aufmachen!«

Kein Mensch im Flur, niemand in den unteren Räumen. Marjorie hatte das Licht angemacht und begann die Treppe hinaufzusteigen. George folgte ihr. Sie waren halb oben, da hörten sie eine Männerstimme, die beruhigend, aber doch voller Autorität auf jemanden einredete. Sie kam aus Mutters Zimmer, dessen Tür ein wenig offen stand.

»Es war das Beste für sie, Pauline. Ich habe ihr zweihundert Milligramm gegeben, aufgelöst in ihrer warmen Milch. Sie hat nicht gelitten, sie ist einfach eingeschlafen, Pauline.«

Marjorie gab ein halbersticktes Wimmern von sich. Sie wandte sich nach George um und klammerte sich an seine Schultern. Während er sich an ihr vorbeischob, hörten sie wieder die Stimme. Mit einschläfernder Monotonie wiederholte sie die gleichen Worte.

»Ich habe ihr zweihundert Milligramm gegeben, aufgelöst in ihrer warmen Milch ... Sie hat nicht gelitten ... Es war das Beste für sie ... Ich habe es für dich getan, Pauline, für uns ...«

George stieß die Tür zum Schlafzimmer auf. Mutter lag auf dem Rücken, das Gesicht wächsern und eingesunken, die nun völlig blicklosen Augen weit geöffnet. Sonst war niemand im Zimmer als Pauline.

Pauline erhob sich, als sie hereinkamen, begrüßte sie durch ein würdevolles Neigen des Kopfes, legte die Finger auf Mutters Augen und schloss ihr die Lider. Marjorie starrte auf die Szene, paralysiert von eiskaltem Entsetzen wie im Angesicht des Übernatürlichen. Und dann wandte sich Pauline feierlich vom Bett ab, streckte die rechte Hand aus und trat auf sie zu.

Mit tiefer, kultivierter Stimme, einer Stimme, deren zurechtweisender Ton bei den Telefongesprächen jetzt gemildert war durch das Mitgefühl für die Leidtragenden, sagte sie:

»Guten Tag. Ich bin Doktor Pawlow. Es ist zwar bedauerlich, dass wir uns unter so traurigen Umständen kennen lernen, aber ...«

Marjorie begann zu schreien.

ROBERT WILSON

»Gäbe es doch einen deutschen Krimiautor, der schreiben könnte wie Wilson.«

Die Zeit

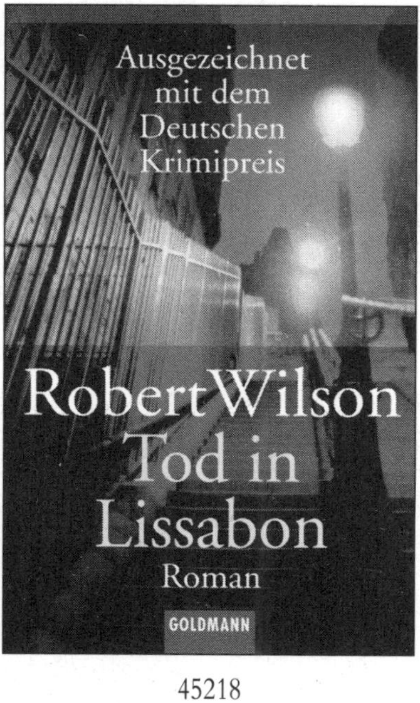

45218

GOLDMANN